JN102117

フィーネ＝ランスター
ケンジ＝タカハシ
セリス＝ミラ＝ラッセ

Character
ヨシミ＝ヨシイ＝トヨトミ
アンゼ＝リム＝アッシュホード
アリス＝スタッカート

CONTENT

異世界転移に巻き込まれたので、抜け駆けして最強スキルを貰ったった。

異世界転移に巻き込まれたので、抜け駆けして最強スキルを貰ったった。❶

38℃

第一章　創造魔法編第一部

【　第一話　二度目の人生だから本気だす　】

目を覚ますと薄紫色のパンツに包まれた形の良いお尻が間近に見えた。身体を起こすと薄紫のパンツ娘がブレザーの制服を着た女子学生だとわかる。

「この肉尻からすると女子高生か？」

黒髪ストレートロング。顔も綺麗で可愛い。見た感じ委員長ちゃんというところだろうか。

周りを見渡すと白い床、白い空間に他にもたくさんの高校生が倒れている。

「これって…」

俺はライトノベルや『小説家にな○う』で異世界召喚、転生した主人公が面白おかしく活躍し、次第にハーレムを形成し誰にも認められる強者になるストーリーが大好きだった。

これは勇者召喚だ。俺は勇者召喚に巻き込まれてしまったのだろう。

勇者として召喚された高校生達とまったく関係のない介護福祉士の俺。異世界の恐ろしさを勇者達に知らしめる役として生贄にされかねない。

「まずい。まずいまずい！」

勇者でないとバレたら殺されてしまうかもしれない。なんとしても神さまにチートスキルを貰い城以外からスタートを切りたい。

まだ高校生は寝ている。先んじてチートスキルを貰えるよう目を閉じて手を合わせて念じる。

『お願いします。創造魔法を授けてください』

ずうずうしくもライトノベルや『小説家にな○う』でよくある最強万能スキルを授けてくれと願う。さらに【創造】という漢字を頭に浮かべ強く念じる。

『魔の森からのスタートでもかまいません。お願いします。お願いします。お願いします』

体感で念じること一〇分。

『ポーン』

「創造魔法を取得しました。残り1000ポイントです」

頭の中に声が響いた。

『やった！　取れた。ありがとうございます！』

残り1000。何にする?!　考えろ。相手からスキルを奪う強奪、カーナビゲーションのように情報伝達してくれるナビゲーションメニュー、相手からスキルをコピーするコピースキル、獲得経験値10倍とか、必要経験値1／10とか。

いや待て、異世界三点セットの鑑定、アイテムボックス、異世界言語があるとは限らない。ステータスだ。ステータスを見ねえと。

「ステータス！」

『ステータス』
名前：ヨシミ＝ヨシイ
種族：人間　年齢：15才　性別：男
職業：無し
レベル：1
体力：150／150

魔力：500／500
幸運：B＋
状態：良好
基本スキル（NS）：
レアスキル（RS）：鑑定Lv．1
スペシャルスキル：アイテムボックスLv．1
ユニークスキル：異世界言語
エクストラスキル：創造魔法Lv．1
創造ポイント：0
加護：創造神の加護（小）
備考：
創造魔法Lv．2より魔力10を1ポイントとして貯蓄することができる。
ポイントを使って『スキル』や『魔法』の作製が可能。
ポイント300で基本スキル
ポイント500でレアスキル
ポイント1000でスペシャルスキル
ポイント2000でユニークスキル
ポイント3000からエクストラスキル
残りポイント：1000／5000

「マジで出た。お！　異世界三点セットもある。よし！」

ん、一五才！？　三八才から若返っている？　俺は自分の手、腕を見る。肌に張りがあり、みずみずしい。体毛も薄い。マジ若返っている。

「強奪は？」

「エクストラスキルのため取得できません。作製ポイント４０００。ポイントが足りません」

ダメか。

「コピースキルは？」

「エクストラスキルのため取得できません。コピースキル所有者が存在するため取得できません。作製ポイント４０００。ポイントが足りません」

これもダメか。

創造魔法、強奪スキル、コピースキルはいくらでもスキルを増やすことができるので他のエクストラスキルよりもポイントが多く必要なようだ。

そうなると攻撃手段として剣か魔法を取るべきか。しかし、創造魔法で剣術や火魔法を作るのは勿体ない。

あとは生活魔法か？

すると意を汲んだかのように初回特別サービスが備考欄の下に表示された。

☆　初回特別サービス　☆

○基本スキル（ＮＳ）
剣術Ｌｖ．１：作製消費魔力（１００）
回避Ｌｖ．１：作製消費魔力（１００）
火魔法Ｌｖ．１：作製消費魔力（１００）
水魔法Ｌｖ．１：作製消費魔力（１００）

風魔法Ｌｖ．１：作製消費魔力（１００）
土魔法Ｌｖ．１：作製消費魔力（１００）
気配察知Ｌｖ．１：作製消費魔力（１００）
生活魔法：作成消費魔力（１００）
○レアスキル（ＲＳ）
探索Ｌｖ．１：作製消費魔力（１００）
遠目Ｌｖ．１：作製消費魔力（１００）
夜目Ｌｖ．１：作製消費魔力（１００）
隠密Ｌｖ．１：作製消費魔力（１００）
隠蔽Ｌｖ．１：作製消費魔力（１００）

作製消費魔力？　おのずと保有魔力に目がいく。
魔力５００か。

剣術Ｌｖ．１：作製消費魔力（１００）
夜目Ｌｖ．１：作製消費魔力（１００）
隠密Ｌｖ．１：作製消費魔力（１００）
生活魔法：作製消費魔力（１００）

四つのスキルを作製、残り魔力は１００。ポイントは丸々１０００ある。【コピー】スキルの下位互換は作れないだろうか？

さらに意を汲んだかのように備考欄の下に表示された。

○エクストラスキル
【コピー】：スキルと無機物すべてをコピーする。ポイント4000。
○ユニークスキル
【スキルコピー】：相手のスキルをコピーする。ポイント2000。
【レプリカ】：武器・道具などの複製。材料は別に必要。ポイント20000。
○スペシャルスキル
【スキルトレード】相手のスキルと自分のスキルを交換する。ポイント1000。

【スキルコピー】はポイント2000か。ポイント300を使って土魔法を取得する。『小説家にな○う』での土魔法はかなり使いがってがよい。穴を掘ったり土壁を作ったり沼地に変えたりできる。高レベルになれば家さえも造ることができるのだ。

残りのポイントはプールしておこう。

「土魔法を取得しました。残り700ポイントはプールします」

『ステータス』
名前：ヨシミ＝ヨシイ
種族：人間　年齢：15才　性別：男
職業：なし
レベル：1

体力：150／150
魔力：100／500
幸運：B＋
状態：良好
基本スキル（NS）：剣術Lv．1　土魔法Lv．1　生活魔法
レアスキル（RS）：鑑定Lv．1　夜目Lv．1　隠密Lv．1
スペシャルスキル：アイテムボックスLv．1
ユニークスキル：異世界言語
エクストラスキル：創造魔法Lv．1
創造ポイント：700
加護：創造神の加護（小）
備考：
創造魔法Lv．2より魔力10を1ポイントとして貯蓄することができる。
ポイントを使って『スキル』や『魔法』の作成が可能。
ポイント300で基本スキル
ポイント5000でレアスキル
ポイント10000でスペシャルスキル
ポイント20000でユニークスキル
ポイント30000からエクストラスキル
残りポイント：0／5000

残りポイントを創造ポイントにプールしたのでゼロになった。

ん？　足もとが光りだした。転送だ。頼む！　せめて魔の森で！　魔の森でお願いします！　お城はなしで！

そして俺は、強い光に目を閉じた。

《Ｓｉｄｅ　創造神&新人女神》

「よろしかったのですか、カイト様？　勇者の素質もない彼にあんなにサービスして」

「いいんじゃない？　今回の召喚は侵略目的だし。城に召喚される勇者に強力なスキルはあげたくないよ。彼、一〇年間も欠かさず異世界に行きたいって願っていたし。魔の森スタートからでもいいって言うんだから。創造魔法なら僕の範囲だ。早々に死んだとしてもこの世界から創造魔法を取り上げることができるしね」

「そうですね。後はどうなさりますか？」

「後は強奪スキルを誰かにつけないとね。王になって欲望にまかせて他国を侵略するようなら困る。彼が良いかな、高橋賢志《たかはしけんじ》君。彼なら話が通じそうだ。彼だけ起こして僕から話をするよ」

「わかりました。では高橋さんの後に他の勇者はマッチングでスキルを振ります」

「あ〜、そうしてくれ。頼んだよ。ほんと世界平和は難しいね」

《Ｓｉｄｅ　高橋賢志》

「起きろ。起きんか！　高橋賢志！」

「誰だよ。うるさいな。ハイハイ起きますよ」

起きて回りを見渡すと真白な広い部屋にクラスメイトが倒れている。

「まさか、コレって異世界転移？　勇者召喚なのか？」

「ほう、理解力があってよろしい。まあ、勇者召喚ってやつだ。国王から魔王を倒せとか言われると思うけど、侵略戦争でしかない。今生の魔王は穏健派で国の振興に力をいれている。僕のお気に入りさ」

「それはわかりましたが、なんで俺だけ起こしたのですか？　召喚される世界は剣と魔法のファンタジー世界なのですか？」

「あ〜、それは今から話す。君の言うとおり剣と魔法の世界だ。獣人や魔族、エルフやドワーフ、ドラゴンなんかもいる。今回の勇者召喚はネテシア王国がしたもので他国の侵略が目的なんだ。僕はそんな国に強力なスキルを持った者を召喚させたくないんだよ。君に特別強力なスキルをあげる。代わりにネテシアから離れた南の国ティアリア王国の辺境の街ラザットからスタートしてほしいんだ。スローライフ希望だよね。自由にしていいよ」

スローライフ希望とかなぜ知っている？

異世界召喚されるファンタジー小説をいくつか読んだけど、大抵もとの世界に帰る手段がない。

「チートスキルは欲しいけど、帰れないパターンかそれが知りたい」

「僕はカイト、創造神だ。現状帰れる方法はないね」

やっぱ神か。お決まりの一方通行で、帰れないのね。

「ティアリア王国は政治も経済も安定している。ダンジョンはあるけど上手く経済の一部として活用しているよ」

「わかりました。えっと、神さま。どんなスキルをくださるのですか」

「お！　聞いてくれてありがとう。強奪ってスキルなんだ。おまけに鑑定スキルもつけよう。他に希望のスキルがあるなら聞くよ。異世界人だからアイテムボックスと異世界言語は付けるよ。それ以外でポイント2000以内かな」

鑑定、アイテムボックス、異世界言語。異世界三種の神器はＯＫと。

ポイント制か。強奪スキルときた。ライトノベル最強スキルだ。

ん〜まず隠蔽スキルかな。強奪スキルを隠さないと危ない。

あとはオーソドックスに剣術か魔法だな。魔法銃とかあると便利なんだけど。

殺さないと強奪できないパターンかもしれない。

「うん隠蔽スキルは必要だね。強奪スキルは危険視されているからね。魔法銃もあるよ。スキルにもレベルがあってね。低レベルの強奪スキルでは殺して奪う方法だね。あと言い忘れたけど超強力なスキルはエクストラスキルって言うんだ。超強力だから、最初は一つしか持つことができない。ポイントは3000。強奪スキルは、エクストラスキルでも強力なスキルだからポイントは4000なんだ。魔法銃はドロップアイテムだったり魔術士が作製した物が売りに出ているよ。専用武器として扱う場合はユニークスキルになる。ポイントは2000。ユニークスキルは一〇万に一人の割合。他にスキルコピー、時空間魔法、必要経験値1／10、獲得経験値10倍とかあるよ。全てのスキルを教えるのは面倒だからありそうなスキルを考えてね。異世界召喚モノのライトノベル読んだことがあるならわかるよね」

いやわかるけど面倒って。良さそうなスキルが例に挙がっている。

時空間魔法なら転移魔法やエリアサーチもありか？　スキルコピーも必要経験値1／10も獲得経験値10倍も魅力的だけど移動に徒歩や馬車はつらい。異世界観光するのに転移魔法は欲しい。

他のスキルは世界を回っていればなんとかなりそうだ。専用の魔法銃とか、厨二病をくすぐるがあきらめよう。

「時空間魔法でお願いします」

「ＯＫ。隠蔽スキルも大サービスで付けるよ。ダンジョンとか鑑定スキル持ちが集まるからね。じゃー転送するよ。がんばってくれ」

「ありがとうございます」

足もとが光だし身体を包むように輝きだした。眩しさに目をつぶる。

次に目を開けると城門の近くの街道に立っていた。

さぁ、異世界に来たぞ！

サクサクとレベルを上げて異世界生活を満喫するぞ！

【 第二話　拠点を作ろう。山生活始まる 】

「こんにちは。ヨシミです。魔物の森に来ています。ダンジョンスタートでなくて良かった」

転移とともに、着ていた服もジャージから布の服に布ズボン、革の靴に変わっていた。左腰には剣、左上腕には木の盾、腰にナイフを装備している。

では、ステータス！

『ステータス』
名前：ヨシミ＝ヨシイ
種族：人間　年齢：１５才　性別：男
職業：なし
レベル：１
体力：１５０／１５０

魔力：１００／５００
幸運：Ｂ＋
状態：良好
基本スキル（ＮＳ）：剣術Ｌｖ．１　土魔法Ｌｖ．１　生活魔法
レアスキル（ＲＳ）：鑑定Ｌｖ．１　夜目Ｌｖ．１　隠密Ｌｖ．１
スペシャルスキル：アイテムボックスＬｖ．１
ユニークスキル：異世界言語
エクストラスキル：創造魔法Ｌｖ．１
創造ポイント：７００
加護：創造神の加護（小）
装備：銅の剣　鉄のナイフ　木の盾　布の服　布のズボン　革の靴
所持金：１０万ネラ
所持品：
【アイテムボックス内】
薬草（３）毒消草（３）傷薬（１）ポーション（１）マジックポーション（１）水筒（１）
備考：
創造魔法Ｌｖ．２より魔力１０を１ポイントとして貯蓄することができる。
ポイントを使って『スキル』や『魔法』の作成が可能。
ポイント３００で基本スキル
ポイント５００でレアスキル
ポイント１０００でスペシャルスキル

ポイント2000でユニークスキル

とりあえずお金に関しては後でいいや。

後ろに岩山、前は見渡すかぎり山、山、山。近くに人里とかなさそう。

創造魔法はレベル2から作製できるようだ。まぁ、作れても魔力が低いうちは低レベルのスキルしか作れないけど。コツコツ貯めてスキルコピーの取得を目指そう。

さて、スライムとかは銅の剣で切れるだろうか？

火炎系の魔法を創造するべきか。土魔法レベル1って何ができる？

土魔法Lv．1：
ホール（穴を掘る）
ロックバレット（石礫）
ロック（岩を作る）

ホールは落とし穴として使えそうだ。ロックバレットは牽制に使える。

スリップさせて相手の体勢を崩すスキルも欲しいな。

生活魔法も確認しておくか。

生活魔法：
チャッカ（火をつける）
ドリンク（飲水）

クリーン（汚れを落とす殺菌消毒消臭）
ドライ（乾燥）

思った通りだ。ＯＫ。

レベル２になったら遠目（遠くのものが良く見える）とスリップ（滑って相手の体勢を崩す）を作製しよう。岩山にホールで穴を開け、ロックで蓋をすれば住めるだろう。

周りを警戒しつつ隠密スキルを常時ＯＮにして、ちゃっちゃと作りますか。

そして俺は後ろの岩山に向かって歩きだした。

ホールで岩山に横穴を一〇メートル掘り入口を岩で塞ぐ。真っ暗になるのだが、レアスキルの夜目があるので暗闇でも良く見える。入口から五メートル先にトイレを作る。トイレは洋式だがバケツの上に座る形だ。使用後はドライで乾燥させる。

風呂は諦めてクリーンで汚れを落とす。風呂は嗜好品、そのうちなんとかしよう。

問題は食料だ。なんにもない。とりあえず岩穴から出て回りを散策することにした。一〇メートルほど真っ直ぐ歩くと四メートル先に黒い四つ足の動物が地面を掘り返していた。

「猪だ。デカ！」

気付かれたらヤバイ。俺は身を低くして草むらに隠れる。

何あれ軽トラックよりデカい。あんなのに跳ね飛ばされたら死ぬ。

さて、鑑定。

種族：魔物　ワイルドボア　年齢：１０才　性別：♂
ランク：Ｃ

レベル：22
体力：1600／1600
魔力：30／30
幸運：D＋
状態：良好
基本スキル（NS）：突進Lv．3　解毒Lv．1　麻痺耐性Lv．1　気配察知Lv．2　加速Lv．2
レアスキル（RS）：
スペシャルスキル：
ユニークスキル：
エクストラスキル：
装備：
備考：肉が美味しい。肉、牙、毛皮は素材として売ることができる。

「美味いのか！　しまった！　塩も何も調味料がない。クソッ、考えてなかった」

気を取り直して仕留めよう。前足を軸に深さ三メートル直径二・五メートルの穴を作る。

「ホール！」

うん。うまくいった。猪のやつスッポリと頭から穴にはまり尻を空に向けている。

後足で蹴られないよう背中にまわり剣を突き刺した。

「硬！　クソッ！」

もう一度。また失敗。何度も繰り返すが上手く突き刺さらない。

「はあ〜、レベル1の俺がレベル22の魔物を倒すのは無理があるのか」

こいつはこのまま岩で囲もう。死ぬまで待てばレベルも上がるし肉も手に入る。

川まで行って魚を獲るにしても帰り道がわからず迷子になりそうだ。岩穴が見える距離が行動範囲だな。

「よし、木の実を順番に鑑定して食べられるものを探すか。あのオレンジ色の実から始めよう」

ジャンプして手を伸ばしたら採れた。鑑定をする。どれどれ？

ボアの実：ワイルドボアが好んで食べる実。食用。熟しているとオレンジ色。甘くて美味しい。

こいつをできるだけアイテムボックスに入れて今日はこれで終わり。家（岩穴）に戻る。

早くレベルを上げたい。明日は兎の魔物かゴブリン狙いで探索するとしよう。

魔力を使いすぎたのか眠い。疲れた。おやすみ。

《異世界転移二日目》

「おはようございます。二日目です。では探索に出発。行先は北東方面です」

腰高まである草を分け進むこと一〇分ほど、三匹のゴブリンを見つけた。

隠密スキルは出発前から発動中。

一匹離れたらホールで作った落とし穴に落として首に一撃入れよう。

「しかし、アイツら何をしているんだ？　ん？　手に兎を持っている。兎狩りか。その兎いただきだ」

種族：魔物　ゴブリンA　年齢：5才　性別：♂

ランク：F
レベル：3
体力：86／86
魔力：10／10
幸運：F
状態：空腹
基本スキル（NS）：剣術Lv．1　悪食Lv．2
レアスキル（RS）：
スペシャルスキル：
ユニークスキル：
エクストラスキル：
装備：錆びた鉄剣、腰蓑

種族：魔物　ゴブリンB　年齢：4才　性別：♂
ランク：F
レベル：2
体力：80／80
魔力：8／8
幸運：F
状態：空腹
基本スキル（NS）：棍術Lv．1

レアスキル（RS）：
スペシャルスキル：
ユニークスキル：
エクストラスキル：
装備：ゴブリンの棍棒（木製）、腰蓑

種族：魔物　ゴブリンメイジ　年齢：5才　性別：♂
ランク：E
レベル：3
体力：65／65
魔力：80／80
幸運：E
状態：空腹
基本スキル（NS）：火魔法Lv．1（ファイア）
レアスキル（RS）：
スペシャルスキル：
ユニークスキル：
エクストラスキル：
装備：ゴブリンの杖（木製）、腰蓑

「ゴブリンメイジがいる。魔法に気をつけなきゃ」

一匹離れていたゴブリンBに近づき丁度ギリギリ体がハマるほどの直径で、肩までの高さに調整し、ホールで落とす。ギャアギャア騒いでいたが首にナイフを突き刺し殺す。

駆けつけた二匹も順次落として殺した。

ゴブリンBをアイテムボックスに収納していると、沢山の足音が近づいてくる。

「どうする。数がわからないけど二、三匹ではない気がする」

取り敢えず直径五メートル、深さ三メートルの穴に作り直し、アイテムボックスからゴブリンBを穴に放り出す。ゴブリンAとゴブリンメイジも放り込む。

アイテムボックスから三メートルの岩を出してくり貫き中へ入ると入口を岩で塞ぐ。そして、くり貫いた岩から外の様子を窺えるようのぞき穴を作った。

来たのは二メートルぐらいのトラ模様の狼だ。全部で六匹。こりゃ戦うのは無理だ。

狼達は餌のゴブリンに釣られ穴に入った。バカなヤツ。所詮は犬か。ではさらに深く掘り下げよう。

「ロック！」

突然地面が抜け狼達は大慌てだ。最後に直径五メートルの岩を落とし全滅させた。

レベルが4に上がり【気配察知】のスキルが取れた。周りを警戒していたためだろうか？

創造魔法もレベル2に上がった。

創造魔法レベル2は魔力10を1ポイントとして貯蓄することができる。

創造ポイント300を使い、滑って相手の体勢を崩すスリップというスキルを作成する。

万が一ホールで作った穴に落ちなかった場合の保険だ。

味付けに塩を一〇キロ、顔を拭うフェイスタオル三本を創造ポイントを使って創造した。

残りポイントが260。レベル4での魔力の総量は680だから魔力500ずつ創造ポイントに変換して
5日後には遠くのものが良く見える遠目スキルを作成しよう。

『ステータス』
名前：ヨシミ＝ヨシイ
種族：人間　年齢：１５才　性別：男
職業：なし
レベル：４
体力：３３０／３３０
魔力：６８０／６８０
幸運：Ｂ＋
状態：良好
基本スキル（ＮＳ）：剣術Ｌｖ．２　土魔法Ｌｖ．２　生活魔法　気配察知Ｌｖ．１（Ｎｅｗ！）
スリップＬｖ．１（Ｎｅｗ！）
レアスキル（ＲＳ）：鑑定Ｌｖ．１　隠密Ｌｖ．２　夜目Ｌｖ．１
スペシャルスキル：アイテムボックスＬｖ．１
ユニークスキル：異世界言語
エクストラスキル：創造魔法Ｌｖ．２
創造ポイント：２６０
加護：創造神の加護（小）
装備：銅の剣　鉄のナイフ　木の盾　布の服　布のズボン　布の靴
所持金：１０万ネラ
所持品：

【アイテムボックス内】
薬草（3）毒消草（3）ポーション（1）傷薬（1）マジックポーション（1）錆びた鉄剣（1）水筒（1）ボアの実（20）ゴブリンの棍棒（1）ゴブリンの杖（1）ホーンラビット（1）塩（10キロ）フェイスタオル（3）

【　第三話　新しいゴブリン　異世界転移九日目　】

「こんにちは、ヨシミです。あれから一週間経ちました。ワイルドボアがようやく死にました。これで、しばらく肉には困りません。引き続き安全第一で進めます」

『ステータス』
名前：ヨシミ＝ヨシイ
種族：人間　年齢：15才　性別：男
職業：なし
レベル：10
体力：760／760
魔力：1030／1030
幸運：B＋
状態：良好
基本スキル（NS）：剣術Lv．3　土魔法Lv．3　生活魔法　気配察知Lv．3　スリップLv．3
レアスキル（RS）：鑑定Lv．4　隠密Lv．3　夜目Lv．3　遠目Lv．3

スペシャルスキル：アイテムボックスLv．2
ユニークスキル：異世界言語
エクストラスキル：創造魔法Lv．2
創造ポイント：200
加護：創造神の加護（小）
装備：銅の剣　鉄のナイフ　木の盾　布の服、布のズボン　皮の靴
所持金：10万ネラ
所持品：
【アイテムボックス内】
所持品：薬草（3）　毒消草（3）　傷薬（1）　鉄のナイフ（1）ポーション（10）マジックポーション（10）塩（10キロ）塩の小壺（1）水筒（1）錆びた鉄剣（6）ゴブリンの棍棒（12）ゴブリンの杖（4）　ボアの実（20）ワイルドボア（1）ハンターウルフ（6）

回復魔法が欲しいところ。現在の創造ポイントは200。あと100。もう少しのガマン。コツコツと経験値を貯める。

「さあ、ゴブリンでも探しに行きましょう」

それから二時間ぐらいウロウロして探索するが見つからない。ん〜〜、簡単にどこに何があるかわかるスキルが欲しい。移動も大変だし。転移魔法とか行動範囲が広がれば必須だな。

「まぁ〜まずは回復魔法だ」

帰ろうかと思っていたところ【気配察知】に反応あり。急いで向かう。

種族：魔物　ゴブリンファイター　年齢：7才　性別：♂
ランク：E
レベル：7
体力：320／320
魔力：60／60
好運：E
状態：良好
基本スキル（NS）：剣術Lv．3（スラッシュ）　気配察知Lv．1　悪食Lv．3　性豪Lv．3
レアスキル（RS）：
スペシャルスキル：
ユニークスキル：
エクストラスキル：
装備：錆びた鉄剣　皮の盾　腰蓑

種族：魔物　ゴブリンプリースト　年齢：6才　性別：♂
ランク：E
レベル：6
体力：280／280
魔力：340／340
幸運：D

状態：良好
基本スキル（NS）：棍術Lv．1　回復魔法Lv．1（ヒール）気配察知Lv．1　悪食Lv．3　性豪Lv．2
レアスキル（RS）：
スペシャルスキル：
ユニークスキル：
エクストラスキル：
装備：ゴブリンの棍棒（木製）　木の盾、腰蓑

種族：魔物　ゴブリンメイジ　年齢：6才　性別：♂
ランク：E
レベル：6
体力：160／160
魔力：420／420
幸運：D
状態：良好
基本スキル（NS）：火魔法Lv．3（ファイアボール他）水魔法Lv．1（ウォーター）気配察知Lv．1　悪食Lv．3　性豪Lv．1
レアスキル（RS）：
スペシャルスキル：
ユニークスキル：

エクストラスキル：
装備：ゴブリンの杖（木製）　腰蓑

「あ！　回復魔法！　クソッ、スキルコピーがあればコイツからちょうだいできたのに！」

ないもんは仕方がない。気持ちを切り替えて倒す。

「ホールホールホール」

それぞれ二メートルの落とし穴に落とす。続いて土魔法レベル2のバリーで落とし穴を埋める。

「終〜了。土系スキル最高だな」

魔法対策として、口が動かないスキルや息ができなくするスキルを作れば、マジ戦闘にならないな。ラノベの創造魔法持ちの主人公がやらないのか不思議だわ。

余った魔力は貯蓄し、今日はこれで帰ろう。欲張り深追いは絶対ダメ。安全第一。

安全と言えば、岩穴住居の入口は土魔法のレベルが3になった折りに、ロックウォール（岩壁）に変えた。岩壁には郵便ポストの投函口のように穴を開け、外が見えるようにした。

で、気付いたことは夜間けっこう近くまで魔物が徘徊していること。岩壁を破られることは無いと思うが、壁一枚隔てて魔物がいると思うと落ち着いて休むことができない。

すぐさま『結界』を思い付いたが、ポイント2000のユニークスキル。届かない。

仕方がなく土魔法レベル2のロックファング（虎バサミ）を作り、家（岩穴）の回りに配置し様子を見ることにした。

さて家（岩穴）に到着。食事の支度にかかる。といってもゴブリンが持っていた錆びた鉄剣に肉を刺して炙るだけ。焼けたら石板の上でナイフを使って切り分け塩を振って食べる。付け合せにボアの実だ。サラダが食べたいと思う日がくるとは。

「山でレベルを上げて町で俺Ｔｕｅｅｅｅ！　したい」

オーガが倒せるようになったら里に降りようかな。

【　第四話　魚を獲ろう。異世界転移一〇日目　】

《異世界転移一〇日目》

「おはようございます。今日は川まで下ってみようかと思います」

が、釣竿とか持ってない。以前ネット動画で、弓を使って魚を射るのを見たことがあるが弓も持っていない。もちろんスキルもない。

ナイナイづくしの中、以前テレビで見た川の石をハンマーで叩き、振動で魚をマヒさせる漁法があるのを思い出した。振動なら石と石ぶっつけてもいけるんじゃない？　みたいな発想で試してみる気になった。

腰高の草の海を掻き分け下ると林があらわれた。この林の中にあるか、これを抜ければ川だと決めつけ林の中に入る。今のところ、一直線に下っているので帰りも一直線で上がれば戻れるハズ。

どうやら正解、川を発見。川幅は三メートルぐらい、水深は膝下から深い所では、一メートルはありそうだ。

川岸に着きさっそく水面から顔をだした石を見つけた。振りかぶって石をぶっつける。

「この野郎！」

と気合の言葉とともに思い切り打ち当てる。

ゴン！！　という音がし、なぜか達成感に浸っていると浮いた魚が流されていく。

「ヤベー！」

急いで回収。三センチぐらいを六匹GET。繰り返すこと四回、計三六匹獲れた。大漁だ。

さて、もう一回と水中の石を両手で掴んだとき、【気配察知】に反応あり。何かこちらに走って来る。

川から出て土魔法レベル2のロックで高さ三メートルの岩を作製し、上に乗って待ち構える。

ほどなくして懐かしのハンターウルフが八匹現れたので、クソ犬を鑑定する。たぶんコイツがリーダーだと思う。

種族：魔物　ハンターウルフA　年齢：7才　性別：♂
ランク：E
レベル：7
体力：400／400
魔力：55／55
幸運：E
状態：空腹
基本スキル（NS）：噛みつきLv．3　薙ぎ払いLv．2　加速Lv．2　気配察知Lv．3　気配遮断Lv．2
レアスキル（RS）：瞬動Lv．2
スペシャルスキル：
ユニークスキル：
エクストラスキル：
装備：

備考：肉、牙、毛皮は素材として売ることができる。

自分がいる三メートル高の岩を八匹のクソ犬が包囲し時折ジャンプする。ギリギリ届きそうな高さのため、なかなか諦めない。まぁ、ワザとギリギリにしている。

まず包囲しているクソ犬の退路をロックフォール（岩壁）で遮り、地面から岩柱の槍を生やす『ロックランス』で一匹ずつ確実に串刺しにする。

ハンターウルフの死体は総てアイテムボックスに収納。肉が追加確保できた。

「一ヶ月分の肉は確保できたかな？　ステータスの確認をしておこう」

『ステータス』
名前：ヨシミ＝ヨシイ
種族：人間　年齢：１５才　性別：男
職業：なし
レベル：１４
体力：７６０／９２０
魔力：５３０／１２３０
幸運：Ｂ＋
状態：良好
基本スキル（ＮＳ）：剣術Ｌｖ．３　土魔法Ｌｖ．３　気配察知Ｌｖ．３　スリップＬｖ．３　生活魔法
レアスキル（ＲＳ）：鑑定Ｌｖ．４　隠密Ｌｖ．３　夜目Ｌｖ．３　遠目Ｌｖ．３
スペシャルスキル：アイテムボックスＬｖ．２

ユニークスキル：異世界言語
エクストラスキル：創造魔法Lv．2
創造ポイント：320
加護：創造神の加護（小）
装備：銅の剣　鉄のナイフ　木の盾　布の服　布のズボン　皮の靴
所持金：10万ネラ
所持品：
【アイテムボックスス内】
所持品：薬草（3）毒消草（3）傷薬（1）ポーション（10）水筒（1）鉄のナイフ（1）
マジックポーション（10）錆びた鉄剣（6）ゴブリンの棍棒（12）ゴブリンの杖（4）
塩の小壺（1）塩（10キロ）ワイルドボアの肉（1）ハンターウルフの肉（12）
ワイルドボアの魔石（1）ハンターウルフの魔石（14）ワイルドボアの毛皮（1）
ハンターウルフの毛皮（14）　ボアの実（8）

創造魔法がレベル3になった。魔力10を5ポイントとして貯蓄することができる。

さっさと移動しよう。新手の魔物がやって来るかもしれない。

川岸から林に入る時に【気配察知】に多数の反応あり。どうやら血の臭いで集まってきたようだ。

「クソ！　もう来た！」

さっき作った岩に向かって走り、取り付けた石階段で上に登る。

ハンターウルフの死体をアイテムボックスから二匹出し、囲んでいた石壁の内へほうり投げる。

囲んでいた壁の一部にホールで穴を開けて入口を作製、腹這いになって息を殺す。

すると林からゴブリンの一団が川岸に現れ、石壁へと警戒しつつ近づいて来た。

一匹指示を出しているゴブリンがいる。

「ゴブリンリーダーか？」

全部で九匹のうち周りの警戒に二匹、俺が腹這いになっている岩の立方体の調査に一匹を出し、石壁に五匹を向かわせている。

石壁に向かった一匹がゴブリンリーダーに報告に向かった。ハンターウルフの死体を報告したのだろう。

ゴブリンリーダーも確認に向かう。ヤツが入ったら入口を閉じて外の3匹から各個撃破だ。

ゴブリンリーダーは外から様子を窺うと指示をだし、自分は中に入ろうとしない。

「くそ、入らない気か。入るそぶりが見られない。ちっ、五匹でいいか」

岩壁の穴を塞ぎ、外の四匹から各個撃破だ。

まずは鑑定。

種族：魔物　ゴブリンリーダー　年齢：7才　性別：♂
ランク：D
レベル：10
体力：540／540
魔力：85／85
幸運：D
状態：良好
基本スキル（NS）：剣術Lv．3（スラッシュ）　指示Lv．2　悪食Lv．3　気配察知Lv．2　気配遮断Lv．2

レアスキル（RS）：性豪Lv．3
スペシャルスキル：
ユニークスキル　：
エクストラスキル：
装備：鉄の剣　皮の盾　腰蓑

種族：魔物　ゴブリンシーフ　年齢：5才　性別：♂
ランク：E
レベル：7
体力：280／280
魔力：67／67
幸運：D
状態：良好
基本スキル（NS）：ナイフ術Lv．3　気配遮断Lv．3　気配察知Lv．3　回避Lv．2　罠解除Lv．1　悪食Lv．3　性豪Lv．2
レアスキル（RS）：
スペシャルスキル：
ユニークスキル　：
エクストラスキル：
装備：鉄のナイフ　腰蓑

ゴブリンリーダー、ゴブリンシーフ、ゴブリンアーチャーが二体。一番近いゴブリンシーフから行くか。

「ホール！＆バリー！」

ゴブリンシーフを首の高さまでの穴に落として埋め立てる。続いては、

「ロック！」

岩を作り五メートルの高さから落とす。

「直撃！　死んだ。まずは一匹」

岩から飛び降りて次に近いゴブリンアーチャーBに向かってダッシュ！

気付かれた模様、弓の照準がコチラに向いている。

「スリップ！＆ロックランス！」

まるでバナナの皮で滑るコントのごとく倒れるタイミングに合わせて、地面から岩槍が生え串刺しにする。二匹目。

迫り来るゴブリンリーダーをロックバレット（石礫）で牽制、無視してゴブリンアーチャーAにダッシュで近づく。ヤツまで五メートル、四メートル。ヤツは弓を引いて今にも矢が放たれんばかり。

「スリップ！」

集中しているせいか派手にぶっ倒れる。よし！

「ロック！」

下敷きにして潰す。三匹目。

すぐさま反転、ゴブリンリーダーに向かって走る。悪いな。まともに切り結ぶ気はないんだ。

「スリップ！　ホール！　……ロック！」

ゴブリンリーダーは滑って穴に落ち、上から自身の身長より遥かに大きい岩を落とされ圧死。四匹目！

さぁ、囲いに閉じ込めた残り五匹を始末して今日は終わりだ。帰ろう。

『ステータス』
名前：ヨシミ＝ヨシイ
種族：人間　年齢：15才　性別：男
職業：なし
レベル：15
体力：1060／1060
魔力：1470／1470
幸運：B＋
状態：良好
基本スキル（NS）：剣術Lv．3　土魔法Lv．4　気配察知Lv．3　スリップLv．3　生活魔法
レアスキル（RS）：鑑定Lv．4　隠密Lv．3　夜目Lv．3　遠目Lv．3
スペシャルスキル：アイテムボックスLv．3
ユニークスキル：異世界言語
エクストラスキル：創造魔法Lv．2
創造ポイント：320
加護：創造神の加護（小）
装備：鉄の剣　皮の盾　鉄のナイフ　布の服　布のズボン　皮の靴
所持金：10万ネラ
【アイテムボックス内】
【装備品倉庫】：ゴブリンの弓（2）錆びた鉄剣（12）鉄のナイフ（2）銅の剣（1）ゴブリンの杖

（4）ゴブリンの棍棒（12）錆びたナイフ（1）木の盾（1）
【医薬品類】：ポーション（10）薬草（3）マジックポーション（10）毒消草（3）傷薬（1）
【食料品類】：ワイルドボアの肉　ハンターウルフの肉（8）塩（10キロ）塩の小壺（1）水筒（2）
【雑貨類】：ワイルドボアの魔石（1）ハンターウルフの魔石（8）

【　第五話　殲滅オーク村　異世界転移二五日目　】

「こんにちは。ヨシミです。この世界に来て二五日が経ちました」

レベル28となり体力、魔力ともに2500を超えました。そして待望のスキルコピーを作製！

「ヨッシャー！　これで魔物からスキルをジャンジャン獲れるぞ！」

しかし回復魔法は取れていない。あのゴブリンプリースト、レアだったんだ。

「クソッ！」

草原と林付近の魔物のスキルは回復魔法を除いてだいたい網羅したし、レベル30近くなり、なかなかレベル上がりづらくなってきた。

そんなわけで、ゴブリンプリーストを求めて狩場を少し山麓側に移します。

山麓までかなりの距離があり中間地点に拠点となる岩場があればいいが、なければ土魔法でカプセルハウスのような家を作ろうと考えている。安全確保の観点から結界魔法は欲しいところ。

現在ポイントは350。結界魔法の必要ポイントは2000、少し時間が必要だ。

拠点から山麓側へ行くと腰高の草原が引き続き一面に広がっている。

先を見るため土魔法を使い足元を三メートル高くする。弓のいい的になってしまうが、ゴブリンアーチャーごときなら問題ない。気配察知スキルや回避スキルも働くし。

【遠目】スキルを使い周りを見渡す。岩場は全くない。土魔法で家を作ることになりそうだ。

向かって右斜め、かなり遠いが森から煙が揚がっている。

「ゴブリンかコボルト、オークの村だろうか？」

拠点を作るのに村が近くては安心できない。それに、レベルＵＰのチャンスなので倒しに行く。

作戦はロックウォールで村を囲み、火を放ち魔法や弓でさらにパニックに落としロックランスで串刺し皆殺し。まるで夜盗の所業。

「気づかれないように行きます」


「疲れた」

途中で昼食をとり結局村に着くまで三時間かかった。帰りも三時間か。夜になる前に早く勝負を決めないといけない。

いつも夜は家にいるようにしているので、夜の戦闘は一度もやったことがない。今後も絶対やらない。

【気配遮断】、【隠密】、【気配察知】スキルをもう一度かけ直し、慎重に近づき様子を窺う。

ガタイのいい体に猪の頭、ボロとはいえ服を着て槍を持っている。

「オークか！」

さながら門番か。まずは鑑定。

『ステータス』
種族：魔物　オークＡ　年齢：１０才　性別：♂
ランク：Ｄ

レベル：24
体力：3000／3000
魔力：230／230
幸運：D
状態：良好
基本スキル（NS）：
槍術Lv．3（三段突き、閃光突き）棍術Lv．4（岩石割り）豪打Lv．4　体当りLv．4
剛力Lv．3　気配察知Lv．2　気配遮断Lv．2
レアスキル（RS）：金剛Lv．3　性豪Lv．3　絶倫Lv．4
スペシャルスキル：
ユニークスキル：
エクストラスキル：
装備：鉄のやり　布の服　布のズボン　皮の靴
備考：肉が美味しい。肉、牙、皮は素材として売ることができる。

……門番だよね？　強すぎだろう。殺れないことはないが……。

まずコイツを瀕死にしてスキルをコピーしたい。金剛スキルと剛力スキルは厄介だ。

俺は【瞬動】、【加速】スキルで接近、【スリップ】スキルでヤツの体勢を崩し、首に剣を上から下に突き降ろした。

「ん、死んでない。よし！　スキルコピー！」

『できねえ、まだなのか！』

スキルをコピーする過程は、服のボタンを留めている感じに似ている。相手のスキルが多いと留めるボタンが多い状態と同じで時間がかかる。スキルコピーの失敗はボタンがうまく留まらない状態だ。残念なことに、スキルコピーの途中はなんのスキルがコピーできているかわからず、その後、自分自身に鑑定をかけなければならない。

「よし！　全部取れた気がする。ではオーク君さようなら。死んでもらいます。じゃあ、鑑定」

『ステータス』
名前：ヨシミ＝ヨシイ
種族：人間　年齢：15才　性別：男
職業：無し
レベル：28
体力：2590／2590
魔力：2750／2950
幸運：B＋
状態：良好
基本スキル（NS）：剣術Lv．4　棍術Lv．1　土魔法Lv．5　気配察知Lv．5　槍術Lv．1
弓術Lv．1　ナイフ術Lv．1　火魔法Lv．3　風魔法Lv．2　水魔法Lv．1　気配遮断Lv．
3　加速Lv．3　剛力Lv．1　豪打Lv．1　悪食Lv．3　生活魔法　回避Lv．3　体当りLv．
1　罠解除Lv．1　スリップLv．5
レアスキル（RS）：鑑定Lv．5　隠密Lv．5　夜目Lv．5　遠目Lv．5　瞬動Lv．3　性豪
Lv．1　金剛Lv．1　絶倫Lv．1

スペシャルスキル：アイテムボックスＬｖ．４
ユニークスキル：異世界言語　スキルコピーＬｖ．２
エクストラスキル：創造魔法Ｌｖ．２
創造ポイント：３５０
加護：創造神の加護（小）
装備：鉄の剣　皮の盾　鉄のナイフ　布の服　布のズボン　皮の靴
所持金：１０万ネラ
【アイテムボックス内】
【装備品倉庫】：ゴブリンの弓（２）鉄のナイフ（２）鉄のヤリ（１）銅の剣（１）木の盾（１）ゴブリンの棍棒（１２）ゴブリンの杖（４）錆びた鉄剣（１２）錆びたナイフ（１）
【医薬品類】：ポーション（１０）マジックポーション（１０）薬草（３）毒消草（３）傷薬（１）
【食料品類】：ワイルドボアの肉　ハンターウルフの肉（９）ボアの実（２３）塩の小壺　塩（１０キロ）
【雑貨類】：水筒（２）ワイルドボアの魔石　ハンターウルフの魔石（８）ワイルドボアの毛皮　ハンターウルフの毛皮（１４）

「ん、【絶倫】とか、いつ使うんだよ。と言いたくなるようなスキルも取れている」

村全体を見渡せるようにするため、足もとにロックウォールをかけ八メートル高まで上がる。

「村の様子は、と。村の規模は五〇匹というところか。ん〜多い。中で繁殖しているなコレ」

村の連中には感づかれたか。まあ、しょうがない。夜を待ってからとかヤダし。門番からスキルを頂いたし第一段階突破だ。

「さあ、来い！　もっと来い！　もっと多くだ！　ロックランス！」

一四匹を串刺しにした。

そして八メートル高のロックウォールで村総てを囲む。出口なしだ。

門番のレベルで俺の体力を上回っていたので、リーダー格相手に一対一はヤバイし多勢に無勢だ。中に女冒険者や女エルフとかいそうだが、知らない女に命を賭けていられるほど俺は強くないので躊躇なく火を放つ。

オークの家は木製だ。屋根は藁葺きで良く燃える。

「あー出てくる出てくる。いるわいるわ。ロックランス！」

逃げ惑うオーク串刺しにしていく。ん～～思ったよりサクサク行く。女冒険者や女エルフがいるようなら助けるか。

一際大きくて黒いオークがデカイ斧を持ってこっちに駆けてくる。

「コイツがリーダーか」

いいスキルを持っていそうだが強そうだ。躊躇なく殺す。スキルをコピーしようとか考えてたら殺られる。弓を使うオークやオークメイジなんかに狙われかねない。

「ホール！」

ヤツを直径五メートル、深さ八メートルの穴に落とす。

「バリー！」

生き埋めだ。深さ八メートル高だ。上がって来れまい。ついでに岩を乗せてダメ押しするか。

「ロック！」

これでリーダーは始末した。

「ロックランス！　ホール！　エアーハンマー！　ファイアアロー！」

スキルの回収を無視して次々と魔法やスキルを繰り出す。殲滅だ。虫の息のヤツがいたらスキルを回収しよう。

あらかた殺し動く者がいなくなったのを確認して村に入った。

虫の息のヤツを見つけては鑑定をかける。

同じスキルばかりだが、【斧術】、【解体】、【木工】、【採取】などのスキルが取れた。

次に半壊したオークの家をまわり手近な家に入る。

すごく臭い。咳き込み鼻水がでる。涙もでてきた。

無理だ。パッと見てめぼしい物はない。すぐに出る。リーダーらしき黒オークが出てきた家に向かおう。

少しはましな物があるかもしれん。入る前に生活魔法のクリーンを家全体にかける。消臭消毒だ。そうでないと臭くて中に入るのが無理だからだ。

中に入ると薄汚れた裸の女性が床に転がっている。向きのせいか大事な所が見えちゃっている。股から血が混じった白濁液が垂れているのが見える。時すでに遅し。

木の檻にも裸の女性が気絶している。お尻がこちらに向いているので大事な所が丸見えだ。こっちもダメか。

何発も中出しされたのだろう。流れ出た白濁液が水溜りを作っている。擦り傷、アザがいっぱいだ。命に別状がなければいいが。

床の女性を鑑定。

『ステータス』
名前：セリス＝ミラ＝ラッセ
種族：人間　年齢：１５才　性別：女

職業：Cランク冒険者　アッシュホード魔法士団所属魔法士
レベル：15
体力：100／810
魔力：760／760
幸運：C＋
状態：放心状態
基本スキル（NS）：棍術Lv3　水魔法Lv．1　風魔法Lv．2　回復魔法Lv．2　回避Lv．2
生活魔法
レアスキル（RS）：身体強化Lv．2
スペシャルスキル：
ユニークスキル：
エクストラスキル：
称号敬称：ラッセ男爵家次女
加護：
装備：

貴族だ。やっぱりこの世界、貴族いるんだ。

セリスは金髪に瞳は緋色、胸はEカップ？　Fかもしれない。巨乳だ。顔は涙でグショグショだ。

次に檻の女性を見る。金髪、青い瞳。胸は、Dカップはありそうだ。腰のくびれでお尻が大きく見える。なんたるボンキュボン！　そそる身体だ。

鑑定。

『ステータス』
名前：アンゼ＝リム＝アッシュホード
種族：人間　年齢：15才　性別：女
職業：Cランク冒険者　姫騎士
レベル：15
体力：80／1200
魔力：540／540
幸運：C＋
状態：憔悴
基本スキル（NS）：剣術Lv3　風魔法Lv．2　剛力Lv．2　回避Lv．2　生活魔法
レアスキル（RS）：瞬動Lv．3　身体強化Lv．2
スペシャルスキル：
ユニークスキル：
エクストラスキル：
称号敬称：アッシュホード辺境伯長女
加護：
装備：

伯爵令嬢だ！　可哀想に冒険者などしなければ、オークに犯されることもなく、引き手あまただっただろうに。

嫁に行けないな。『小説家にな〇う』で読んだ知識だが貴族は処女主義だったはず。貴族社会に於いてオークに犯され処女を散らしたと知れれば教会で隠蔽生活を強いられるだろう。勿体ない。可愛い顔立ちだし俺が貰っちゃっていいなら貰うよ？

いや待てよ、ここで助けたはいいがオークに犯されたという事実を隠すため、殺しにくるかもしれん。どうする？　助けるか。ん～～ボッチも長いし助けるか。

「おい、大丈夫か？」

俺はセリスに話しかける。返答がない。

「あ～ダメだ。飛んじゃっている」

肩を揺すろうと手を伸ばした時、檻の女性から声をかけられた。

「私はアンゼ、ダンジョンのトラップに引っかかりこの森に飛ばされたの。すぐにオークに捕まって……」

見ると両手で檻の格子を握りなんとか膝立ちしている。お椀形の良いオッパイなのに。

この姫騎士、オークにパコられているだろうに気丈だな。

「その、何だ。ソレ大丈夫なのか？」

いやスマン。男としては股から血が出ていると気になるんだよ。

アンゼは俺に言われ顔を曇らせる。

「……大丈夫。避妊魔法は受けているわ」

「そうか。他に誰かいなかったか」

「他にエルフが一人、妊娠した人が一人いたわ」

エルフも捕まっていたか。俺が読んでいたライトノベルではエルフは妊娠しにくい設定が多かったが、妊娠しない女はどうなるのだろう。

「僕もダンジョンではないが飛ばされた口で、今どこにいるかわからないんだ。飛ばされたのは二五日前」

「そう貴方も。お願い助けて、できる限りのお礼はするわ」

「ああ、わかった」

アンゼを檻から出るとセリスの傍らに寄る。

「セリス。セリス！　私達助かるのよ」

アンゼはセリスに呼びかけている。

さて、今から帰るんじゃ真っ暗だ。今日はここに泊まることになりそうだ。

いっそここを次の拠点にするか。木材はたくさんあるし。さっき、八メートルの石壁でぐるりと囲ってあるので出入り口もない。空を飛べる魔物以外は大丈夫だ。

あとオークの死体とその武具はすべてアイテムボックスに収納した。他の家々を見てまわったが何もなかった。

今回のオーク殲滅で一気にレベルが３０まで上がり創造魔法もレベル４になった。創造魔法レベル４は魔力５を１ポイントとして還元することができる。

「あの黒いオークのレベルはいくつだったのだろう」

日も暮れたことだしさっさと作らなければな。

彼女達を見る。

「風呂を作るか」

風呂に入り嫌なこと少しでも洗い流せればいい。

【　第六話　新たな拠点　異世界転移二五日目　】

俺は土魔法系で新たな家を作る。巨石の中に部屋を作るイメージだ。

地上二階、地下一階だ。地下は倉庫、一階はホールにした。二階は生活スペース、風呂も二階だ。石の浴槽に水をためファイアアローで湯を沸かす。排水もできる。

二時間ほどで家ができた。彼女達を迎えにいく。迎えにいくとアンゼは先ほど渡したオークの服とズボン（クリーン済み）を穿いており、セリスもオークの服を着ている。二人には既にクリーンをかけている。

「アンゼ、とりあえず家を作ったからそっちに移動しよう。風呂も沸かしたから入れる。最初にセリスを二人で入れよう」

「何を言っているの？」

「いいからみれば分かる。セリスを運ぶのを手伝ってくれ」

セリスは立とうとすると顔をしかめ立つことができない。

「足を痛めたの？　気付かなかったわ」

家を作る前なら創造ポイントが３５０あったが、タオルや石鹸、ナイフにフォークなど生活用品に消費してしまったので創造ポイントを使って回復魔法を取れない。オーク村の戦闘と家の作成に魔力をほぼ使い切ったので魔力を還元して創造ポイントとすることもできない。一晩開ければ魔力も戻るので回復魔法も取れるが…。

ゴブリンの棍棒とオークの服でできた担架に二人がかりで乗せる。

「少し揺れるが我慢な」

「……はい」

俺達三人は巨石の家に向かった。入口のドアはまだ作っていないので壁に空いた穴から入る。

「何よこれは！？」

驚くアンゼ。セリスも無言で目を見開いている。

一階のホールには暖炉とシャワー室がある。石造りの広い階段、透明な水晶の窓。この水晶、実は一メートル厚である。本当はガラスで作りたかったが次の課題にしよう。

「二階にいくぞ。二階に風呂もベッドもある。とりあえずこのままセリスを浴室に連れて行く」

アンゼが何か言いたそうにしているが、セリスの体を洗って早く寝かそうと説得すると協力してくれた。

浴室の中に寝台があり、そこにセリスを寝かせた。

二人は広い浴室と三畳ほどの浴槽に驚いていた。たぶん浴槽の大きさではなく風呂そのものに驚いていたのだろう。

俺も洗うのを手伝うと言ったらアンゼが怒り出したが、一人が支えもう一人が洗うようにしないとうまく洗えないうえに危険だと説得した。アンゼはセリスに確認をとって納得した。

セリスのFカップのオッパイを石鹸をつけたタオルで洗おうとしたらアンゼに「そこは私が洗います」と取り上げられてしまった。

洗われて右や左に寄るセリスのおっぱいと恥ずかしそうなセリスの顔を見ていると、アンゼに「いやらしい目で見ない。あっちを向いて」と言われてしまった。

洗い終わりお姫さま抱っこで胸元からバスタオルを巻いたセリスを運ぶ。

コップいっぱいの水を満たした時に、コップの縁以上に盛り上がって見える現象を表面張力と言うが、巻かれたバスタオルから盛り上がった様はオッパイ表面張力と言えばいいのか。

セリスの左腋から入った俺の左手が、セリスの大きなおっぱいに仕方がなく触れているのだが、そのせいでバスタオルで保持されたオッパイのたゆんたゆんの感触が伝わってくる。

ヤバイヤバイ。力が抜ける。油断すると抱えた高さが下がり俺の勃起した息子が彼女のお尻をノックしてしまう。そんなことを考えているとアンゼにバレたら、いい人が台無しだ。

セリスの顔を見ると真っ赤だ。恥ずかしそうだ。可愛ゆい。ん、もしかして一回、息子がノックしちゃったか？

セリスをベッドに寝かす。ベッドは木製だ。敷布もかけ布もハンターウルフの毛皮だ。

アンゼがセリスを見守っている間に浴槽の水を排水し、また水をためてファイアアローで温める。

準備ができたのでアンゼに入るように伝える。

「覗かないで！」

と、きつく釘を差される。アンゼ自身の気持ちの整理もしたいだろう。

「ああ、わかった。肉しか持っていないけど食べるだろう。焼いとくよ」

俺は彼女から離れたが、すすり泣く声が聞こえた。気丈に振舞っていたのか。

そうだよな。歳からすれば、中三か高一だもんな。聞かなかったことにしよう。

ワイルドボアの肉を焼き、石の皿に切り分けて盛り付ける。別の皿にボアの実を入れる。石のコップにウォーターで水を入れる。

そのセットを三組作り、アンゼに声をかけセリスと食べるように持って行かせる。

部屋には木製の机と椅子もある。落ち着いたら三人で食べられたらいいな。

そうだ玄関を作らないと、食ったら作るか。

《異世界転移二六日目》

一晩明けた。

朝食はハンターウルフのステーキとボアの実だ。

【採取】スキルをいかしてキノコでも今日は見つけるか。

アンゼにスキルについて聞かれたので、土魔法と【木工】、【練成】スキルで家を作ったと説明したら納得してくれたようだ。

「ちょっと、どこに行くの！？」

「食料の調達と調査。この辺に何があるかわからないからな。八メールの石壁がこの村を囲んでいるし入口は塞いである。それでも空からの進入は防げないから、家から出ないでくれ」

「わかったわ。食料は？」

「二階のキッチンに肉もボアの実もある。水はデカい水瓶に入っているから。後は頼んだ。行ってくる」

俺はホールで八メートルの石壁に穴を開け出るとバリーで開いた穴を埋め探索に出た。

一昨日までボッチだったからか何をしたら良いのか全くわからない。中身三八才のおっさんが一五才の小娘にビビリまくりだ。

何かがこちらに向かって急速に近づいて来る。見えたぞ、コボルトか！

『ステータス』
種族：魔物　コボルトA　年齢：8才　性別：♂
ランク：D
レベル：16
体力：1600／1600
魔力：120／120
幸運：B
状態：良好
基本スキル（NS）：剣術Lv．3（スラッシュ）　噛みつきLv．3　薙ぎ払いLv．3　回避Lv．2
加速Lv．3　豪打Lv．4　体当りLv．4　剛力Lv．3　気配察知Lv．3　気配遮断Lv．3
レアスキル（RS）：瞬動Lv．4　金剛Lv．3

スペシャルスキル：
ユニークスキル：
エクストラスキル：
装備：鉄の剣　布の服　布のズボン　皮の靴
備考：肉、牙、毛皮は素材として売ることができる。

「一匹なわけないよな！」

俺はヤツに向かって走り出した。止まっていると的になる。正面から来るヤツ以外はどこから来るのかわからない。包囲しているに違いない。一点突破だ。

「ロックランス！」

コボルトAはかわした。

「スリップ！」

右に体勢が崩れた。首を切り飛ばす。

さらに【加速】スキルをかけ引き離しつつロックファングを撒く。二匹かかったようだ。まだ追って来る。

「ロックステップ！」

自身の足もとにスキルを使い一気に五メートルの高さまで自分を持ち上げる。

反転しエアーカッターで追ってきたコボルト共を皆殺しにした。全部で一二匹、多すぎるだろ。切り結んでいたら殺られていた。

【解体】スキルをかけて回収する。肉と爪、牙と毛皮に分かれた。おまけでホーンラビットも狩れたので帰ることにした。帰りに食用のキノコとイチジクに似た果実を採取する。

家に着くとアンゼが待っていた。残りの魔力を創造ポイントに還元し回復魔法を取る。

「回復魔法が使えるようになった。セリスの足を治療できると思う。アンゼは明日、そのアザと切り傷を治すよ」

「……ありがとう」

小さな声が聞こえた。

「セリスはどこにいる」

俺は照れながら尋ねた。

「部屋にいるけれど、彼女は寝ているわ」

「寝ている間にセリスに治療する、構わないな？」

俺はアンゼにことわり、セリスの部屋に向かった。セリスはスースーと寝息を立てていた。

回復魔法をかける。

「ごめんな、もう少し早ければ痛い思いをしなくてすんだのに」

俺は呟き部屋を出た。

回復魔法についてはアンゼからセリスに話してもらうこととした。

《異世界転移二七日目》

翌日の昼頃になってセリスは起きてきた。

「助けて頂きありがとうございます。わ、私の裸は忘れてください」

「え、いや無理だよ。あんな魅力的な体忘れられないよ」

あんなイヤラシイ身体、忘れるなんて無理だ。

「う〜〜〜〜」

セリスは顔を赤くして唸りだしてしまった。

「……わかりました。裸のことはもういいです」

そう言うとアンゼのもとへ向かった。

ここはいつ魔物に襲われるかわからず気が休まらない。彼女達はすぐにでもここから出て行くべきだ。たぶん川を下ったところに村があるだろう。

街に戻るために俺も彼女達もレベルを上げる必要がある。まずは俺か。安全確保のためには結界スキルが必要だ。移動には時空間魔法が必要だ。それが終わったら付与魔法だ。

付与魔法で彼女達を強化して戦えるようにしなければ。

【第七話　オークキング　異世界転移三一日目】

コボルトと戦ってから五日。

コツコツと魔力２０００を、ポイント還元で４００づつ貯めて念願の結界スキルを作製した。

さらに五日、創造ポイント２０００を消費して時空間魔法を作製した。時空間魔法Ｌｖ．１はエリアサーチで範囲探索魔法だった。

その翌日、魔力２５００をポイント還元した５００を消費して飛行魔法を作製。飛行魔法は飛行中は魔力は消費しないがＬｖ．１だと速度や高度に制限があった。

飛行魔法を作製した日から三日目。付与魔法をポイント１０００で習得した。

付与魔法Ｌｖ．１は基本スキルを一個ごと付与できる。物に付与することはできるが人にはできない。物に付与しても一回使用すると効果が切れてしまう。レベルが上がれば人にも付与でき物に付与する場合でも使用回数が増える。なにごともレベル次第だ。

魔石は種族ごとに違う色をしているが、共通するのは魔力を宿していることだ。低いレベルの魔物の魔石は透明度が低くレベルが高い物ほど透明度が上がり大きくなる。ただ魔物にも種族的な格差があるようで、レベル20のゴブリンの魔石よりレベル10のオークの魔石のほうが宿す魔力が大きかったりする。

たくさんあるオークの魔石に付与魔法を使ってファイアを付与すると宿した魔力を消費して発火する。浴槽の水にファイアアローを打つという蛮行もこれでなくなった。魔石は宿した魔力がカラになると白くなる。白くなった魔石を握って魔力を送ると再充填できることが実験してわかった。

ところで気が付いたことがある。自分の戦闘スタイルは魔法使いなのだと。魔法を使うなら無詠唱が戦いを左右する。

無詠唱スキルをとろう。無詠唱スキルはポイント2000。さらに五日後に作成した。

《異世界転移五〇日目》

まだまだ必要なスキルはある。毒を無効にしたり麻痺を無効にしたり病気にかからないようにするスキルだ。

【状態異常無効】、【無病息災】スキルはどちらもスペシャルスキル。五日後作ることにした。【鍛冶】、【錬金】、【調合】といったスキルも欲しい。創造魔法で物さえも作り出すことはできるが【鍛冶】、【錬金】、【調合】などのスキルを習得し極めていけば創造魔法で作れる物の品質が高くなり複雑な物も作れるようになるだろう。

いずれ車とか創造したい。転移魔法や飛行魔法もあるので完全な道楽と言えるが……。

【鍛冶】、【錬金】、【調合】スキルは街に出たときにでも作ろう。そのため、街や都市で誰に鑑定をかけられるかわからないので【隠蔽】スキルも作っておこう。

この世界は強くなければならない。すぐにレベルが上がりやすくなるスキルも作りたい。

しかし……作り過ぎた。頭がふらつく。魔力が減りすぎてヤバい。マジックポーションを二本空ける。

「ふぅ～落ち着いた。飯にする」

目下不満があるとすれば料理だ。創造魔法で料理さえ作れるが、魔法依存の戦闘なので魔力の消費は抑えたい。貴族令嬢なので、アンゼもセリスも料理は無理だ。

【無病息災】スキルがあれば病気にならないけど楽しみがない。戦っているときが一番楽しいとかダメな気がする。

「ブオォーーー！　ブオォーーーーーー！！」

石壁の外がうるさい。魔物だ。俺は飛行魔法で石壁に飛び乗った。オークだ。金色のオークがいる。鑑定！

『ステータス』
種族：魔物　オークキング　年齢：0才　性別：♂
ランク：A
レベル：5
体力：1500／1500
魔力：300／300
幸運：B
状態：良好
基本スキル（NS）：斧術Lv．1　棍術Lv．1　鎚術Lv．1　豪打Lv．2　加速Lv．1　毒耐性Lv．1　統率Lv．1　剛力Lv．2　気配察知Lv．1　気配遮断Lv．1　体当りLv．1　回避

Lv．1　麻痺耐性Lv．1
レアスキル（RS）：金剛Lv．1　瞬動Lv．1　夜目Lv．1　遠目Lv．1　性豪Lv．1　絶倫Lv．1
スペシャルスキル：身体強化Lv．1　転移魔法Lv．1　重力魔法Lv．1　従属化Lv．1　体力回復（大）
ユニークスキル：獲得経験値5倍　再生Lv．1
エクストラスキル：
称号：転生者
加護：
装備：
備考：『宮谷　鉄』が転生した姿。肉がうまい。肉、牙、皮は素材として売ることができる。

「あのオークキング、転生者なのか！」

こちらの世界に来て初めて日本人と話せるチャンスだ。

「しかし……」

ここで彼と親睦を深めても、後々オークキングである彼を擁護しきれない。オークキングは災害種で存在だけで悪即斬されるとアンゼから聞いた。放っておけばいずれ魔物の群れを引き連れて村を襲うだろう。それに、ユニークスキルがヤバい。【獲得経験値五倍】。力をつけた彼には勝てないかもしれない。

「殺ろう」

俺は石壁から飛び降りオークキング、ミヤタニ＝テツに話しかけた。

「ミヤタニ君、君が転生者で日本人なのは鑑定でわかっている。俺は転移者だ。君は君自身が何者なのかわかっていないのかもしれない。君はオークキング、災害種だ。力をつける前に死んでもらう」

「ブモォ！　ブモォブモォブー！　ブモォブモォブ、ブモォブモォブブブゥー！」

何言ってるかわからない。【異世界言語】スキルもオーク語まではカバーしていないようだ。レベルが低いし生まれたばかりなのだろう。

突如、身を翻して走り出した。俺は慌てず後ろから心臓を一突きした。

「済まない。願わくば次は人間で転生してくれ……」

……殺しても吐き気すらしない自分にイヤになる。

自分がオークに転生し日本人に殺されることを思うと気が滅入る。


オークキングを始末して俺は歩いて家に帰った。家に着くとアンゼが待っていた。

「疲れているみたい。寝たら？」

気にかけてくれる人がいる。俺は少しホッとし救われたような気がした。

《異世界転移五六日目》

今日は午後から付与魔法のレベルを上げるため狩りに出かける。今の二人ではスキルが乏しく戦術以前に死んでしまう。有効なスキルを付与しなければ俺自身も危険だ。

「さてと、行くか」

◆◇

飛行魔法を使って空を飛ぶ。高さは一〇メートル、速度は四〇キロが限界だ。上空からコボルトの集団を発見、エアーカッターで皆殺しにした。

エリアサーチをかけ反応のあった所へ急行。ゴブリン、コボルト、オーク、緑色の狼と鑑定もかけずにエアーカッターで瞬殺する。

次に岩場が見えたので向かう。三メートルぐらいの巨人が岩を手に持った棍棒でぶっ叩いている。

「何をしているんだ」

俺は【遠目】スキルで良く見るとトカゲ型の景色が動いている。鑑定しよう。

『ステータス』
種族：魔物　アサシンリザード　年齢：12才　性別：♂
ランク：B
レベル：21
体力：2100／2100
魔力：280／500
幸運：B
状態：良好　擬態中
基本スキル（NS）：噛みつきLv．3　薙ぎ払いLv．3　加速Lv．3　毒飛ばし　毒耐性Lv．3
気配察知Lv．3　気配遮断Lv．3　体当りLv．2　回避Lv．3　麻痺耐性Lv．2

レアスキル（RS）：金剛Lv．1　瞬動Lv．1　夜目Lv．1　遠目Lv．1
スペシャルスキル：擬態Lv．3
ユニークスキル：再生Lv．1
エクストラスキル：
装備：
備考：肉が美味い。肉、牙、爪、毒、皮は素材として売ることができる。

『ステータス』
種族：魔物　ロックオーガ　年齢：10才　性別：♂
ランク：B
レベル：19
体力：1820／3300
魔力：450／540
幸運：B
状態：毒
基本スキル（NS）：棍術Lv．4（岩石割り）豪打Lv．4　剛力Lv．4　加速Lv．2　毒耐性Lv．1　気配察知Lv．2　気配遮断Lv．1　体当りLv．3　回避Lv．3　麻痺耐性Lv．1
レアスキル（RS）：金剛Lv．3　瞬動Lv．1　夜目Lv．1　遠目Lv．1
スペシャルスキル：身体強化Lv．3　体力回復（大）
ユニークスキル：再生Lv．2
エクストラスキル：

装備：大槍の棍棒　ワイルドボアの腰巻
備考：皮は素材として売ることができる。

どうやらロックオーガがアサシンリザードを狩っているようだ。

いや、その場から離れないところを見ると、その逆なのか？

アサシンリザードの擬態スキルほしい。ロックオーガは特にない。しいて言えば大槍の棍棒、ワイルドボアの腰巻ぐらいだ。

アイテムボックスから鉄の槍を出すとアサシンリザードの胴めがけて投擲した。命中、しかし当たりは浅い。

ロックオーガにはエアーハンマーを後頭部にぶち当てる。顔面から倒れる。

もう一発後頭部にエアーハンマー。すかさずロッククランス！　串刺し。

ぐずぐずしていたら再生が始まるのでファイアボールを顔に放った。顔を焼かれてもがき苦しむところにウォーターをぶち当てる。

あんぐりと口を開けた時をねらって槍を突き刺した。絶命したようだ。

加速スキルでアサシンリザードに近づき刺さった槍を剛力スキルで押し込む。死んだようだ。

ここで某芸人なら獲ったどー！　と叫び獲物を高々とかざすところだが三メートルあるから無理だ。

ゴブリン：一二匹
コボルト：一〇匹
緑の狼：八匹
オーク：八匹

アサシンリザード：一匹
ロックオーガ：一匹
計：四〇匹

今日一日でかなり狩れた。

獲得経験値5倍の効果もあり一気にレベルが上がった。付与魔法のレベルが4になり、人にもレアスキルまでなら永続的に付与できるようになった。


家に戻った。

アンゼとセリスにリビングに来てもらう。

「付与魔法のレベルが上がった。人に永続的に付与できるようになった。前にも話したけど街に戻るために必要なスキルを付与するよ。レベルの関係でレアスキルまでしかできないけどね」

「移動系の飛行魔法を二人に付与する。空を飛べると移動は速いし戦いで不利になった場合、空に逃げられる。また、空から魔法による攻撃や弓なんかの遠距離攻撃ができれば、戦うときの危険度がだいぶ違う。ただ、付与すればスキルは魔力を消費する。二人はレベルが低い。すぐ魔力が底をつく。レベルUPは必須だ。アンゼから飛行魔法を付与するよ。付与するに体の一部を触らないといけない。胸触るよ」

ふぅ、やっとオッパイに触れる。

「……なぜ胸なのですか」

アンゼはじと目である。

「いやその、心臓に近いほうがいいから」

「でしたら背中でいいでしょ！」

チィ、騙されなかったか。

「いま、舌打ちしたでしょ」

「さあー、はいはい背中向けて」

「ちょっと！　まぁいいわ。早くして！」

時間が経ち多少の余裕がでてきたのか貴族令嬢の地がでてきたようだ。

俺はアンゼの背中に右手を当てて漢字の飛行魔法と書かれた御札を貼り付けるイメージをする。そうすると右手の輪郭が黄緑色に光った。

成功したかどうか、アンゼを鑑定する。

『ステータス』
名前：アンゼ＝リム＝アッシュホード
種族：人間　年齢：15才　性別：女
職業：Cランク冒険者
レベル：15
体力：1200／1200
魔力：540／540
幸運：B
状態：良好
基本スキル（NS）：剣術Lv3　風魔法Lv．2　剛力Lv．2　回避Lv．2　生活魔法
レアスキル（RS）：瞬動Lv．3　身体強化Lv．2　性豪Lv．1　飛行魔法Lv．1
スペシャルスキル：

ユニークスキル：
エクストラスキル：
称号敬称：アッシュホード辺境伯長女　姫騎士
加護：
装備：鉄のナイフ　布の服　布のズボン　皮の靴

ん、成功している。

「で、どうなの！　うまくいったの！？」

「あ～うまくいった。そのままちょっと待ってくれ」

魔法士団所属の魔法士であるセリスに魔法について聞いたことがある。普通、魔法を発動するには呪文を唱える。レベルの高い魔法ほど唱える呪文が長くなるとのことだ。例外として呪文を唱えない【無詠唱】というユニークスキルや「ファイア！」などの一言で発動する【詠唱破壊】というスペシャルスキルに、普通に唱えるより短い詠唱で済ませる【詠唱省略】というレアスキルがあるらしい。

俺はというと、見た魔法をイメージして魔法名を口にするだけだから【詠唱破壊】スキルに該当する。ただし【詠唱破壊】スキルは持っていない。イメージが魔法発動に強く影響をするものと考えられる。

戦闘中に長々と呪文を詠唱しているのは危険だ。

『空へと飛び立たん。フライ！』、これくらいなら【詠唱省略】で発動するだろう。

創造ポイント５００消費して【詠唱省略】スキルを作った。アンゼに付与する。

「アンゼ、いま【詠唱省略】のスキルを付与した。『空へと飛び立て。フライ！』と唱えてくれ。それで飛べる」

空に飛ぶイメージとか小難しいので飛べると教え込む。

「わかったわ。空へと飛び立て。フライ！」

アンゼは簡単に三メートル浮いた、成功！

「やったわ！　空に浮いている！」

「アンゼ！　ワイバーンなんて空飛ぶ魔物もいる。低空で俺の目に見える範囲で練習してくれ！」

「わかったわ！」

嬉しいせいいか素直だ。さっきのこと忘れてくれたかな。

「次はセリスな」

「…あの、やさしく触るのでしたら、む、胸でもいいです」

伏せ目がちに言われた。

マジ！　マジで！　いつフラグ立ったんだ。オッパイ巨乳派の俺としては、セリスはストライクだが近くにアンゼがいる。残念だ！　無念だ！　いまはダメだ！　クソ！

「ありがとう。いまはなしかな。今度お願い」

と微笑んだ。紳士になる俺。セリスも微笑み背中を向けたので付与した。

『ステータス』
名前：セリス=ミラ=ラッセ
種族：人間　年齢：15才　性別：女
職業：Cランク冒険者　アッシュホード魔法士団所属魔法士
レベル：15
体力：810／810
魔力：760／760

幸運：Ｂ
状態：良好
基本スキル（ＮＳ）：棍術Ｌｖ３　水魔法Ｌｖ．１　風魔法Ｌｖ．２　回復魔法Ｌｖ．２　回避Ｌｖ．２
生活魔法
レアスキル（ＲＳ）：身体強化Ｌｖ．２　飛行魔法Ｌｖ．１　詠唱省略
スペシャルスキル：
ユニークスキル：
エクストラスキル：
称号敬称：ラッセ男爵家次女
加護：
装備：鉄のナイフ　布の服　布のズボン　皮の靴

「うん、成功」

アンゼは俺がセリスの背中に手を当てるのを確認すると夢中で空を飛ぶ練習をしている。

「よし！　今ならバレない」

丸く突き出たセリスのお尻に目がゆく。お尻の付け根に手を伸ばす。

「あ！　……ちょっと恥ずかしいです……」

内股を擦るようにモジモジしている。可愛い。顔は見えないが耳は真っ赤だ。もうダメだ。抱きしめたい。

「何をしているの！」

「え！？」

「まったく！　油断ならないんだから！　セリス！　あっちで練習しましょ！」

アンゼはセリスの手を引いてゆく。

セリスはアンゼを気にしつつ俺にすまなそうな目をしていた。

「ぐぬぬ、次こそは」

まぁ、しかし、これで彼女達を町に帰す目処がたった。明日から彼女達のレベル上げだ。うまくリードしよう。

【 第八話 アンゼ 救出されたあの日 】

《Side アンゼ＝リム＝アッシュホード 異世界転移二五日目》

辺境伯の家に生まれた私は小さいころから剣術を学んだ。剣の天才と持てはやされ、それがお世辞だとわかっていても心地よかった。

一〇歳のときに弟が生まれた。弟が生まれてからは皆が弟ばかりを持てはやした。父は剣術など止めて歌やダンスをするように私に言った。

私は反発した。セリスを含めた女だけのパーティーを組んで冒険者になった。そして討伐を中心に依頼をこなし順調にランクアップしCランクになった。

Cランクになるとギルドから認められダンジョンに挑むことができるようになる。私達は五階層までのダンジョン地図を買い勇み挑んだ。

そして五階層の未踏破域を見つけ大はしゃぎして、勢いで探索し転移トラップに乗り飛ばされてしまった。飛ばされた私とセリスはストーンサークルの中央にいた。

オーク共が間もなく現れ戦いとなった。腕に自信があった私は戦闘に夢中になり周りが見えていなかった。

オークは後から後から増えた。

セリスは魔力切れになり私は四方を囲まれ頭に一撃をもらい気絶した。気がついたら棒に手足を縛り付けられ荷物のようにオークの村に運ばれた。

オークの村には私達以外にエルフが一人、妊娠した人が一人いた。

床に投げ捨てられると首に縄を括られ柱に繋がれた。足を縛っていた縄がわりの蔦を解かれると、黒いオークが髪を鷲掴みにして顔を覗きこんできた。

「避妊魔法をかけている。貴様らの薄汚いブタは孕まん。殺せ」

私の言葉を理解したのか、ニンマリと笑ったように見える。

黒いオークは私の鎧を壊し服を引き裂き裸にしてゆく。

私の股間を守るショーツも力任せに引っ張り引きちぎられてしまった。

「キャアアーー！！　止めてーーー！！」

直ぐ近くでセリスも服を引き裂かれ悲鳴をあげる。

私は頭を床に押さえつけられ、別のオークが私の腰を引き上げると、苦しくも黒いオークに性器をさらしてしまう。

布すれの音がすると私の性器に熱のこもった肉棒が上下に入口を探る。

犯される。

恐怖に逃げ出そうと身動きするとさらなる力で抑えつけられて、醜いオークの手が腰を引き寄せる。

『ズン』

引き寄せる力そのままに処女膜を破り膣内を通り子宮口をこじ開け中に進入。脳天を貫く痛みがはしる。

子宮に入った肉棒はそのまま子宮壁を叩き内臓を圧迫する。

「ぐっふ！」

息が詰まる。

ゆっくりと引き戻された肉棒は再び勢いをつけ膣内を通ると、子宮口を押し広げ進入し子宮壁を叩き内臓を押しあげる。

「ぐっふ！」

息が…。

地獄はこれからだった。勢いよく引き抜かれるとその勢いのまま貫かれ何度も繰り返される。

「ぐっ、ぬぅ、うわぁ、あああ、あああああぁぁぁ！！」

苦じぃいーーー、死、死んじぁううう〜〜〜〜。

繰り返される肉棒の攻めに痛みは薄れ、少しずつ気持ち良く感じ始めてしまう。

「あああ〜、どうして？　どうして、こんなケダモノに犯され感じてしまうの？」

「あああ、ああぁぁ、あ、ああ〜〜〜〜〜〜」

いい、気持ちいい。し、痺れる。頭が、頭がおかしくなりそう。

膣内を通る肉棒が大きくなった感じがする。

「ま、まさか！？」

冷や水を被ったごとく頭が冷える。

せめて、子宮内は避けなければならない。避妊魔法とて完璧ではないのだ。女体の状態や個別差があるからだ。空腹時は避けたほうが良いとかけてくれた魔法士に言われていたことを思い出す。

腰を振り、少しでも肉棒を引き抜こうともがく。それが余計に黒いオークには子種が欲しいと要求しているように映る。

右に左に振られる腰をがっつりと押さえるとラストスパートをかける。今まで以上のスピードで子宮に肉棒を突きたてる。

「ダメ、無理！　子宮に出ちゃう！」

「ブオオーーーーーーー！」

「イクーーーーー！！！」

黒いオークが雄叫びをあげるのと同時に子宮内に温かいモノが噴出される。

図らずもオークと同時にイってしまう。

「ああ、出てる！　中に出てる！　精液いっぱい出されてる〜〜〜〜！」

この後のことは覚えていない。

次に眼が覚めると檻の中だった。頭を打ったらしく痛い。

「イヤーーー！！　ヤメテーーー！！　赤ちゃんできちゃう〜、赤ちゃんイヤーーーー！！！」

後ろ手にセリスの悲鳴が聞こえる。セリスはパニックで避妊魔法を受けたのを忘れているようだ。

「ウソウソ、出てる！？　ヤダヤダヤダ、妊娠しちゃう、赤ちゃんできちゃう。オークの赤ちゃんできちゃう。オークの赤ちゃん産んじゃう。イヤイヤ、イヤーーー！！！　あは、あははは、あはははは〜〜」

「セリス！？」

セリスはケダモノの赤ちゃんを身籠る恐怖からおかしくなってしまったようだ。

セリス、御免なさい。私が強引に誘わなければ、こんなことにはならなかったのに。

外からオークの悲鳴と怒号、何かが倒れる音が響く。焦げた臭いが流れてきた。

黒いオークはセリスから肉棒を抜くと外に飛び出して行った。

◆◇

しばらくすると黒髪黒目の背丈一七五センチぐらいの少年が入ってきた。

セリスを見た後、私の顔を見て胸を見ると股を見た。

その後、私を凝視している。鑑定をかけたようだ。

意を決したかのように少年はセリスに話しかけた。

「おい、大丈夫か？」

セリスは涙で顔がグショグショで無言だ。意識がココにはない。

彼はセリスの身体を揺すって正気に戻そうと手を伸ばす。

私は檻の格子に掴まりガクガクする腰に無理して膝立ちで話しかけた。

「私はアンゼ、ダンジョンのトラップに引っかかりこの森に飛ばされたの。すぐにオークに捕まって……」

「その、なんだ。ソレ大丈夫なのか？」

彼は私の股から滴り落ちる精液を見て言う。

「……大丈夫。避妊魔法は受けているわ」

「そうか。他に誰かいなかったか」

「他にエルフが一人、妊娠した人が一人いたわ」

「僕もダンジョンではないが飛ばされた口で、今どこにいるかわからないんだ。飛ばされたのは二五日前」

「そう貴方も。お願い助けてできる限りのお礼はするわ」

「ああ、わかった」

私は檻から出るとセリスの傍らに寄る。

「セリス。セリス！　私達助かるのよ」

セリスに何度も呼びかける。

彼からオークを皆殺しにしたと言う。信じられない。あんなにいたのに。

事実、外は静まり返っている。

彼は私とセリスの縄を解くとオークの服とズボンを寄こした。

他の家々を見て回ると言いだし出て行く。しばらくすると戻ってきた。

「アンゼ、とりあえず家を作ったからそっちに移動しよう。風呂も沸かしたから入れる。最初にセリスを二人で入れよう」

「何を言っているの？」

「いいから見ればわかる。セリスを運ぶのを手伝ってくれ」

見れば、ゴブリンの棍棒とオークの服でできた担架がある。こんなモノを作っていたの。

セリスは立とうとすると顔をしかめ立つことができない。

「足を痛めたの？　気付かなかったわ」

二人がかりで担架にセリスを乗せる。

「少し揺れるが我慢な」

「……はい」

私は彼の進むまま巨石の家に向かった。

巨石に家でセリスを洗いベッドに寝かすと彼から声がかかった。

「アンゼも風呂に入れよ。温まるぞ」

「覗かないで！」

彼にきつく言う。

先ほどセリスをお姫さま抱っこしている時、左手がセリスの胸を触っているのを見た。

セリスが顔を赤くしながらも目配せしてくるので黙って見過ごした。

私はセリスに彼が男性器を膨らませていたことは言わないでおいた。

セリスを不安にさせたくはなかったからだ。

「ああ〜わかった。肉しか持ってないけど食べるだろう。焼いとくよ」

彼が離れていくのを感じた。

私は風呂場に戻り服を脱ぐ。アザと切り傷がたくさんある。

意識を失った後も犯され続けたことがわかった。

彼がセリスにしたように身体を洗う。膣内の精液をかき出すべく指を入れる。

精液は残ってはいなかった。

彼がかけた生活魔法のクリーンで汚れとして処理されたようだ。

頭をシャンプーとかいうもので洗う。仕上げにリンスというもので洗い流すといい匂いが立ち込めた。

浴槽を跨いで肩まで浸かる。温かい。身体の芯から温まるようだ。

……。

「父様、お母様。アンゼは汚れてしまいました。ごめんなさい…」

涙が頬を濡らす。私は声を忍ばせて泣き出した。

【 第九話　ワイバーン戦と複合スキル【ウルトラキック】 】

《Side　アンゼ＝リム＝アッシュホード　異世界転移五七日目》
あの日のことを思い返した。彼、ヨシミと出会ったころを。どん底から救われた日のことを。
そして昨日、明確な目標とそのための手段としてヨシミの付与魔法で彼の持つ基本スキルとレアスキル全てを貰った。
レアより上のスキルは付与魔法のレベルが上がらないと付与できないらしい。気になるところだ。

三人で八メートルの石壁を飛行魔法で飛び越え村の外に出る。

ヨシミの案内で草原のゴブリンやフォレストウルフ、コボルトやオークを上空から攻撃し、レベルアップをすることが目的だ。

ヨシミはどこに何がいるのかわかっているようで的確に案内してくれる。一流の狩人に同行している安心感を感じる。

私達二人はヨシミが瀕死にした魔物をエアーハンマーで止めを刺した。風魔法のレベルが３になるとエアーカッターが使えるようになった。

自分達で魔物をスパスパ切り裂いた。

ヨシミからは、たまには魔物に鑑定をかけるようアドバイスをもらった。

どんどん魔物を殲滅する。とうとうレベル３０になった。私は強くなった！　醜いオークさえ敵ではない。成長し強くなった実感がわく。これからどんどん強くなる。まずはＢランクを目指す！

「ギャオオオォーーーーーー！」

突然、鳴き声が聞こえたかと思うと上空を一匹のドラゴンが旋回している。

しまった。血の臭いで招きよせてしまった！　ああ、神様、調子に乗ってしまいました。許してください。

無理、あれは無理。

「どうしよう逃げなくては！」

セリスを見ると震えている。ヨシミを見ると殺る気だ。

「殺れるの！？　殺れるのね！」

『ステータス』
種族：魔物　ワイバーン　年齢：１５才　性別：♂

ランク：A
レベル：49
体力：12670／12670
魔力：9000／9000
幸運：B+
状態：良好
基本スキル（NS）：ファイアブレスLv．3　噛みつきLv．4　風魔法Lv．3　加速Lv．4　豪打Lv．3　剛力Lv．3　気配察知Lv．7　気配遮断Lv．4　毒耐性Lv．2　回避Lv．3　体当Lv．3　飛行Lv．4　麻痺耐性Lv．2　薙ぎ払いLv．3
レアスキル（RS）：夜目Lv．3　遠目Lv．6　瞬動Lv．3　金剛Lv．4
スペシャルスキル：体力回復（大）
ユニークスキル：再生Lv．2
エクストラスキル：
加護：
備考：肉が美味い。肉、牙、爪、皮、鱗、血は素材として売ることができる。

ワイバーン！　大きい！　一〇メートルはありそう。体力が私の五倍を超えている。体力だけならヨシミをも上回っている。勝てない。

「上から僕がワイバーンを叩き落とす。タイミングを見てロックランスで串刺しにしてくれ。で串刺しになってもならなくてもすぐ離脱。すぐにホールで穴に落とす。穴に落ちたら僕が魔法で押さえつけるから二人はウォーターで穴に水を貯める。溺死させるぞ。時間がかかる方法だから僕が押さえつけている間、二人は水を貯めつつ周りの警戒！」

「わかった！　私がロックランス、セリスはホールで穴を。その後二人で水を貯める！」

「よし！　ワイバーンの風魔法がレベル3だ。エアーカッターがあるだろう。気を付けてな。セリスはヤツがブレスや魔法を使いそうになったらエアーハンマーで頭を打って！」

「がんばります！」

勝てる道筋ができた。セリスもやる気だ。

「よし！　一応他の魔物にも注意な！　じゃあ、いって来る」

ヨシミは一気にワイバーンを追い抜きその上空に止まった。

「重力魔法、べ◯ン！！」

ヨシミの叫びとともにワイバーンがすごい勢いで落ちてきた。

私の番だ！

「魔物を刺し貫け！　ロックランス！」

地面に衝突するギリギリを狙って叫んだ！

「ギャオオォォ〜〜〜！！」

叩きつけられるタイミングで石槍が襲うが、四本しか刺さらない。すぐ離脱しながら叫ぶ。

「セリス！！」

「はい！！　ホール！！」

セリスは深さ五メートルの穴に落とす。

ヨシミが右手をワイバーンにかざしながら降りてきた。

「アンゼ、セリス！　水を貯めてくれ！」

私とセリスは頷きウォーターで穴に水を貯める。ワイバーンの体高より高く張る。

「よし！　アンゼは周りの警戒！　セリスはヤツの頭を警戒！」

周りを警戒しつつ、ワイバーンを見ると、何度もセリスがワイバーンの頭にエアーハンマーを打っている。

まだなの？？　魔物は近くにはいない。もし見たこともない魔物が来たらどうすれば……。時間が長く感じる。早く！　早く終わって！

「よし！　もういいぞ！」

ヨシミの声がした。

終わった…。実際は三〇分ぐらいらしいけど、随分長く感じた。

殺った。ワイバーンを私が倒したんだ！！　内からこみ上げてくる高揚。

「やったー！　やったわ！」

私はこぶしを上空に突き出していた。

《Side　ヨシミ＝ヨシイ　異世界転移五八日目》

ワイバーンを倒し、アンゼとセリスもレベルが３０を超えた。そろそろ彼女達がトラップで飛ばされ着いたストーンサークルに行って大丈夫だろう。

しいて言えば、装備の改善が必要だと感じる。俺達三人はいまだ布の服と布のズボンだ。アンゼとセリスはノーパンだ。

幸い生活魔法があるから汚くはないが、すぐやぶれるし防御力はゼロに等しい。この際、【裁縫】、【鍛冶】、【錬金】スキルを作ってみよう。その前に細分化してみると重複することがわかる。

裁縫は【切断】、【接合】【縫う】

鍛冶は【加熱】、【冷却】、【切断】、【接合】、【分離】、【融合】【合成】
錬金は【加熱】、【冷却】、【切断】、【接合】【分離】、【融合】、【調合】

これらをスキル化することで、重複することによる相乗効果を狙いたい。まぁ、【切断】スキルを使えば手で首をはねることも可能だろうから作っておいて損もない。

ロングコート、ジャケット、ズボン、マントはワイバーン製で、インナーシャツはロックオーガの皮だ。【裁縫】、【鍛冶】、【錬金】スキルとレベルが1なので魔力任せで創造魔法で服を作る。

帽子もワイバーンの皮で形はカウボーイハットにした。色はインナーシャツが白、他は若草色、茶色ベージュの三種類だ。

ワイバーンの皮は火炎耐性がもともとありそれを活かした。

ブルマも作った。下着がわりだ。ノーパンブルマとか少しヤラシイ。

二人に渡す前に【擬装】スキルを作製した。レベル1だと、たった今、創造魔法で【裁縫】スキルを作ったと感づかれてしまうので、レベル3に擬装する。俺の最大の秘密『創造魔法』を隠すためだ。

新しいスキルを作ったがレベル1ではやりたいことができない。レベル上げが必要だ。

しかし、今の俺はワイバーンやドラゴンといった魔物でもない限り、簡単にはレベルが上がらなくなってしまっている。

一人で戦ってワイバーンやドラゴンを倒す力がいる。

伝説の剣ならともかくミスリルの剣程度ではダメだろう。魔法剣も心もとない。魔法となると一発で魔物を葬る強力な魔法か？

いっそ某ゲームの無限バズーカでも創造魔法で作るか。いや、考えただけで無理だ。無限などありえないし実弾は供給するシステムと工場がいる。それを転移魔法で装填するとか手間がかかり過ぎる。

しかし、魔力を弾丸がわりにするのであれば割と簡単だ。自分の魔力を供給して打ち出すだけだからだ。

だが、そこは剣と魔法の世界。魔法を無効化する方法はいくらでもあるだろう。

某ゲームにおいての格言、【レベルが上がったら物理で殴れ！】これにつきるのか？

つまり、圧倒的な身体能力と伝説的な剣などによる攻撃となる。いや、両方ともにないわ。身体強化した体と属性を付与しまくった装備と鉄の剣が今できる俺の精一杯だ。ワイバーンなら殺せそうだが、ドラゴンは厳しかろう。

ならば、隕石による攻撃が有効か。宇宙からの物理攻撃だ。ダンジョンでは使えないがこれは作ろう。

某ライトノベルにあった超能力みたいに相手の攻撃の方向を変える力がいいな。物理攻撃も魔法攻撃も自由に向きを変えるスキル、ベクトル操作だ。

考えがまとまった。隕石攻撃の【メテオ】相手のあらゆる攻撃を反射し逸らす【ベクトル操作】を作製。今ある装備の付与を強化し、鉄の剣に属性を付与する。

作製過程で【ベクトル操作】がエクストラスキルであることが判明した。ポイント３０００だ。幸い誰も所持していなかったため作製できた。エクストラスキルは唯一ひとつだけ、誰かが所持していたら持てないスキルだ。あと、【ベクトル操作】の下位互換で魔法反射するスキル、【リフレクター】を作った。

隕石攻撃の【メテオ】はユニークスキルだ。見るとレベルがある。何？　どういうことだ？　レベル１０で星をも砕くのか？　怖すぎる。そして思った。何も隕石でなく己を隕石に見立てて打ち当たればいいんじゃね？

ということから【ウルトラキック】、【ウルトラパンチ】を作製。初の複合技だ。

【ウルトラキック】＝【金剛】＋【身体強化】＋【結界】＋【瞬動】＋【加速】＋【重力魔法】＋【豪打】
【ウルトラパンチ】＝【金剛】＋【身体強化】＋【結界】＋【瞬動】＋【加速】＋【剛力】＋【豪打】

【裁縫】と【鍛冶】はポイント300×2
【ウルトラパンチ】と【擬装】と【錬金】はポイント500×3
【リフレクター】はポイント1000
【ウルトラキック】はポイント1000
【メテオ】はポイント2000
【ベクトル操作】はポイント3000

途中でマジックポーションを2つ空けた。残りポイント400。

さて今日は寝て明日にするか。

明日はワイバーンを狙ってレベル上げをしつつドラゴンに挑める準備を進める。

今できることをがんばろう。

《異世界転移五九日目》

二人には、遠くまで探索がてらレベル上げをするから家にいるように言った。

狩りの楽しさを覚えた二人は行きたいと駄々をこねたが、『三人だと経験値が三分の一になってしまう』などと適当なことを教え、うまくレベルが上がれば転移魔法を付与できると飴をチラつかせたら了承してくれた。転移魔法は習得するものではなく生まれ付いてくる魔法だ。転移魔法はスペシャルスキルに分類される。

スペシャルスキルは一〇〇〇人に一人の割合で、転移魔法となるとさらに少なくなる。希少な魔法のひとつだ。そりゃ、欲しかろう。

「ケガしないでくださいね」

「がんばってきて！　お土産待ってるわ」

うん、ガンバルけど、現金だねアンゼ。セリス、オッパイ愛してる。

「じゃー行くか」

ワイバーンと戦ったところへ転移。そこからヤツが来たであろう方向に飛翔した。どんどん山に向かう。向こうからもこちらに向かってくる。ワイバーンだ、二匹いる。この先に巣があるのか？　いきなりで悪いが試させてもらうぜ。

「ウルトラキック！」

出会いがしら、正面衝突のタイミングで打ち当たる蹴り。某アニメの格闘さながらぶっ飛んでいく。すぐさま瞬動スキルをかけ離脱。もう一匹の上空に転移。

「切断！　ウルトラキック！」

切断スキルをかけ、首めがけて蹴りを打ち落とす。ウルトラキックは上空からの打ち落としが最大威力だ。猛スピードで落下、空気さえ切るようだ。首に当たったという感じがしたら切り落としていた。ギロチンだ。

最初のワイバーンにトドメを刺すべく横面に転移！　はっ！　としたように目を向けてくる。

いくぞ！！

「ウルトラパンチ！」

今度は吹っ飛ぶことなくヤツの頭にダメージが浸透したようだ。崩れるように静かに地上の森に落ちていった。

「決まった！」

俺はコブシを固く握り締めた。ウルトラキック大正解！！

「さあ！　次だ！」

ヤツらの来た方向に飛翔！　巣ではなくコロニーのようだ。一撃離脱でぶっ飛ばしてやる！

一〇匹いた。総て蹴り飛ばしぶん殴った。大収穫だ。

それからヤツらの巣には冒険者らしい亡骸もあった。さぞ恐怖だったろう。

他にミスリルの剣と短剣、ハルバートが一本。鋼の鎧が二つ見つかった。中堅冒険者だったのか。よく見ると銀色の指輪をしている。

鑑定。

名称：ミスリルの指輪（仮）
製作者：不明
材質：ミスリル
能力：収納（12畳）、サイズ調整
レア度：B＋＋
状態：良好
ドロップ先：アラベルダンジョン

名称：ミスリルの指輪（仮）
製作者：不明
材質：ミスリル
能力：収納（12畳）、サイズ調整
レア度：B＋＋
状態：良好

ドロップ先：エジュルダンジョン

魔法の指輪、能力は収納か。俺はいらないな。指輪は二人にくれてやろう。ミスリルの剣と短剣、ハルバート、鋼の鎧は俺がもらうとしよう。

他の巣も見て回る。鋼の剣が三本、鋼のナイフが四本、鉄の鎧が三、天罰の杖があった。

ドラ〇エか！

名称：天罰の杖
製作者：不明
材質：トレントの枝
能力：雷魔法Lv．３　サンダーブレイク付与
レア度：Ｂ＋
状態：並

う～～ん、セリスにあげるか。アンゼにも何かないと『贔屓！』とか『ケチ！』とか言われかねん。

鋼の剣の一本に【切断】と【貫通】を付与する。鋼の剣では付与二つが限度だ。

鑑定。

名称：鋼の魔剣
製作者：ヨシミ＝ヨシイ
材質：鋼

能力：切断Ｌｖ．４　貫通Ｌｖ．１
レア度：Ｂ＋
状態：良

うん。うまくできてる。

レベルも上がったし、約束通り転移魔法を付与するか。

【　第一〇話　セリス　救出されたあの日　】

《Ｓｉｄｅ　セリス＝ミラ＝ラッセ　異世界転移二五日目》

私に魔法の才能があったことと家が裕福な男爵家ということもあって幼い頃から家庭教師が付き魔法の勉強をしていた。そのかいもあって、アッシュホード魔法騎士団に一二歳で入団した。

魔法には自信があった。

アッシュホード辺境伯には、同い年の御長女アンゼ＝リム＝アッシュホード様がおられた。アンゼ様は歌やダンスの練習はなさらず、ひたすら剣を振るう女性だった。

そんなアンゼ様が冒険者をすると言い出しパーティーに引きこまれた。

本当はイヤだった。私は戦闘には興味がなく新しい魔法の開発を目標にしていたからだ。

アンゼ様にそのことを言うと、

「机の上では本当に必要な魔法が何かわからないわよ」

と言われしぶしぶ参加した。

順調にCランクまで上がった。こんなものかと思い始めていた。

今思うと自分のレベルでCランクとかない。最低20レベル以上がCランクだ。貴族特典でCランクになっていたのだ。

バカな私。

そして事件が起きた。ダンジョン地下五階の未踏破区域。私達は未踏破区域を発見したことで舞い上がり一番乗りに浮かれた。あのとき引き返していればと何度も思い出し涙する。

転移トラップで飛ばされた先には身の毛もよだつオークの集団が待ち構えていた。

オーク、ゴブリン、コボルト。

この忌まわしき下等生物は同属の雌以外の雌とも交配する。交配の結果、生まれてくる種族は必ず雄側の種族だ。オークの雄に人間の女性が犯された場合、女性はオークの子を出産することになる。

数が多すぎる！

自分のステータスを見る余裕はない。それでも自分の魔力が尽きつつあることは、気だるさからも理解できた。

アンゼ様は、取り囲むオークを獅子奮迅に切り伏せている。私を気遣う余裕は全くない。せめてマジックポーションを口にすることさえできれば。

いよいよ魔力がなくなる。一か八か、最後のエアーハンマーの後、マジックポーションをガブ飲みするしかない。

意を決してポーチから急ぎ取り出し口に付ける瞬間、後ろからオークにしがみ付かれてしまった。

オークのゴワゴワした硬い毛が私の首筋に撫でる。

「は、離して！　イ、イヤーー！！」

右に左にと身体を振り逃れようと懸命に力を入れるが外すことができない。

羽交い絞めにされた私に一匹のオークが涎を垂らし近づいて来た。

お、犯される！？

「イヤーーー！！　ヤメテーーー！！！　近寄らないで！！　離して！！　ヤダヤダ来ないでーーー！！！」

泣き叫ぶ私が鬱陶しかったのか、裏拳で右の頬を打ち抜かれ意識を失った。

気付くと天秤棒に手足を括られ二匹のオークに荷物のごとく運ばれている。手足がキリキリと痛い。

オークの村に入ると藁葺き屋根の家屋が立ち並び畑に鍬を入れているオークさえいる。

村の中央にはオークの子供が追いかけっこをしていた。

その中を逆さづりに運ばれる様は狩られた獲物でしかなく、オークの欲望の眼差しを受ける。

不意に家屋の戸が開き妊娠線がはしった大きなお腹をした女性を目にする。顔はパンパンに腫れ人とは思えない。ハエが飛び交い大きなお腹にたかる。

「うっ、うぇぇ～～」

あまりの姿に胃が逆流し胃液を吐いてしまう。

気持ち悪い。

奥隣には両手を柱に繋がれた裸の女性が、股を大きく開き白濁したものに汚れた性器をさらしている。

耳が尖っている。エルフか。

最奥の建物に運ばれると床に投げ捨てられた。

中から黒いオークが現れ、アンゼ様の鎧を壊し服を裂く。

アンゼ様の白い肌が顕になり形の良い乳房がさらされる。

オークの醜い手が私の服の首元にかかり引き裂いた。

「キャアアーー！！　止めてーーー！！」

着ていた服はズタボロにされ、残った布も鳥の羽をむしるように取られた。

全裸になった私は手首を縛る縄ごしに引きずられ柱に繋がれた。

すぐに犯されないことに少し安堵していると、アンゼ様は頭を押さえつけられ腰を引き上げられていた。

黒いオークがズボンを脱ぐと腕のような大きさのチ○ンポがそそり立つ。

ウソ？

腕のようなチ○ポはアンゼ様の入口を上下に探ると一気にアンゼ様を貫いた。

「ぐっふ！」

アンゼ様のうめき声が聞こえた。苦悶の表情、大きく開けた口から舌が覗く。

「ぐっふ！」

地獄が始まった。

打ち付けんばかりの激しい連続運動がアンゼ様のお尻を叩き、その度にアンゼ様は苦悶の表情を増す。

「ぐっ、ぬぅ、うわぁ、あああ、ああああぁぁぁぁ！！」

繰り返される暴挙。苦しまれるアンゼ様。

「ぐっ、ぬぅ、うわぁ、あああ、ああああぁぁぁぁ！！」

に、逃げなければ！

「あああ、あああぁぁ、あ、ああ～～～～～～」

！？

「あっああん。あぁぁ、あっあん。はぁ、はぁ、あぁぁ、あっあん。いい」

！！？

アンゼ様！？　あの気高きアンゼ様がオークのチ○ポに屈した？　まさか？

オークのチ○ポに魅入られてしまったのか。

身の毛がよだった。

アンゼ様は人としての尊厳を手離しケダモノに堕ちてしまった。

次は私。

イヤ。イヤだ。ケダモノになりたくない。

「イヤーーー！！！　助けてーーー！！　誰か助けてーーーーーーーー！！！」

私は助けを求め泣き叫んだ。

「ブオオーーーーーーー！！」

オークは、アンゼ様に打ち付けてた腰止め雄叫びを上げる。

「イ、　イクーーーーーー！！！」

アンゼ様は絶頂を向かえる。

「ああ、出てる！　中に出てる！　精液いっぱい出されてる〜〜〜〜！」

うそ！？　ケダモノの精子がアンゼ様の子宮の中に！！

あ、あああああぁぁぁぁ。そんな！　妊娠しちゃう！　オークの子を孕んじゃう。

アンゼ様は白目を剥き、口から舌が垂れ下がり意識を失ったようだ。

黒いオークはアンゼ様の意識などお構いなしに続けて腰を打ち続ける。

雄叫びあげること四回、無反応なアンゼ様に飽きたのか、頭を掴んで檻に放り込んだ。

そして精液でベタベタになったチ○ポを揺らし近づいて来る。

「ヤーーー！！！」

私は後ずさる。

黒いオークは手を伸ばし足を掴むと逆さに吊り上げ、私の性器に鼻を擦りつけ臭いを嗅ぐ。

オークの熱い息が秘所をなでる。

いや、何？　ムズ痒ぃ。

逃れようと腰を捻ると、腰を両腕で抱き締められ秘所に顔を埋めザラザラとした舌が皮に被ったクリ〇リスを剥き、執拗に舌で転がす。

うそ。なんで？　なんでオークがクリ〇リスを知っているの？

「ダメ！　感じちゃダメ！　ああ～～ダメ！　感じちゃダメなの～～～　う、うあわわわわぁぁあああ！　き、気持ちぃい～～～～」

来る。来ちゃう。

「あああ～～～～～～～～！！！！」

『プッシューーーーーーーーー！！！！』

盛大に潮を吹いてしまう。

「グフゥ、グフゥフフフ」

オークが笑っている。はしたないない私を蔑んでいる。

私、私、オークに舐められイッてしまった。涙が溢れる。

懺悔にひたる間もなくオークのチ〇ポがお尻の割れ目に添えられる。

「ヒィ！！」

慌てて這って逃げる。

腰に手を当てられ引き戻す勢いでチ〇ポの先が膣に入ってしまった。

「うそ！？　先っぽが、先っぽが！！」

「グフェ、グフェフェフェ」

『ズン』

「ぐっぎぎぎ～～～～」

「痛い、痛い、痛い、痛い。裂ける、裂けちゃう〜〜〜〜〜〜〜〜〜」

「フン！」

「ガハァ！」

　子宮に入った。

「ぐぅ、ううう〜〜〜〜〜〜〜〜〜」

『パン、パン、パン、パン、パン、パン、パン、パン………』

「あぅ、あぅ、あぅ、あぅ、あぅ、あぅ、あぅ、あぅ………」

　痛かったのは最初だけ。子宮口に突っ込まれたチ○ポは子宮壁を叩く。引き戻されるチ○ポのカリが子宮口を捲り上げる度に電流が走る。

　うそ？　何コレ？　なんなのコレ？　無理。こんなの無理。こんなの知らない。こんなに気持ちいいこと知らない。バカになる。

　頭がバカににゃるーーーーーーー♪

「あはぁ、あぅ、あぅ、あはぁ、あぅ、あぅ、あはぁ、あぅ、あぅ、はぁ、ぁ………」

　来る。また来る。また来ちゃうよ！！

「はぁ、はぁ、はぁ、イク、はぁ、はぁ、イク、はぁ、はぁ、イッ、イクーーーーーー！！！！」

　チ○ポ気持ちいい〜〜〜〜〜〜〜〜〜〜〜。

「ブオ、ブオ、ブオ、ブオ、ブオ………」

　ストロークが速くなってきた。

　出す？　出す気なの？

　呆けていた頭が急速に動き出す。

　ダメ、ダメ、ダメ、ダメ。中に出されたら終わる。終わっちゃう。私の人生が終わっちゃう。ヤダ、ヤダ、ヤダ、ヤダ。

「イヤーーー！！　ヤメテーーー！！　赤ちゃんできちゃう～、赤ちゃんイヤーーーー！！！」

「ブオーーーーーーーー！！！」

オークが絶頂の雄叫びをあげる。

「ウソウソ、出てる！？　ヤダヤダヤダ、妊娠しちゃう、赤ちゃんできちゃう。オークの赤ちゃんできちゃう。オークの赤ちゃん産んじゃう。イヤイヤ、イヤーーー！！！」

私の人生が…。

「あは、あははは、あはははは～～」

◆◇

「セリス！　セリス！　私達助かるのよ」

アンゼ様に体を揺すられ気を取り戻した。

見知らぬ男の人がいてオークを皆殺しにしたと言う。

外は静まりかえっている。オークはもういない。

後で男の人はヨシミ＝ヨシイという名前ということがわかった。

アンゼ様と私の縄を解くとヨシミ様はオークの服とズボンを渡してくれた。

ヨシミ様は他の家々を見てまわると言って出ていってしまった。

しばらくすると帰ってきた。

「アンゼ、とりあえず家を作ったからそっちに移動しよう。風呂も沸かしたから入れる。最初にセリスを二人で入れよう」

「何を言っているの？」

「いいから見れば分かる。セリスを運ぶのを手伝ってくれ」

私は立とうと足に力を入れると鋭い痛みが走った。思わず顔をしかめる。

「足を痛めたの？　気付かなかったわ」

見れば、ゴブリンの棍棒とオークの服でできた担架がある。足を痛めた私のために作ってくれたらしい。

私は担架に乗り巨石の家に向かう。

巨石の家ではお風呂に入れさせてもらった。

胸と秘所をアンゼ様に洗ってもらった。お尻や背中、太もも、脇の下とヨシミ様に洗ってもらった。私の身体を隅々まで見ようとなさるヨシミ様がなんだか可笑しい。

洗い終わるとお姫様抱っこでベッドまで運ばれた。

仕方がないとは言え、ヨシミ様の右手が腋に入る。ヨシミ様の指が胸の感触を何度も確かめるので恥ずかしい。ヨシミ様の顔は真っ赤だ。

アンゼ様はヨシミ様を注意しようとなさるので目配せして止めてもらう。

お尻に何度も硬いモノがあたる。ヨシミ様は私が感づいていないと思っているようだ。

ベッドは木製、敷布もかけ布も動物の毛皮だった。

アンゼ様が私に付いてくれた。

少しするとヨシミ様がアンゼ様にお風呂の準備ができたと言いにきた。

「覗かないで！」

とアンゼ様はきつく言われていた。

「ああ〜わかった。肉しか持ってないけど食べるだろう。焼いとくよ」

ヨシミ様はキッチンに行ったようだ。

ヨシミ様は汚れた私に興味深々。悪い気はしない。

彼なら私を貰ってくれるかな。

天井を見詰める。

……。

涙が頬を伝わる。どうしよう。どうすればいいの。

【第一一話　アンゼと新しい朝】

《Side　アンゼ＝リム＝アッシュホード　異世界転移六〇日目》

最近セリスとヨシミのことが気になって仕方がない。セリスに好意があるのがあからさまだ。オークの地獄から助け出し温かい食事とたくさんのスキルをくれる。セリスに優しく接するヨシミはセリスの王子様だ。

彼もまんざらでもないらしい。私と当たりが違う気がする。胸がもやもやする。

私だって彼に裸を見られた。貴族令嬢の私には死活問題だ。

彼は平民だけど、魔法の才能は王国魔法士団にだって負けていないと思う。

それと、風呂あがりに見れる大胸筋から上腕二頭筋の美しさ。引き締まった腹部。指でなぞり硬さを確かめ舌で舐めたら、どんな味がするのだろう。あの乳首に歯を立てたら、どんな反応をするんだろう。

はぁ、はぁ、彼のチ〇ポは、どんな形をしているのだろう。あのオークのように子宮口を犯すのだろうか。

はぁ、はぁ、あぁぁ、指じゃ届かない。はぁあああん。もっと、もっと奥なのよ。

《Side　ヨシミ＝ヨシイ》

日が沈む前に家に帰ってきた。玄関先でアンゼは待っていた。

「成果はどう？」

「バッチリだ。セリスを呼んでくれ」

アンゼはセリスを呼びに家に入っていった。

「おかえりなさい」

笑顔でセリスに迎えられた。

「ただいま」

可愛いよ可愛いよセリスたん！

「じゃあ、転移魔法を付与するよ。背中を向けて」

「前でもいいですよ。や、やさしく触ってくださいね」

恥ずかしそうにセリスが言う。

マジですか？　マジですか！　セリスたん！？

「ちょっとセリス。あなた何を……」

「いいんです。私、ヨシミ様のこと好きですから…大丈夫です」

小声でよく聞こえないが、アンゼが引き下がったようなので、お触りＯＫの様子。

おそるおそる触る。柔らけ〜〜、温ったけ〜〜。

「ちょっと、いつまでそうしているの！　早く付与しなさいよ！」

「ん、おう、わかった」

うん？　不自然に長かったか。手が黄緑色に輝き、やがて止む。付与できたようだ。

「ありがとうございます」

上目遣い超可愛い。可愛いよセリスたん。

「こちらこそ、ありがとう。ハハ……」

「今度は私。早くしなさい」

「背中を向けて」

「い、いいわよ。前で。セリスにしたんでしょ。……や、やさしく触りなさいよ」

うひょー！　マジ！？　ツンデレかよ。アンゼ・ツンデレ・マジ天使。

ん？　ぽっちが浮き出ている！？　乳首立っちゃってる？

「早くしなさい」

俺は人差し指と中指の間に乳首を挟むと軽く引っ張る。

恥ずかしそうに睨んでくる。

「はぁぁん」

小さな声が聞こえた。あえぎ声？

「今夜、俺の部屋においで……」

彼女にだけ聞こえるように呟く。アンゼは顔を赤くして応えない。来るか来ないかは彼女しだい。

手が黄緑色に輝き、やがて消えた。付与できたようだ。

付与が終わり今日のこと、戦利品のことなどを話した。

「この二つのリングは魔法の指輪で、収納が付与されている。僕はアイテムボックスがあるから二人にあげるよ。広さは、どちらも縦五・四メートル、横三・六メートルぐらいだ」

二人に渡すとセリスは左の薬指にはめ、しげしげと手を見て笑顔で俺に見せる。

「ハハ、似合っているよ」

「そうですか？　ありがとうございます」

なんたる破壊力。鼻血でそう。

アンゼはそんなセリスを見て、かなり迷ってから左の中指にはめた。う～～ん、今夜は期待薄かな。

セリスに天罰の杖をあげ、アンゼには俺の作った鋼の魔剣を渡した。

◆
◇

夜、期待に胸膨らませ部屋で待っていたが来ない。やっぱりな。

「もう寝てしまおうか」

と枕を引き寄せる。

『コン、コン』

「ヨ、ヨシミ。私、アンゼ」

キタ――――――――――――――――！！！

まさかの九回裏逆転サヨナラホームラン！　よし！　よし！　落ち着け俺！　深呼吸だ。

『スウ、ハァー、スゥ、ハァー、スウ、ハァー』

よし！　落ち着いた。

「鍵はしてない。入ってきて」

アンゼはドアを開けると後ろ手に閉める。薄明かりの中、アンゼの不安そうな顔が見える。

そうだ。まず、安心させないと。

「こっちにおいで。僕の隣に座って」

ベッドに座るよう促すとアンゼは静かに俺の左隣に腰を降ろした。

俺はアンゼの青い瞳を覗く。アンゼと数秒見つめ合う。

やがてアンゼは俺の胸にしな垂れかかり俺はアンゼの腰に手をまわす。

俺は右手でアンゼの顎をあげると彼女の唇に唇を重ねた。柔らかいアンゼの唇の感触が伝わる。

唇を離すとアンゼは立ち上がり上着を脱ぎズボンを下ろした。もとよりブラジャーもパンツもない。日頃からノーパン生活をしている。上下二つを脱げばスッポンポン。一糸纏わない全裸なのだ。

座っている俺にはアンゼの恥丘に茂った陰毛が眼の前だ。

見上げるとアンゼが抱き付いてきた。

「やさしくして…」

呟くような小さな声が聞こえた。

俺は唇を重ねるとアンゼの唇を舌で割りクネクネと舌を這い丁寧に歯茎をなぞる。

「ん!? むぅ〜!」

奥歯から口腔に入り口蓋を舐めまわす。

「ん! んんん!!!」

そのあと彼女の舌を巻き込むかのように自分の舌を絡め堪能する。

口腔を犯される彼女は唾液を飲み込むこともままならず瞳から涙を流す。

ああ〜、苦しむ顔も愛しい。

唾液を集めると彼女の口内に送る。

「ん! ぅん、ゴク、ゴク」

交じり合った唾液の量に彼女はたまらず飲み込む。

いよいよ息が苦しくなってきたのか、両手で胸を押し逃れようとする。

「プッハァー、はぁ、はぁ、はぁ」

大きく息をするとダラリと倒れた。

俺は素早く服を脱ぐと全裸になり、彼女の上に覆いかぶさり両手で乳房を握ると母乳を搾るように揉みしだく。

「あぁぁ、あぁぁん」

左乳房を強く握ると乳輪に添って唾液いっぱいの舌を何度もまわす。

左手は乳首を摘みヨジリ押し込み強く引っ張る。

「痛！　痛いわヨシミ。あぁぁん」

ビンビンに立っている左乳首を唾液を塗りたくるように転がし口に含むと、口内で弄ぶように舐める。

「あぁぁん、そんな、あぁぁ。ふぅ〜、ん〜〜」

強く乳首を噛む。

「痛い！　なんで！？」

癒すように乳首を優しく舐めた後、耳元で囁く。

「俺のしるしを身体に付けた。今から俺の女だ」

アンゼの顔が朱に染まる。頬を舐め、耳たぶを口に含み舐める。

舌を耳に這いずらり、右手で恥丘の茂みを割りクリ◯リスを探る。

見つけると皮を剥きコリコリとしごく。

「あぁぁん、そんな、あぁぁ。いい。いい。はぁ、はぁ」

声がひと際大きくなった。

上体を起こし彼女をマングリ返しにし、クリ◯リスを上下に犬のように舐め転がし強く吸う。

繰り返し繰り返し舐める。舐める。舐める。

「はぁ〜、あぁ、はあぁ〜、あぁ、はぁ、ぐぅ、ううぅ、ううぅ、ん、んーーーー！！！」

仰け反ると潮を噴き上げた。

『プッシューーーーー！！！』

「はぁ、はぁ、はぁ。」

イキ顔を覗くと顔を背ける。可愛い、可愛いよアンゼ。

小陰唇を舐めることも膣口に舌を入れることも指を入れることも省略し、ガチガチに硬くなり先走り液が垂れたチ〇ポを膣口に当てる。

「ウソ！　大きい！　待って、ちょっと待って！」

慌てるアンゼ。

デカイだろ。【拡大縮小】と【伸縮自在】スキルで改造している。

長さは根本から亀頭先まで二〇センチ、幅四・五センチ。長さだけなら５００ミリリットルのペットボトルと同じだ。

ゆっくりと挿入。肉ヒダを押し割り膣道を氷砕船のごとく奥へと進む。

日本の女性の平均膣道は七〜八センチだ。子宮は感じると降りてくる。

馬並みのチ〇ポとかいうが、実際の馬は七〇センチもある。そんなの入れたら串刺しだ。

子宮は柔軟性があり、チ〇ポで突くと子宮口に当たり押し上げられ一五センチぐらいまでなら大丈夫らしい。

二五センチ、三〇センチになると子宮を押し上げ内臓を圧迫するため苦しいとされる。

ＡＶで三〇センチチ〇ポでよがっているのは、痛みを快感に変えられるマゾか演技と思ったほうがいい。

子宮の正常な大きさは鶏の卵ぐらいの大きさしかないが、これが妊娠すると驚くほど大きくなるのだ。

二〇センチは少し長い。一八センチがベストな気がする。しかし、アンゼはオークのチンポを経験している。男として小さいと思われるわけにもいかない。ギリギリを攻める。

「ぐっぎぎぎ～～～～！！　大きい！　大きい！　キツイ！　キツイよ～！　壊れる。おマ○コ壊れちゃう～～～！！！」

『はぉ、はぉ、はぉ』

『グチュ、グチュ、グチュ……』

「はぁ、はぁ、はぁ、はぁ～～～～～～ん！！！」

大きく引き抜くと子宮が引きずられ膣口の外に出てしまう。

それを再び膣内に押し込む。

「はっひ～～～～～～～～！！！」

子宮にチ○ポを食い込ませたまま大きくピストン運動をする。

「あっひ～～！　うへ、おほぉ、えへぇ、へべれ、ぬほぉ、ぬめれ……」

目は焦点が合ってないように中空を漂い、大きく開いた口から犬のように垂れた舌と涎が滴る。

「うへへぇれれ～～～。あひゃまが、あひゃまが壊れりゅう～～～あひゃまが溶けりゅ～～～、あばびぶりゃ～～」

「いく、いくぞ！」

俺はピッチを最大にあげる。

『パンパンパンパンパン……』

「うぎゃ～～～～！！！　うへぇあ～！　あうあう、ぐびゅ～、あ～～～～ん！　あーーーー！　イッ、イッ、イクーーーーーー！！！！！」

『ドビュー！　ドビュー！　ビュウビュウビュウビュウ』

大量の精液を子宮内に吐き出した。

「はぁ、はぁ、はぁ、はぁ」

俺はアンゼの上に倒れこんだ。

アンゼは白目を剥き、だらしなく舌が垂れる。危ない顔をさらしている。気絶したようだ。

久しぶりに頑張った。子宮口にカリが引っかかり出し入れするのが気持ちよかった。

チ〇ポ、大きくしてよかった。気持ちよかった。

少し休んだら二回戦だ。

まだフェラチオも手マンもしていないし。バック、松葉崩しも駅弁もしていない。アヌスも残っている。

とりあえずポーションを飲んでおこう。

「ふぅ〜。腸にしみる〜」

ポーションを飲みながら左手はアンゼのオッパイを揉む。

アンゼを起こしチ〇ポを舐めてもらう。

上目づかいに顔を見ながらチ〇ポをしゃぶるアンゼの頭をやさしく撫でた。

◆◇

朝起きるとアンゼはいなかったが、ダイニングに行くとアンゼが朝食の用意をしてくれていた。

手を見ると左の薬指に指輪がはめられている。

俺が薬指を見ていることに気が付いたアンゼは、笑顔で左手をあげ手の甲を返して見せくれた。

「もう少し待ってて、すぐできるから。座ってて」

笑顔が眩しい。

朝、アンゼとの新しい関係が始まったのを感じた。

【第一二話　プロポーズと山生活の終わり】

《Side　セリス＝ミラ＝ラッセ》

アンゼ様がヨシミ様の部屋に入るのを見た。

私はドア越しに中の様子を窺っているとアンゼ様の甘い声が聞こえてきた。そして淫靡な音が速くなるとアンゼ様のケダモノのような声があがる。

私は部屋に戻りアンゼ様の行動を考える。

巨石の家に移り落ち着くとアンゼ様は夜、自分をお慰めになるようになった。

伯爵令嬢のアンゼ様には婚約の申し込みは幾つもあり引く手あまただったが、首を縦に振ることはなかった。

そんなアンゼ様も全裸を見られ、オークに犯されたことを知ってしまわれたヨシミ様を意識してしまうだろう。

オークに犯されたことが知られれば貴族社会に居場所はない。神殿に送られるか、一族から放逐されるだろう。

冒険者として活動したことがあるとは言え、家のバックアップあってのことで、家から切り離されては生きていく自信がない。

そんな不安の中、助け出してくれたヨシミ様は生活力があった。安全な住居、衣服、温かい食べ物、お風呂、スキルさえ付与し強くしてくれる。

総てをヨシミ様に頼っている。

山から下りても大丈夫。ヨシミ様は大魔法使い。王国魔法士団だって入れるだろう。

ヨシミ様は、オークに犯された私達を卑しむこともなく明るく接してくれる。

ヨシミ様は女性として興味を示してくれている。ヨシミ様のお嫁さんになりたいと思われてもしかたがない。

私もそうだ。オークの村に捕まったと知られたら社会的に生きていけない。幸い知っているのはヨシミ様とアンゼ様だけ。

ヨシミ様はお優しい。なんでも作れる大魔法使い。私はヨシミ様が好き。

◆◇

朝、お肉を焼くアンゼ様はご機嫌がよろしいようだ。よく見ると左薬指に指輪をしている。

テーブルにつくヨシミ様は笑顔だ。

時折、アンゼ様はヨシミ様を見詰めている。ヨシミ様も気付き笑顔で返している。

二人だけの世界ができていた。

ムカッとする。

私からヨシミ様を奪って楽しそうにして！

私はヨシミ様とアンゼ様に聞こえるように言ってやった。

「昨晩はお楽しみだったようですね」

私のひと言で二人は石像のように動かなくなってしまった。

《Side　ヨシミ＝ヨシイ》

「え、あの、その……」

どうする俺。下手すると今までの関係がバラバラになってしまう。

俺があたふたするとアンゼが話しだした。

「聞いてセリス。私は昨日ヨシミと寝たの。それは性欲が抑えられなくなったからではなくヨシミを愛しているから。ヨシミ！　私と結婚して！　私を貰って！」

俺は驚いた。プロポーズだ。

アンゼは童顔で可愛いくスタイルは抜群だ。

「嬉しいよ。アンゼ、俺も愛している。これからもよろしく！」

笑顔で返した。

アンゼに華が咲いたような笑顔が輝いている。

「ちょっと待ってください。ヨシミ様は優しくしてくださるだけでなくスキルもいっぱい付与して頂きました。セリスはヨシミ様以外の夫は考えられません。私とも結婚してください」

俺はアンゼを見る。アンゼは頷いてくれた。

「セリスありがとう。僕も君を愛している。三人で幸せな家庭をつくろう」

俺は二人を抱きしめ軽く唇にキスをかわした。

異世界に来て六一日目。俺、中味三八歳のおっさん、二人の嫁を貰う。

朝食の間、これからのことを三人で話した。

一、街に戻ること。
二、辺境伯と男爵に会いにいくこと。

三、お金を稼ぐこと。
四、家を買って定住すること。
五、子供は生活が安定してから。

そして俺達三人は、アンゼとセリスが飛ばされて辿りついたストーンサークルに向かって飛んだ。場所は山の裾野。ワイーバーンのコロニーの逆方向だ。

アンゼ達が飛ばされてから誰か別の人が飛ばされて来たかはわからない。

ワイバーンの巣に残されていた亡骸の中堅冒険者がそうかもしれない。

一応三人とも転移魔法を覚えている。何かあった場合には転移魔法で家を目指して逃げることにしている。

降り立つと大きな円を描くようにレンガサイズの石が敷き詰められている。その円の外周を六個の巨石が囲んでいる。巨石を調べたが何もない。ただの石だ。手がかりがない。

アンゼとセリスは見るからに落胆している。山を下りてから新生活に気持ちが膨らんでいたからだ。

エリアサーチをかける。同じようなストーンサークルがあるかもしれない。

すぐに反応があった。ここから西に一〇分歩いた所だ。草が腰高でわからなかったのだ。

たどり着くと巨石が五本頭を出している。

中央付近を捜し三人で集まる。

足元にマンホールの大きさの青色の石が埋め込まれている。

三人でうなずき足を同時に乗せる。思惑通りならどこかに転送されるはずだ。

青い光が下から上に広がり俺達を包むとフッと景色が移り変わった。

そこはきれいに石材を組み上げた壁と石畳でできたダンジョンの中だった。

エリアサーチをかける。魔物は赤丸、人種は青丸で表示される。赤丸八と青丸四が対峙している。どうやら戦っているようだ。

「アンゼ、ここは飛ばされる前のダンジョン？」

「五階層なら五階層も石組だったわ。セリス、わかる？」

「五階層ならマッピングしています。とりあえず五階層と仮定して東に行きましょう。東に行けばわかります。市販の地図と比べられますから」

「なぁ、その東で戦っている連中がいるぞ」

「じゃあ、助けたついでに聞いてみてはどうでしょう」

「決まりね。行きましょう」

アンゼが歩き出した。俺も後を追う。

しばらく歩くが魔物には出会わなかった。俺が虫除けならぬ魔物除けになっているのだろうか。

見えた。甲冑の戦士二人に魔法使い、僧侶の四人パーティーだ。相手はハンターウルフ八匹。

「なぁ～手助けはいるか？　分け前とかいらないぞ」

俺はパーティーの中の甲冑に声を掛ける。

「ありがてぇ！　俺以外は新人でよ。頼むぜ！」

甲冑の一人はおっさんのようだ。

「二人は後方警戒。雑魚だしすぐ終わらせる」

「わかったわ。気を付けて」

「油断はしないでね」

やさしい嫁の言葉を背に受け、俺は颯爽と走り出す。

鋼のガントレットと鋼の脛当て。二つとも雷魔法レベル1のサンダーが付与された新兵器だ。

おっさんの右手と左腿を噛んでいる犬を蹴り飛ばし殴りつける。

「スマン、助かった」

「いいってことよ」

ちなみに俺は湘南○走族の栄えた平塚育ち。江戸っ子ではない。

ひと言かわし、俺は瞬動スキルと加速スキルを使って殴る蹴りを繰り返しエアーカッターで首を飛ばす。

俺の参加後一分でハンターウルフ八匹は倒した。

「スマン助かった。俺の名はルーカス。いいのか？　分け前なしで」

おっさんは人懐っこい笑顔をする。感じのいいおっさんだ。

「僕はヨシミ」

もう一人の甲冑も兜をはずす。

「ありがとうございます。助かりました」

と、礼儀正しいもうひとりの甲冑。良家の出か？

「危ないところを助けて頂きありがとうございます」

フードを被って顔が良く見えないが、僧侶は女の子のようだ。

魔法使いの少年が『助けてくれたこと感謝する』と短くひと言いう。貴族に違いない。

手を振りアンゼとセリスを呼ぶと、魔法使いの少年は体を震わせて驚いている。

「セリスお姉さま！！」

「クリス！　どうしてココに！！」

「お姉さま〜〜〜」

魔法使いの少年は飛びつき、セリスは抱き止める。

「おお！　セリス様！　セリス様じゃ！」

「ルーカス！！　ルーカスなの！！」

「セリス様良く御無事で……このルーカス、嬉しゅうございます」

おっさんは涙を流して喜び震えている。

「ルーカス、この方はアンゼ＝リム＝アッシュホード様です」

「おお！　アンゼ様、お初にお目にかかります。私はラッセ男爵家兵士長ルーカス＝マインであります」

「ルーカス殿に尋ねたいことがあります。ここはなんというダンジョンですか？」

アンゼが問う。

「はっ！　ここはエジュルダンジョン地下五階層です」

「エジュルダンジョン！！　本当ですか！　本当ですかルーカス！！」

思わず声が大きくなるセリス。

「はい！　その通りです」

どうやら飛ばされる前のダンジョンに戻ってこられたようだ。アンゼもセリスも嬉し涙に頬を零らしている。

俺達はセリスの弟クリスのパーティーとともにダンジョンの外に出た。

初めて見る異世界の町並み。白を基調とした壁にオレンジや赤の西洋瓦の家々が並ぶ。道は石畳で舗装される。通りには多くの人々が交差し、髪の毛の色が青、緑、紫色の人、犬の獣人、猫の獣人、耳のとがったエルフも歩いている。

やっとスタート地点にたどり着いた。感無量だ。

後で宿屋を探すか。かわいい看板娘のいる宿屋を。ムフフフ♪

ルーカスのおっさんの勧めでとりあえず店に入り昼食を食べることになった。しかし、出されたシチューの肉がオークの肉と知れるとアンゼとセリスは吐き出した。

二人の顔が青い。

店のオヤジが険しい顔でやってきた。

「おい！　ねーちゃん。俺のつくったシチューにケチつける気か？」

「スマン、そういうわけじゃないんだ」

ルーカスのおっさんが腰をあげて謝る。

俺は店のオヤジを店の隅に呼び出す。

「オークに攫われた仲間を助けるべく殲滅戦に参加したが遅くてね。他の冒険者の目の前で殺された。それ以来、二人はオークの肉が食えないのだ」

「……そうか、仕方がない。代わりを出す。声を荒げてすまなかった」

気を取り直して食事をしていると店の前に馬車が止まった。いつの間にかルーカスの配慮で、この街の代官グリム＝ハイツ＝ベルの館に泊まることになっていた。

グリムは士爵のひとつ上で男爵のひとつ下の準男爵で、元Aランク冒険者だ。

さよなら僕の看板娘。さよなら美熟女な未亡人。さよならビキニアーマーお姉さん。

俺はまだ見ぬ宿屋の看板娘達に別れを告げると馬車に揺られ代官の館へ連行された。

【　第一三話　初めての盗賊　】

無事帰還したアンゼとセリスとおまけの俺。飯屋で遅い昼食後、代官の館で一泊することになった。

エジェルダンジョンに、貴族子女だけの女性パーティーが潜ってから三日も帰還名簿に名前がなければ大騒ぎだ。

ましてや伯爵の娘アンゼが行方不明となれば、グリムも冒険者ギルドも捜索隊を編成しダンジョンを捜索したに違いない。

捜索開始から五日も経てば死んだものとされ、目的が遺留品の回収に変わったんじゃなかろうか。三〇日も経てば冒険者ギルドも貴族子女パーティーの捜索依頼書を取り下げただろう。

完全に終わった話になっていたと思われる。

そんな中、突然、伯爵令嬢と男爵令嬢の帰還の一報が届いたのだ。

勝手に潜りこみ行方不明になったのだからグリムに責任はない。

叩き上げの冒険者だったグリムは、何度も仲間の死や弟分のように目をかけていたパーティーが全滅した経験をしていた。

そんなグリムだからかアンゼとセリスの帰還をことのほか喜んだ。

グリムはまずダンジョンで何が起きたかを彼女達に尋ね、未踏区域発見に浮かれる気持ちは冒険者としてわかるとしたものの、判断の甘さを指摘しどうすれば良かったかを説く。

時間が経ち酒が進むと、冒険者時代の失敗や自慢話が始まり気のいいおっさんと化していた。

ん？　なんで俺をしげしげ見ているんだ？

「ほう、強いな！　冒険者になるなら紹介状を書こう！　俺は元Aランク冒険者だ。冒険者ギルドに顔がきく。規定でいきなりAは無理だがCから始められるようにとりはかろう。Cランクなら我が街のダンジョンに潜ることもできる。君なら最深記録も更新できるさ」

あ！　もしかして、鑑定持ちか！

ゴリマッチョにむちゃくちゃ気にいられた。

夕食は肉料理だ。かかっているソースが絶品だった。パンを食べたときには目に涙が溢れてしまった。文明って尊い。

◆
◇

風呂で肩から湯をかけていると案内してくれたメイドさんが裸で現れた。

黒髪で緑の瞳。ボリューミーなボディ。大きなおっぱい大きな乳輪。恥丘に生い茂る黒いマ○毛は綺麗に逆三角形に整えられている。

いい。やっぱりいい。黒髪最高だ。

「お背中流しますわ」

と声をかけてくると後ろに立ち、石鹸でおっぱいを泡だてる。

泡だてたおっぱいが背中に押し付けられ上下に動く。上下に擦れ乳首は勃起し柔らかいおっぱいの中にその存在を強く意識させる。

「洗い終わりました。こちらに座り直してください。前を洗いますね」

と優しく囁かれる。

向き直ると石鹸でマ○毛が泡立ている。

「失礼します」

と声かけされると彼女の股下に腕を通された。

メイドさんは泡立ったマ○コを擦り付け、肘下から肩にかけてゆっくりと動きだした。マ○毛をタオルのように使い、腕を擦るように洗う。腕を通して肉ヒダを感じ彼女の穴を想像させる。

右が終わると左も丁寧に洗われた。

左を終えると膝立ちで前に立つ。首筋から胸板までなぞると左の乳首を円を描くように舌で舐められきつく吸われる。

「う、んん、あ〜」

「ふふ。男の人も乳首気持ちいいですよね」

「ああ〜、右も、右も舐めてくれ」

「ふふ。右舐めますね」

「ああ〜、いい。とても気持ちいいよ」

　乳首を吸われた後、泡立った手で首筋から胸板を撫でるように洗われる。泡の付いた手は徐々に下がり割れた腹筋をなぞる。

　さらに下に下がると右手でチ○毛を泡々にし左手が玉袋を優しく揉み洗いを始めた。痛気持ちいい。

「はぁ〜」

「ふふ。では、失礼します」

　右手はチ○ポ竿を握ると上下に動き、潤滑油の代わりと化した石鹸がヌルヌルと亀頭のカリを刺激する。

「ふぅ〜はぁ〜。ふぅ〜はぁ〜。もっと、もっと早くしてくれ」

「ダメですよ！　お口に出しましょうね」

「は、早く！　口でしてくれ！」

「もう、セッカチさん」

　お湯でチ○ポの泡を流すと、右手に竿を握り舌でカリをレロレロと舐める。亀頭を円を描くように舐めると尿道口をチロチロと舐める。

　ヤバイ、ヤバイ。ザー○ンじゃなく小便が出てしまう。

　俺は頭を押さえると彼女の口にチ○ポを押し込む。

「むっ、うう〜、んん、うぐぅ、うぅ、うぅ、うぅ。」

　チ○ポが喉に刺し込まれメイドさんが苦しそうに呻く。

「す、すまん」

慌ててチ○ポを抜いた。

「げほ、げほ、げほ。大丈夫。ん、んぅ、一言かけてくださいね」

「すまん。今度からそうする」

「ちょっと長すぎますね。太いし。仰向けに寝てもらえます？　特別ですよ」

「ああ。いいよ」

仰向けに寝ると彼女はチ○ポを跨ぎ右手にチ○ポを握るとマ○コに添える。

「いいのか？」

「ここまでしないですよ。内緒です」

ゆっくりと腰をおろす。

『ずぶぅ、ずぶぶぶ』

カリまで入った。

「はぁ〜ん。やっぱり太くて、きつい。でも…んん、あぁ、んん、あぁ、ふぅ」

チ○ポは三分の二の長さまで入ったところで止まってしまった。

「無理。もうこれ以上入らない。おマ○コ裂けちゃう！」

握った右手を左手で包み、許してくれとお願いされる。

可愛い。その仕草は可愛い。でも、こんな中途半端で止められっか！

俺は彼女の腰を両手で押さえると力任せに引き下ろした。

「キャ〜〜〜！！　チ、チ○ポ！　チ○ポ！　子宮に入っちゃってる〜〜〜〜」

「動くぜ！」

「ふぅ、ふぅ、待って！　動かさないで！　苦しいの！」

「苦しぃのは最初だけだ。天井の染みを数えているウチに良くなる」

「ちょっ、違うでしょ！　そうじゃ、待って！　待って！　いや～～～～～～！」

下からガンガンに突いた。

「痛ぃ！　痛ぃ！　無理、無理よ！　やめて！　やめてよ！　くるじぃ～～～～～～」

「オラ！　オラオラオラオラ、オラ――――！！」

『グゥチャ、グゥチャグゥチャグゥチャグゥチャ、グゥチャヤチャヤチャヤ……』

「ぎゃあ――！！　うっぎゃ、うっぐぅ、うっげぇ、うっごぉ、うっごごご～～～」

『パン、パン、パン、パン、パン、パン、パン、パン、パン、パン！』

「うっぎゃ、うっぐぅ、うっげぇ、うっごぉ、あはぁ、はひぃ、はひぃ、あん、ああん、あ～、あひぃ、あん、ああん、あん、ああん、あん、ああん」

俺は身体を起こすと彼女の腕を首に回らせて大腿を抱え立ち上がる。

駅弁ファックだ。クライマックスだぜ！

『パンパンパンパンパンパンパンパンパンパンパンパン！』

「うへら、へべりゅ～、しゅごい、しゅごすぎりゅ～、こ、こんなにゃ～、こんにゃ～、うへぇ、あぼぁ、あばぁらぶぅびゅ～～。えへぇ、えへぇ、えへぇ、えへへへへりゅ～～～、うごぉ、うごぉ、うごぅ。うごぉ、あ～、あ～、あ～、あ～、あ――――――――――――――！！！！」

う、出る。

俺は急ぎチ〇ポを抜くと呆けている彼女を座らせ顔面にザー〇ンをぶっかけた。

『びゅう―！　びゅう～、びゅ～、びゅる』

チ〇ポを扱き最後の一滴も搾り出す。

「がぁ、はぁあ、ふぅ、はぁあ、ふう、はぁあ」

すげー出た。コップ一杯分はありそうだ。

ドロドロした精液が彼女の顔を覆い、鼻の穴も埋める。

これが絶倫スキルの効果なのか？

チ○ポはまだ行けるしザー○ンは濃くて量は半端ない。栗の花のような臭いと言うよりイカ臭い。

「ふぅ、うぅ、ふぅ、うぅ〜。顔にかけてすまない。大丈夫か？」

聞いたが返事がない。気を失ったか。

とりあえず、彼女を洗って湯船に浸かろう。

彼女を洗っている間、立っちゃったら彼女のマ○コに入れよう。また、洗えばいいだろう。

結果、洗っているときに一回してしまった。外出しだし無問題《モウマンタイ》。

湯船では膝の上に座らせ、無理したことを謝り彼女の身体を気遣う。

優しい言葉が功をそうしたのか、キスしてくれるまでに仲直りできた。

◆◇

部屋に戻る。部屋には屋根付きのベッドがありフカフカだ。

寝てしまうのを必死で堪えて部屋に結界を張る。スキルを作るためだ。

まずは【金属加工】と【爆発】、【発射】を作った。

次に創造魔法で拳銃のグ○ック17を具現化し解体スキルで部品レベルに分解する。

さらに各パーツを鉄の剣を材料に金属加工スキルで作り、鉄のグ○ック銃を作製した。

檄鉄に発射スキルを付与し弾丸は弾頭のみとした。

先端に貫通スキル、胴部分に加速スキルを付与した弾丸と、先端に爆発スキル、胴部分に加速スキルを付与した弾丸の二種類を作製した。

いちいち違う特色の弾倉を取り替えるのは間違えそうなので、貫通弾使用を黒グ○ック銃、爆発弾使用を銀グ○ック銃とした。爆発弾は擬似ショットガンだ。

明日はアンゼの父、アッシュホード辺境伯の居城がある領都セフィルに向けて出発する。

グリム準男爵が護衛を付けてくれる。

俺達三人とクリス達四人に対して兵士が一二人。

馬車で二日の旅だ。さて寝るか。おやすみ。

《異世界転移六二日目》

エジュルの街から領都セフィルまでは平坦で、途中ガナンの町で一泊する。

アンゼとセリスは別の馬車に揺られている。ライトノベルや『なろう系小説』のファンタジーもので知っていたが、マジ尻痛い。我慢できねーよ！　背もたれが直角になっているのも有り得ない。

俺はアンゼに事情を話し、しばらく兵士と一緒に歩かせてもらうことにした。

「よう、お前強いんだってな。準男爵から聞いているぜ。俺はゼン。この隊の隊長だ。元Bランクの冒険者だ」

二〇代、なかなのイケメン細マッチョが話しかけてきた。

「へぇ～隊長殿も元冒険者ですか。もしかして全員？」

「はは、さすがに全員じゃないがこの隊だけなら俺を含め七人はそうだ。準男爵は冒険者からの成り上がりだ。貴族縁故がないのさ。これは、という者を冒険者から採用している。お前、冒険者登録はしたか？」

「ええ、朝一番に紹介状を貰ってきました。受付の金髪で髪を上げた胸のデカイ美人さんに出したら、ギルドマスターの部屋に案内されましたよ」

「その受付はマリンだな。一番人気だ。誰でも分け隔てなく接してくれるから人気なんだ。ギルドマスターのミーシャ殿も美人だったろう。ハーフエルフで元Aランクの冒険者だ」

俺は今朝、そのハーフエルフに鑑定をかけられたのを思い出して苦笑いした。

俺は東の国カナガワの出身で、自宅の倉庫の整理をしていたら古い箱が出てきて、開けたら青い石が光だし魔物の住む森に飛ばされたことになっている。

遠くから飛ばされたこともあり戻れる算段もないので、冒険者で生活することにしたと話した。

しばらくすると、街道の両端が森になった場所に入った。

隊長を含め兵士達が警戒しだした。ああ、盗賊が出るポイントなんだなと思った。

俺はエリアサーチをかけた。赤丸が三二個表示される。盗賊がいる。数が多いな。

「前方に一二、右に六、左に六、後ろに八。囲まれている」

と隊長に言った。

「おぅ、わかるのか。おい聞いたかお前ら！　ヨシミはアンゼ様に伝えに行ってくれ」

俺は了承して馬車に向かった。

「アンゼ、盗賊に囲まれた。前に一二、右に六、左に六、後ろに八だ。馬車を降りて戦ってくれ。クリスにも伝える」

「わかったわ。セリス、盗賊が来たら行きましょう」

「エリアサーチをかけ、左右の森に潜んだヤツを上空から攻撃してくれ。アンゼは右、セリスは左。頼んだ」

「わかりました。私が左ですね」

「安全重視だ。遠距離攻撃でな」

俺はクリスの馬車にも伝えた。

「なんと、本当ですか？」

ルーカスは驚いていた。一二人の兵士に守られた馬車を襲う盗賊はないと思っていたようだ。

「クリス殿、アンゼ様とセリス様はレベル３４で空を飛ぶ魔法がある。まず捕まらないと思う。心配はない」

クリス黙ってうなずいた。

「何、すぐに倒して賞金ＧＥＴだ」

◆◇

てんでんばらばらの汚い革鎧を着た男が操る一二騎が猛然と近づいて来た。

「止まれーーー！　命が惜しかったらその馬車を置いて消えな！」

はなっから誘拐目的ですか？

「馬車を守れ！」

ゼンが怒鳴る。

その馬車から守られるはずのアンゼとセリスが外に出てきた。

「へぇ！　自分から降りてくるとは。上物じゃーねーか。たっぷり可愛いがってやるぜ」

脂ぎった顔に針のようにツンツンと尖がった髭がいやらしく口を歪める。

「うわ！　小物くさ！」

「なんだと！　てめぇ、尻穴にチ○ポをぶっ込んで歯がガチガチ鳴るほど犯してやろうか！」

マジかよ。コイツ、バイセクシャルかよ。俺の尻穴を狙ってやがる。

「このケダモノ！」

アンゼが叫ぶ。

「威勢がいいな。お前の尻穴も良さそうだ」

アンゼは、いきなりファイアボールを撃ち込んだ。

『ドッ、バァーン！！』

大爆発だ。

予定と違う！　どうやら激オコの様子！

アンゼは鋼の魔剣を抜くと突っ込んで行ってしまった。

「おい！　待て！　クソ！　セリス！　上空から援護！」

俺も後を追う。アンゼはもう盗賊のお頭と対峙している。

俺は黒グ○ック銃を出しお頭の右腿を打ち抜いた。アンゼは上体を崩したお頭の首を横薙ぎ切り飛ばした。

俺は前方残り一一人の腿を撃ち抜き近づいて蹴り飛ばした。

「アンゼ！　まだ終わってない。後ろ行くぞ！」

アンゼはハッと気付いたように走りだした。俺も走って右側に黒グ○ック銃を撃ち込む。

『バァン！　バァン！　バァン！　バァン！　バァン！』

音とともに人がバタバタ倒れる。

後方での戦闘は殴る蹴るでボコボコにしてやった。

隊長も兵士もクリス達も目をむいて唖然としている。やりすぎたか？

俺がゼンを見ると、ハッツとした様子で気付き『全員捕縛しろ！』と命令していた。

俺はアンゼに近づき『夜部屋に来てくれ。さっきの戦闘で言いたいことがある』と呟いた。

「強えな！　めっちゃ強え！　戦闘慣れしているじゃねーか！」

ゼンはメッチャ元気だな。

俺が大魔法使いと姉セリスから聞いていたクリスは、拳銃で遠距離攻撃してから接近し、殴る蹴るの戦闘スタイルに驚いていた。

アンゼに首を切られたお頭と死んだ盗賊共合わせて一三人をアイテムボックスにしまい、捕縛した一九人を縄で繋ぎ歩かせ、ガナンの町で死体となった盗賊と捕縛した盗賊を衛兵に突き出した。

一〇〇万ネラになった。ウホ！　大金じゃん！

宿はこの街一番の高級宿に泊まった。室内は広く照明やドアノブ、蛇口と金が使われ風呂も付いていた。

夜、俺の部屋にアンゼがやって来た。俺が座るベッドの横に座らせる。

「いきなり突っ込んで行くから心配しただろう。なぜ突っ込んだ？」

「あの盗賊がヨシミと私の身体が狙いで、言い方が『弱者は大人しく喰われろ』と言ってるみたいでカッ！としたわ」

山で魔物を殺した経験が変に自信になっちゃったか。

「三二人いたんだぜ。アンゼも相手を舐めているよ」

「圧勝だったじゃない」

「はぁ〜、反省してないようだね。お仕置きかな」

アンゼは、『え？』という顔して腰を浮かす。

俺は腕を引いてベッドに押し倒した。強引に唇を割って舌を入れる。

「むぅ、ぐぅ、ぐっむむむ」

アンゼの瞳は早くも潤んでいる。

言葉責めってどうかな。

『ごめんなさい』言うまで寝かせないからな。

【第一四話　王女と公女】

《Ｓｉｄｅ　アンゼ＝リム＝アッシュホード》

夜のお仕置きは気持ち良く、バカになっちゃうと恐怖すら感じる刺激が脳を走り何度も気絶した。

こんなこと覚えちゃったら彼なしなど考えられない。しかし、毎晩彼の相手をしていたら脳が焼き切れちゃう。セリスと話してもう一人嫁を入れてもいいかもしれない。

今日の晩には城に着く。お父様に真実を話しヨシミに嫁ぐ。もう貴族には嫁げないし。

ヨシミは冒険者としても一流になれると思うけど、できればお父様に名誉騎士爵を頂ければと思う。平民に妻二人とか、大商人でもない限り有り得ないだろうし。

私はお父様がどんな反応をしても対応できるよう考えておかなくては……。

《Ｓｉｄｅ　セリス＝ミラ＝ラッセ》

昨日の夜、ヨシミ様とアンゼ様が何をしていたかは同行していた者達は知っている。

わがままなアンゼ様がヨシミ様に頼り甘えきっている。早々に辺境伯様の手の者が報告しているだろう。

かくいう私の態度もお父様に伝えられていることだろう。お父様にヨシミ様のことを話そう。

どこの男爵家も嫡男や長女でもない限り平民と結婚することが多い。ヨシミ様との結婚は大丈夫。

それからアンゼ様から聞いたところ、ヨシミ様は絶倫で体がもたないと言っていた。もう一人嫁を認めてもいいと言う。

バカになる恐怖っていったい。そんなにスゴイのかしら。

《Ｓｉｄｅ　辺境伯　カリス＝ナハ＝アッシュホード》

一ヶ月前、ダンジョンで行方不明になっていた娘、アンゼとラッセ男爵の娘が無事帰還したことを伝える早馬があった。

今晩にはこの城に到着するはずだ。

密偵の報告では、あのわがままなアンゼが男に頼り甘えているとのこと。

男の年齢は一五歳。黒目黒髪。家の倉庫を整理していて、誤って飛ばされ魔物の住む森に転移したらしい。

最近、近隣の国、ネテシア王国が勇者召喚に成功したらしい。

その勇者は伝聞通り黒目黒髪の少年少女だとのことだ。過去の勇者の子孫かはたまた……。

いずれにしてもアンゼと男女の関係だ。一ヶ月も行方不明だった娘に嫁ぎ先はもうない。

報告では圧倒的身体能力と魔法銃と呼ばれる魔道具を使うらしい。ラッセ男爵の娘は彼を大魔法使いと評している。事実グリムの館では結界を張っていたとの報告もある。

騎士爵を与え取り込むか。

優れた者なら私から陛下にお願いして男爵に取り上げてもいい。ネテシア王国の野望は目に見えている。

我が国も黙って見ているわけにはいかない。

《Ｓｉｄｅ　ヨシミ＝ヨシイ》

ここガナンの街から領都セフィルまでは田園が続くらしい。

昨日の夜、アンゼは『イヤー！』、『ヤメテー！』、『許して～！』ばかりで、『ごめんなさい』が中々言えなかった。

結果、お仕置きは夜中の二時までかかってしまった。

『盗賊の物は討伐した者の物になる』、というファンタジーでの常識が、この世界も通じるらしい。ぜひ回収に行かなければ。


アンゼのお仕置き後、衛所の牢獄に忍び込んだ。監視は伏せ寝している。おぃおい、余裕だな。

一緒くたに放り込まれている昼間の盗賊がほとんどの中、賞金首なのか広い牢屋に一人で寝ているヤツがいる。

こいつでいいか。

伏せ寝している監視の後ろに立てかけられたデッキブラシを取ると、一人で寝ている盗賊のもとへ転移。襟首を掴んでさらに転移、町の外に出る。

土魔法レベル2、ロックウォールで高さ二メートル、厚さ三〇センチの石壁を作り土魔法レベル1のホールで横穴を開け盗賊を通し、再びロックウォールで穴と盗賊の隙間を埋める。

いわゆる壁尻にした。

ここまでされて、まだ寝ている盗賊を水魔法レベル1のウォーターで頭から水をかぶせる。

「ぶっはぁ！　なんだ！　なんだ！　な？　どこだここ！？」

「やぁ！　こんばんわ」

「てめぇ！　昼間のガキ！」

「君に聞きたいことがあって連れ出した。アジトの場所を教えろ」

「バカが！　誰が教えるものか！　ママのオッパイでもしゃぶってな！」

ママじゃないけど、さっきまでオッパイしゃぶっていたので頭にきた。

盗賊のズボンを下ろしケツを出す。汚い尻だ。

「てめぇ、何を！？」

「もう一度聞く。アジトは何処だ」

俺は尻穴にデッキブラシの柄を添える。

「ま、ま、待て！　待ってくれ！」

「言う気になった？」

「言う。言うから。俺を逃がしてくれ！　た、頼む！」

交渉してきた。立場が分かってないようだ。デッキブラシの柄を五センチゆっくり挿入する。

「ぎゃあーー！！　止めろ！　止めてくれ！」

「逃がすわけないでしょ。それともデッキブラシが刺さったまま放置しようか？　ハンターウルフが喜んで生きたまま食べてくれるよ」

「す、すまん。いまのはなし。なしだ！　話す。話すから置いて行かないでくれ！」

最初から言えばいいのに。

その後、素直になった盗賊はアジトの在り処を教えてくれたので、創造ポイント500を使い【睡眠】スキルを作製し盗賊を寝かせもとの牢屋に返した。

寝ないで盗賊のアジトを襲撃できそうだったが、素は三八歳の中年なので身体を気遣い完全徹夜を避ける。

二時間寝てから襲撃することにした。

早朝まだ暗いうちに眠い目を擦り擦りアジトに向かって飛ぶ。黒グ〇ック銃を右腰にさげ鋼のナイフは腰の左に抜けるように差している。早起きは三文の得。そうなればいいな。

アジトは洞窟で見張りが二人立っていた。夜勤者だろうか。ご苦労様。音もなく近づき殴って気絶させ、逃げられないように手足を縛る。

「エリアサーチ！」

中に赤丸二〇人、白丸が二。白丸？　一般人？　攫われた人か？　毒ガス作戦はダメか。じゃあ、堂々と殴る蹴るで決着をつけるか。

スタスタと中に進入。五〇メートル入った所で、もみあげと顎髭が繋がった髭型リンカニックの男が右の通路から現れ、出会いがしら金玉を蹴りあげる。前に屈んだところで首筋に空手チョップ。一撃で気絶させる。

途中面倒臭くなり創造ポイント300を使って【捕縛】スキルを作製し拘束した。バインドってヤツだ。奥へとどんどん突き進む。現れる盗賊の全てを【捕縛】スキルで拘束しその場に転がす。途中、牢屋らしきモノも見かけるが最奥の部屋まで行った後で迎えに行こう。

さらに進むと鉄の鎧に片手に両刃の斧を持った2メートルの大男が現れた。今まで一人として鉄の鎧はいなかった。コイツがボスか？

「てめぇ～よくもやりやがったな～　俺様は……」

最後まで言わせるかバカが。みぞおちにパンチをいれるとゲロを吐いてゲロの中に倒れた。気絶したようだ。汚い。

◆◇

総て倒したので、途中見かけた牢屋に向かう。ロリッ娘が二人閉じ込められていた。鑑定しよう。

『ステータス』
名前：エミリア＝ロゼ＝ロマンティア
種族：人間　年齢：１１才　性別：女
職業：学生
レベル：５
体力：１００／２２５
魔力：１０／８０
幸運：Ｂ
状態：空腹
基本スキル（ＮＳ）：剣術Ｌｖ．１　火魔法Ｌｖ．１　回復魔法Ｌｖ．１　生活魔法　加速Ｌｖ．１　水魔法Ｌｖ．１　麻痺耐性Ｌｖ．１　毒耐性Ｌｖ．１
レアスキル（ＲＳ）：瞬動Ｌｖ．１
スペシャルスキル：詠唱破壊
ユニークスキル：
エクストラスキル：
称号：ロマンティア国第二王女
加護：女神エステェニアの加護（小）
装備：王立魔法学園制服　革靴
所持品：

『ステータス』
名前：リーリス＝メイ＝パラオン
種族：人間　年齢：１１才　性別：女
職業：学生
レベル：４
体力：６５／１８０
魔力：１０／６２
幸運：Ｂ
状態：空腹
基本スキル（ＮＳ）：剣術Ｌｖ．１　弓術Ｌｖ．１　風魔法Ｌｖ．１　回復魔法Ｌｖ．１　麻痺耐性Ｌｖ．１
　生活魔法　毒耐性Ｌｖ．１　気配察知Ｌｖ．１　気配遮断Ｌｖ．１　投擲Ｌｖ．１
レアスキル（ＲＳ）：夜目Ｌｖ．１　遠目Ｌｖ．１　エリアサーチ
スペシャルスキル：詠唱破壊
ユニークスキル：
エクストラスキル：
称号：パラオン公爵家三女
加護：女神エステェニアの加護（小）
装備：王立魔法学園制服　革靴

うひゃ！　王族だよ。面倒臭ぇ。

「やあ君達、盗賊は全員捕縛したよ。安心してね。あー、僕はヨシミ。Ｃランクの冒険者。アッシュホード

辺境伯の令嬢を乗せた馬車をこいつらの仲間が襲ってきて返り討ちにしてね。アジトを吐かせて急襲した。あと、僕は鑑定持ちです。鑑定したらロマンティア王国って表示がありました。ロマンティア王国ってどこですか？」

どうよ。俺の敬語。バッチシだろ。

脚を外側にぺったんと座り膝の間が開いたロリ娘が話をしだした。

「助けて頂きありがとうございます。私リーリス。ロマンティア王国公爵家の三女です。アッシュホード辺境伯はロマンティア王国の辺境伯です」

リーリスちゃんか。うお！　おパンツがもうチョイで……。

「私はロマンティア国第二王女エミリア。助けて頂きありがとうございます。ロマンティア王国を知らないのですか？」

「ああ、敬語できなくて申し訳ありません。僕は東の国の出で、転移トラップでこっちに飛ばされてきたので知らないのです。飛ばされた森でアッシュホード家の令嬢と知り合い二日前にやっと街に戻って来ました。ちょっと待っててください。金目のものを漁ってきます」

危ない、危ない。内股を見ているのバレたらヤバイわ。さっさと金目のものを漁ろう。

一〇分後。

「お待たせしました。では行きますか。僕は転移魔法が使えます。残念ですが行ったことのある場所しか転移できませんけど。今ガナンの町にアッシュホード家の令嬢が泊まっています。朝食後に領都セフィルに向かう予定です。では私の手を握ってください。行きますよ」

二人とも、ぷにゅぷにゅした小さい手だな。可愛い。

いかんいかん、俺はロリ好きじゃない。しっかりしろ。

「転移！」

ガナンの泊まっている宿前に飛んだ。

「はい、着きました。同行している兵士がロビーにいると思うので行きましょう」

俺は営業スマイルを忘れず話をした。

《Ｓｉｄｅ　エミリア＝ロゼ＝ロマンティア》

四日前、私達は学園の中で誘拐され、この洞窟に連れてこられ汚い牢屋に閉じ込められた。

出される食事は黒パンと水。一日二回、お腹がすいて眠れない。

魔封じの首輪のせいで魔法も使えない。どうしようもない。

身代金目的の誘拐なので殺されることはないが、犯されるかもしれない恐怖に怯える。

交渉はどうなっているの。下っ端に聞いても埒があかない。

そしてまた夜が明ける頃、牢屋の前に一人の少年が立った。

「やあ君達、盗賊は全員捕縛したよ。安心してね。あー僕はヨシミ。Ｃランクの冒険者。アッシュホード辺境伯の令嬢を乗せた馬車をこいつらの仲間が襲って来て返り討ちにしてね。アジトを吐かせて急襲した。あと、僕は鑑定持ちです。鑑定したらロマンティア王国って表示がありました。ロマンティア王国ってどこですか？」

なんだかちょっと目がやらしい。それに我がロマンティアを知らないの？　代わりにリーリスが答えてくれた。

彼は東の国の出身で、家の倉庫の整理中に転移石で飛ばされ魔物の森でアンゼ様と知り合ったと言った。

確かアンゼ様は、一ヶ月前にダンジョン内で行方不明になられたと聞いている。

無事帰還したのか。

「ちょっと待っててください。金目のものを漁ってきます」

彼はそう言うと姿を消した。

どうしたのかは不明だが、牢屋は開けられ魔封じの首輪はいつの間にかなくなっていた。

待つこと一〇分。少年は現れた。しかし何も持ってはいない。金目の物がなかったようだ。

「お待たせしました。では行きますか。僕は転移魔法が使えます。残念ですが行ったことのある場所しか転移できません。今ガナンの町にアッシュホード家の令嬢が泊まっています。朝食後に領都セフィルに向かう予定です」

転移魔法？　希少魔法を持っているの！

「では私の手を握ってください。行きます」

私とリーリスは恐る恐る手を握った。握った手から目を上げると暗い洞窟から明るい外に出ていた。宿屋の前だ。

「はい、宿に着きました。同行している兵士がロビーにいると思うので行きましょう」

彼はスタスタと歩いて入っていく。私達は顔を見合わせると慌ててその後に続いた。

【　第一五話　辞書スキル作製と辺境伯の迎え　】

《Ｓｉｄｅ　アンゼ＝リム＝アッシュホード》

朝食の時間になってもヨシミは現れなかった。慌てて探すが宿の中にいない。

ヨシミ抜きで朝食を進めないと。

「アンゼ様、ヨシミ様は？」

セリスに聞かれる。

「わからないわ。宿にはいないの」

「アンゼ様、山に帰られたのではないでしょうか」

とクリス君が言う。

思わず彼を睨むと、セリスが咎めた。

「クリス！」

どうしよう。ホントに帰ってしまったの？

私は彼に捨てられたのではと不安にかられる。

「かぁ～腹減った」

不意にロビーに現れた。

「ヨシミ！」

「ヨシミ様！　お帰りなさいませ」

「ヨシミ殿！　どこへ行っていた」

セリスは帰って来たことを喜び、ルーカスは誰にも言わず外を出歩いていたことを咎める。

私は安堵すると涙が出てきた。

「どうした皆でロビーに集まって？　アンゼ、泣いているのか？」

人の気もしらないで。

「うっさい！　バカ」

私は涙をぬぐい彼の胸に飛び込んだ。

良かった。帰ってきた。

「寂しかったのか？　そうだアンゼ、今朝盗賊のアジトを潰しに行ったらお姫様が二人いて助けてきた。お姫様は監禁生活で疲れているから風呂とメシ、部屋の手配を頼むわ。面識あるだろ？」

私は彼がお姫様と言う二人の女の子を見た。少し大きくなられたエミリア＝ロゼ＝ロマリア王女とリーリス＝メイ＝パラオン公女だ。

え！？　どうしてこんな場所に？

「アンゼ様、お久しぶりです。ヨシミさんはアンゼ様の良い人なのですね」

とエミリア王女。

「人前で結婚前の女性が抱きつくのはどうかと思います」

とリーリス公女。

私は淑女にあるまじき行為を咎められて、恥ずかしさで顔が熱くなってしまった。それから二人から話を聞いて、学園内で誘拐され盗賊のアジトで監禁されていたことを知る。

「エミリア様、リーリス様、とりあえず湯浴みをなさってはどうでしょう。その間に食事を用意させます」

私は恥ずかしさから少し早口になってしまった。とにかく二人が無事救出されたことをお父様を通して陛下と公爵様に急ぎお伝えしなければいけない。

「後は任せた。捕縛した盗賊を往復して衛兵に突き出してくるわ。飯はいい。手持ちの肉を炙って食べるから」

とヨシミはまた外へ出て行ってしまった。

お父様へ早馬を出さなくては。

《Ｓｉｄｅ　カリス＝ナハ＝アッシュホード辺境伯》

アンゼからの早馬が昼前についた。

アンゼを襲った盗賊のアジトにエミリア王女とリーリス公女が監禁されていたと書かれていた。

ヨシミ君が今朝方一人でアジトを急襲し助け出したとある。

「良くやった。大手柄だ！」

何もしてやれない父だったが、娘のためここは全力投球しなければならぬ。

私はすぐにヨシミ君とアンゼの婚約を認めることにした。

彼に騎士爵を与える旨を書面に書き早馬を飛ばす。

「ハゾス」

家令を呼ぶ。

「はい旦那様」

「行方不明だったエミリア王女とリーリス公女がアンゼの婿、ヨシミ君に助け出された。今ガナンの町にいる。ローゼンを呼んでくれ。迎えの兵を出す」

「承知いたしました」

ハゾスは執務室から出て行った。

騎士爵のヨシミ君が王女を救出したとなれば、男爵に叙勲されるかもしれない。少なくても準男爵は固いだろう。

ふふ、それに私の株も上がる。

娘の幸せを考えれば男爵以上が望ましい。ヨシミ君はまだ一五歳。アンゼの救出、盗賊の壊滅、王女の救出。この先もまだまだありそうだ。

チャンスが舞い込んでくる男。

ふふ、娘の男は凡人では終われないだろう。

《Ｓｉｄｅ　アンゼ＝リム＝アッシュホード》

お父様から早馬が届いた。

『エミリア王女とリーリス公女の迎えの兵を出す』と書かれている。

読み進めると、『ヨシミ＝ヨシイとの婚約を認め騎士爵を授与する』と書かれている。

ヨシミとの婚約が認められた！　やった！　やったわ！

「お父様……ありがとう。ありがとうございます！」

とうとうヨシミを手に入れたわ！

私は嬉しさのあまり涙が溢れる。

涙をハンカチで拭いているとセリスが心配そうに聞いてきた。

「アンゼ様、どうかなされましたか？」

「セリス聞いて！　お父様が、お父様がヨシミとの婚約を認めてくれたの。ヨシミに騎士爵を与えるって、書いてあるの！」

セリスは目を見開いて驚いた。

「おめでとうございます、アンゼ様」

「ありがとう！　私、私……！」

どうしよう。鼻まで出てきた。私今どんな顔しているのだろう？

《Ｓｉｄｅ　ヨシミ＝ヨシイ》

今回の盗賊の賞金は六〇万ネラだった。三二人も捕まえて六〇万ネラ。シケっていやがる。

まぁ～、前回は一〇〇万ネラとは言え、味方の人数で割って一人七万ネラだったから丸儲けなのだが。

アジトにあった魔道具は碌な物がなく、目ぼしい武器はミスリルの長剣が四本、ミスリルの短剣が三本、ミスリルのナイフが一本だった。

貴族の令嬢とお付き合いするのに、手持ちの金が心もとない。飲食には困らないが、アンゼやセリスにプレゼントを渡すのに、アンゼやセリスにお小遣いをせびるのはカッコ悪い。

冒険者ギルドに寄りワイバーンの素材を二匹分売ることにした。

受付のお姉さんの所は並んでいるので、誰もいないモヒカンのおっさんの所に行く。

「なんのようだ？」

「すみません。素材の買取りをお願いしたいんですが」

「素材だと？　そこのカウンターに出しな」

「ものが大きいのでここでは無理です」

「なんだ。魔法の袋持ちか？　解体していないのか。じゃあ、裏の解体所だ。デカくても大丈夫だ。付いて来い」

暇とはいえ直接案内してくれるらしい。意外にいい人なのかもしれない。

「おし、いいぞ。モノはなんだ！？」

「ワイバーンです」

「ワイバーン！？　マジかよ。一匹だな？」

「いえ二匹」

モヒカンのおっさんは、ガキの俺が二匹もワイバーンを狩ったことに驚いている。

「出せや」

親切なのに口が悪い。異次元収納《インベントリ》からワイバーンを出す。

「おい、どうやった！？」

「殴ったり蹴ったりです」

「不釣合いなガントレットと鋼の脛当てをしていると思えば武道家かよ。そうだな、状態も良いし二匹で二〇〇〇ネラならどうだ？　買い取るぜ」

「それでお願いします」

思いのほか高く売れた。

「ギルドカードにお金を振り込むことができるがどうする？」

「すぐ使うので現金でお願いします」

アイテムボックスもあれば異空間収納《インベントリ》もある。わざわざカードに振り込む必要もない。

「おい、マジか？　お前、帰り道は気をつけろ！」

「ありがとう。気を付けてかえります」

俺は金を受け取るとギルドを出た。案の定俺の後を付いてくるバカがいる。テンプレだ。

ガキの俺が大金を受け取るのを見てカツアゲしようという魂胆だ。

バカども、働けよ。

俺は細い路地を曲がると【隠密】、【気配遮断】スキルを併用し、そこにいるにもかかわらず認識されない空気と化し、バカどもが曲がってくるのを待つ。

『隠密スキル、レベル5と気配遮断スキル、レベル5の同時使用を確認。透明化スキル、レベル1が取得できます。取得いたしますか？』

「へ！？」

頭に直接女性の声でアナウンスが流れる。

複合技の【ウルトラキック】と【ウルトラパンチ】を作ったことを思い出す。

なるほど、【ウルトラキック】と【ウルトラパンチ】の時のように、『既存スキルを組み合わせることで、より上位のスキルを取得できる』ということだな。

「取得する」

『透明化スキルが取得されました』

ドタバタと駆け込んでくる音がする。

「おい！　いねえぞ！」

「バカ！　もっと先にいるんだろ！」

「すぐ走ったんだぜ！　ガキの足だ。まだ近くにいる」

「だから、あの時スティールしときゃ良かったんだ」

「今さらだろ。人が多いと上手くいかねえんだよ」

「それはレベルの問題だろう」

「いくら盗んでもレベルあ上がんねぇだろ！」

「だからよ！　たまには魔物を狩りに出なきゃなんねえの！」

「ちぃ、本末転倒だな」

「おい、もう止めろ。それよりもガキを捜すほうが先だろ」

「隠れているんじゃねぇえか？」

「お！　それだ！　捜せ！」

ふ～ん。人から物を盗むスキルか。某アニメでパンツを盗むアレか。

実在するとは。強奪系かな。組み合わせる次第で上位の強奪系を狙えるか？

一応スキルコピーしとくか。

「よし、とれた」

常習犯のようだから懲らしめておくか。

「転移！」

ガナン郊外の森の中、盗賊のアジトだった洞窟前に盗人四人を連れて飛んだ。

「お、おい、なんだ！？　何が起きやがった！？」

「森！？　森の中？」

「転移だ！　転移で飛ばされた！」

「どこだ？　どこだ此処！」

「あのガキか！　あのガキがしやがったのか！」

「畜生！　やっぱ隠れていやがったんだ！」

「どうすんだよ？」

「どうするもこうするもねえ。町に帰るしかねえだろ！」

「どうやって帰んだよ」

「森を抜けるしかねえだろ」

「クソ！　クソ、クソ、クソ、クソ！」

洞窟があるから生活できるだろう。頑張ってレベル上げしろ。たまには見にきてやるよ。

じゃあな。

◇◆

宿に戻るとアンゼから、俺がアンゼの父辺境伯より騎士爵を賜ったと聞いた。

ナイトの称号をGETだぜ。ん、頭にサ◯シがよぎる。

もとの世界では薄給だったので素直に嬉しい。

それと、王女と公女のために辺境伯から迎えの兵が出るらしい。昨日の午後出発して今日の昼にはここガナンに着くそうだ。

かなりの無茶だ。明日の朝にはセフィルに向けて出発する気なのだろう。

というわけで今日も一日暇つぶしとなる。

ここガナンは、領都セフィルとダンジョンのある街エジュルの休憩ポイントとして作られた町だ。

衛兵はいるが代官はおらず、しいて言えば衛兵長が代表と言える。アンゼはこの衛兵長に早馬を出してもらったり宿の警護してもらっている。

ここの冒険者ギルドは、領都セフィルとエジュルの街の往来の護衛とガナンの宿の個別護衛、近隣の魔物の討伐を主な依頼としている。

大きな町と大きな町の中間にあり魔物は強くなく初心者の町と言える。なので魔物討伐もつまらない。

そこで『なろう系必須課題』とも言うべき、馬車でも改良しようと思う。

すぐに思いつくのはサスペンションとゴムタイヤだ。サスペンションはどうにかなるがゴムは創造魔法で作るしか手がないか。ないならないなりに、現地であり合わせの物で作らなければならない。

でも、そもそも車輪いるか？　浮かせれば良くね。浮遊スキルを作製し車体に飛行魔法と併用すれば浮いて走るんじゃねえの？

簡単だが自分にしかできない方法だ。

結果、ダメでした。

《剣と魔法の世界》で魔法は先天的な才能だ。俺のように創造魔法で作ったりスキルコピーで相手のスキルをコピーしたりできるのは極々少数で、普通は生まれ持った魔法しか使えない。それを後天的に使えるようにするのが『魔術』だ。魔術＝魔法陣とも言える。魔術師ギルドで売っている魔法のスクロールはその代表的なモノで、スクロールを開くことで誰でも新たな魔法を得ることができる。これはスクロールを開いた人に、魔法を付与する魔法陣が魔石を砕いた粉を混ぜたインクで記されているからだ。また、一般的に使われている魔石コンロは、魔力を溜めた魔石に魔法陣を刻んであり触れるなどの方法で点火する代表的な魔道具だ。

【魔術式作製】スキルを作っても知識がなければ複雑なことはできない。魔術に関する先生がいる。インテリジェントデバイスなる魔道書を作製して、教師代わりにするか？

魔法やスキルを読み取り、理解、記憶しそれを魔術式に書き出せるようにすればいいんじゃね！　魔法やスキルなどを読み取り、魔術式にして書き出し表示する【スキャン】と、それを記憶保管する【辞書】のようなスキル。

さらに【辞書】の情報をすぐに引き出せる検索スキルがいる。この一連の作業を自動でできる必要がある。そうだ。この世界の情報を自動収集できれば最高じゃないか。

ひとつひとつ定義していこう。

【辞書】というスキルは使うと画面のような物が現れ、以下の能力を持ち、さらに進化していく。
①この世界の知識を自動で収集し記憶保管する。いつでもすぐに検索閲覧できる。

②【スキャン】で書き出し表示された魔術式を記憶保管して、いつでもすぐに検索閲覧できる。
③【鑑定】した情報を記憶保管して、いつでもすぐに検索閲覧できる。
④【解析】した情報を記憶保管して、いつでもすぐに検索閲覧できる。
⑤集めた情報を自動で修正更新する。

○【魔術式作製】は魔術式を学習し無駄なく作製できる。またオリジナル魔術式を作製できる。
○【解析】は【鑑定】の上位スキル。より詳しい情報を抽出表示する。
○【スキャン】は魔法やスキルなどを読み取り魔術式として書き出し表示する。

これで魔術式を作製でき、この世界の知識を集めることができる。

【辞書】　　ポイント3000
【スキャン】　ポイント2000
【解析】　　ポイント1000
【魔術式作製】　ポイント500

あれこれスキルを作っていたら昼になってしまった。

窓の外を見れば立派な鎧をした四〇代の男が、二人の騎士を引き連れ宿の玄関に向かっている。辺境伯のお迎えだ。俺も下に降りて挨拶をしよう。

ロビーに降りるとアンゼは口に手をあて涙を流している。迎えの四〇男も嬉しさで顔をくしゃくしゃにして目に涙を溜めている。

「ローゼン！」

「姫様、ご無事でなによりです。このローゼン、姫様が必ず帰って来ると信じておりました」

「ヨシミ！　紹介するわ、軍団長のローゼン＝ビット＝マイヤー。ローゼン、彼がヨシミ＝ヨシイ。彼がいなければとても帰って来られなかったわ」

「ヨシミ＝ヨシイです。アンゼ様の帰るという強い意志があったからだと思います。私はお手伝いしただけ。ローゼン様、若輩ゆえご指導ご鞭撻頂ければと思います。よろしくお願い致します」

「ほう！　なかなか強そうではないか。姫様を守ってくれて感謝する。これからよろしくな！」

気に入られたようだ。ゴリマッチョからの好感度高いな俺。

談笑していると王女と公女が降りてきた。俺は場所をゆずる。

離れて聞いていると、護衛の兵士は五〇人にもなるのでガナンの町の外で野営しているらしい。ならば、塩に胡椒、ワインも用意しよう。肉はワイバーンだ。

俺はローゼンを気にしつつアンゼを呼ぶ。

「アンゼ、ちょっと」

「どうしたの？」

「アンゼ、護衛の騎士は強行軍で疲れている。僕は彼らの労をねぎらいたい。幸いワイバーンの肉は解体済みで一一匹分ある。全部は無理だが何匹か彼らの夕食に提供したい。酔わない程度ならワインも樽で提供したい。僕はこれから辺境伯家の一員になる。協力してほしい」

「そ、そうね。いい考えだわ。いいわ。ローゼンに聞いてみましょう。どれくらい必要なのかも。でもお金はあるの？」

「ワイバーンを売って二〇〇〇万ネラはある。足りると思う」

「わかったわ。今ローゼンに聞いてみる」

アンゼはローゼンのもとへ行き、ローゼンを伴って戻って来た。

「いいのか？　こちらとしては嬉しいが。かなりの出費だぞ」

ローゼンはニヤと笑う。

「ええ、かまいません。明日、彼らが気持ち良く仕事してくれれば充分です」

「よしわかった。ならワイバーンは二匹、ワインは一人二杯までとして樽で二樽だ。宿の主人にも協力を仰ごう」

そう言うとローゼンは宿屋の主人に話をつけるべく奥へ行った。

「アンゼ、ローゼンと一緒に行って必要なものを聞き出してくれ。僕はワインを樽買いしてくる」

「わかったわ。聞いてくる」

「アンゼ、頼んだよ」

俺は宿の外に向かった。ワインは樽買いして、ジョッキや皿、フォーク、炭に鉄板、ドラム缶の縦割りにしたものがいるな。

異世界バーベキューはウケるかな。残り魔力４８００か。足んなきゃマジックポーションを飲むか。

俺はジョッキに皿、フォークに鉄板は町で買い、ドラム缶を縦割りにした物は創造魔法で作り出した。

夜のおもてなしの準備を進めた。

【第一六話　ＢＢＱとシチュー】

会場の設置を宿屋の若主人が手伝ってくれた。人手はガナンの冒険者ギルドに依頼を出して確保した。王女と公女の耳にも入ったらしく参加したいと言う。

ローゼンは難しい顔をしていた。野外で肉や野菜を炙って食べ、酒をあおる野趣あふれる食事だ。味付けも適当、雰囲気と勢いで楽しむ場なのだ。王女や公女のような超高級貴族が参加するものでもない。いれば場がしらける可能性もある。

それに野外は何処からも狙えるので警護が難しい。俺が会場全体に結界を張ること、冒険者に巡回警備させること、さらに王女と公女に個別に結界を張ることで中止することなく実行することになった。

バーベキューセットを一二個作り、うち一個を王女と公女のペアで使う。

すぐ隣に一個を置きアンゼ、セリス、ローゼン、俺で使う。

王女と公女の焼き係は宿屋の料理長が付き、口にする前に俺が大丈夫か鑑定をする。

護衛の騎士達にも焼き係は付けたが、勝手に焼いて食べるだろう。焼き係にも食べていいと言ってある。

司会はローゼンだ。

「おい！　貴様ら。今からエミリア王女殿下より労いのお言葉を頂く、拝聴するように。殿下、どうぞ」

「うむ。精鋭なる騎士達よ。私とリーリス公女のために馳せ参じたことを心から感謝する。勇敢なる騎士達に守られ私達は安堵する思いだ。明日の行軍あれば、ささやかなる物なれどよく食べて鋭気をやしなってほしい」

「ありがとうございました。…みなジョッキは持ったか！　…乾杯！！」

「「乾杯！！」」

五〇人の声が重なる。

皆は一斉に飲み食べ始める。篝火に照らされた顔はみな笑顔だ。

早くもワイン樽二つが空になり樽一つ追加した。宿屋からだされた料理も早々に消える。肉も足りなくなりオークの肉を追加した。

二時間が経ちそろそろお開きだ。ローゼンが締めの言葉を口にする。

「みな、飲んで食べたか！　明日は早い。ベースキャンプに戻るぞ！　最後に王女殿下に感謝の気持ちを伝える。俺の言葉の後に続け、ありがとうございました！」

「「「ありがとうございました！！！」」」

「撤収――――！！」

騎士達はキビキビと会場を後にした。

俺は彼らに声を掛ける。

「明日は頼んだぞ！！」

「「「オオーーーー！！」」」

元気な声が返ってきた。

お偉い方は宿に戻っていった。俺は一人残った。

巡回していた冒険者、焼き係や配膳してくれた冒険者に集まるように声をかけ合ってもらった。ギルドマスターも頃合をみて様子をみに現れた。

俺は手伝ってくれた冒険者に大声で言う。

「みんな！　ご苦労さん！　羊毛亭で慰労会やるぞ！　金は俺持ちだ！　朝まで飲んで食べて騒ごうぜ！」

「オオ〜〜！？　やるな若けーの！　行くぞ！　お前ら！　飲んで食ってバカ騒ぎするぞーー！！」

「「「オオーーー！！」」」

みんな、ありがとう。

《異世界転移六四日目》

昨夜は散財した。領都についたら鉄の剣に切断スキルと貫通スキルを付与し魔剣にして売り捌こう。ワイバーンの素材もいくつか売ろう。

朝食後、早々に領都に向け出発。

馬車はお尻が痛くなるので、朝一番で昨日の夜ＢＢＱに使っていた鉄板で空飛ぶ絨毯ならぬ空飛ぶ鉄板を作り試乗している。

鉄板を融合スキルでくっ付けてコックピットと荷台を形成し、宿屋から貰った椅子を設置する。

荷台はリチウムバッテリーならぬ魔石による魔力バッテリーで、飛行系、浮遊系、アクセル、ブレーキ系の三つが乗るエンジンルームになる。

オートマ車のようなシフトレバーで前進魔術式、固定魔術式、後進魔術式を切り替えることでワイバーンの魔石に刻まれた飛行魔術式を起動操作する。

ハンドル操作に関しては、全円分度器を参考に右に曲がる場合は、直進を角度〇度として右に一〇度、二〇度、三〇度と進行角度を変えてゆくことで曲がることにした。角度魔術式は飛行魔術式に干渉する形だ。

アクセルペダルを踏むと加速魔術式がＯＮされ、ペダルから足を離すとＯＦＦになる。

ブレーキペダルを踏むと減速魔術式がＯＮされ、ペダルから足を離すとＯＦＦになる。

タイヤはなく接地はヘリコプターの脚のようなものにした。

運転手順は、次のとおり。

①ＯＮ―ＯＦＦ方式の押しボタンでワイルドボアの魔石に刻まれた浮遊の魔術式が起動し徐々に浮き上がり一メートルの高さで浮遊する。
②同じようにＯＮ―ＯＦＦ方式の押しボタンでワイバーンの魔石に刻まれた【飛行】の魔術式が起動し飛行準備に入る。
③シフトレバーで前進、後進を選択する。

④ハンドル操作で右に左に曲がる。
⑤加速はアクセルペダル、減速停止はブレーキペダルを踏んで行う。
⑥駐車する場合は、ブレーキペダルで減速停止し、シフトを固定に入れ飛行ボタンを押してＯＦＦにしてから浮遊ボタンを押して徐々に地面に接地する。

座席の右に肘置き、左にドリンクホルダー付きのミニテーブルを付けた。

現在、地面から一メートル浮上しアクセルペダルを踏まずトロトロと前進中。

屋根と前面ガラスはなく、宙に浮くタイヤのないゴーカートのような状態だ。

俺はハンドル片手に冷えたお茶を頂く。

良かった。暑くもなく寒くもない日で。快適♪　快適♪


「ヨシミ殿、それはなんですか？」

リーリス公女が興味深々に聞いてくる。

「馬車の代わりとなる魔道具です。今朝、閃いたので作製してみました。ただいま走行実験中です」

「ヨシミ殿が作ったのか？」

王女殿下が驚いて聞いてくる。

「私が作りました。鍛冶、錬金、魔術式作製とやれます。試運転で安全が確かめられたら王家に高値で売り込みたいと思います」

「いや、そこは献上しなさいよ。お父様の心証良くなるわよ」

あ〜そうか、貴族社会はご機嫌取り社会だったな。

「それもそうですね。デザインを考えてからにします」

「そうしなさい。そのままだと見栄えが悪いわ」

◆◇

昼食休憩となり皆が腰を下ろして休みだした。

「待っていたぜ。この時を！」

俺はアイテムボックスからバーベキューコンロを出し、素早く火を熾しシチューの入った寸胴をのせる。

もともと熱々なのでただの演出だ。

それを二箇所に設置する。一つは俺がもう一つはセリスで木製のどんぶりに次々と盛る。

手を上げて注目が集まるようにする。

「は～い！　皆さん注目！　私ヨシミ＝ヨシイは昼食にあわせて自慢のシチューを作ってまいりました。ぜひ召し上がってください。おかわりもＯＫです！」

こちらは準備万端。俺はセリスに親指を出しグゥ！　サイン出す。するとセリスのほうも準備完了したとグゥ！　サインを返してきた。

さぁ、始めるぜ！

「はい！　並んでください。シチューが渡されたら木製のスプーンを取ってくださいね。はい！　どうぞ！

はい！　どうぞ！…」

「皆さん！　お代わりして召し上がってください。はい、どうぞ。はい、どうぞ」

セリスもがんばっている。これでセリスの株も上がるだろう。もちろん俺の株も上がる。

ゲリラ開催だから王女がいてもお株を持っていかれない。

ふふ、計画通り。

《Ｓｉｄｅ　エミリア王女》

また何か始まった。

あの男、今度は昼食にシチューを配りだした。自慢のシチューだと言う。

「アンゼ様。アンゼ様の夫になられる方は聞けばワイバーンを倒し、空に浮く馬車を作り、そして料理もこなす。何者なのでしょうね。私達もシチューを頂きたいですわ。お願いできますか？」

「……はい。取ってまいります」

アンゼ様はワタワタと取りに行かれた。

黒髪黒目。伝聞通りなら勇者か……。平穏安定した我が国になぜ勇者が……。魔族大陸の魔王が海を渡って侵攻して来るとでも言うの……？

楽しそうにシチューを配る男を見て少し不安になった。

《Ｓｉｄｅ　ヨシミ＝ヨシイ》

五〇人もの騎士達に守られ何事もなく街道を進む。

馬車に乗らず魔力自動車（仮）に乗っていたわけだが腰が痛い。リクライニング機能は必要だとわかった。

夕焼けの中、領都セフィルに着いた。一〇メートルの高さの壁が街を囲む。

「ローゼン様、お帰りなさいませ」

「うむ、城に連絡を頼む」

「ハッ！」

元気に返事をすると衛舎に入っていた。

さて、なんて言おう。『娘さんをください』では言葉が足りないか。

『アンゼ様を愛しています。必ず幸せにいたします。アンゼ様と私の結婚をお認めください』、これでいいだろう。

Ｓｉｍｐｌｅ ｉｓ ｂｅｓｔ！

認められれば俺達恋愛結婚になるな。

ん！？

結納金か結納品がいるのではないか。しかし俺の場合、家族はいないから結納や顔あわせはないと言うことは支度金になるか。ワイバーンはまだあるから大丈夫だ。たくさん狩っておいて良かった。

スムーズに婚約に持っていくためにもう一押ししておこう。

お土産だな。宙に浮く車は王家に献上する予定だし何か別の品か。

「すみません。トイレ」

と断り衛舎のトイレに行く。

アイテムボックスからミスリルの剣二本とワイバーンの魔石を取り出す。異空間収納は生ものや時間が経過すると劣化する物を入れている。

ワイバーンの魔石二個にそれぞれを雷魔法レベル３のサンダーブレイクと氷魔法レベル３のコールドブレイクを魔術式で刻む。

刻んだ魔石をミスリルの剣の鍔元にはめ込み融合スキルで組み込み、刃先に向かって流れるようにブレード部分にも魔術式を施す。

できた。鑑定。

名称：雷の剣（仮）
製作者：ヨシミ＝ヨシイ
材質：ミスリル
能力：サンダーブレイク　切断Lv．7　貫通Lv．7
レア度：A
状態：良好
詳細：斬撃サンダーブレイクと斬撃飛ばしとしてサンダーブレイクが可能

名称：氷結の剣（仮）
製作者：ヨシミ＝ヨシイ
材質：ミスリル
能力：コールドブレイク　切断Lv．7　貫通Lv．7
レア度：A
状態：良好
詳細：斬撃コールドブレイクと斬撃飛ばしとしてコールドブレイクが可能

あと黒グ○ック銃の改良型を作る。前回は弾丸に付与したが、今回は本体に魔術式を刻む。

ミスリルの短剣を材料に金属加工スキルを使ってミスリルのグ○ック銃を作製した。撃鉄に発射と加速のスキルを刻み弾倉内で貫通スキルを弾丸に付与する。

これだと本体の銃が意味を成さないので、銃身にオークの魔石を二個ずつ取り付けて魔石に切断と発射の魔術式を刻む。

ミスリルグ○ック銃に魔力を込め、縦や横に振ると擬似エアーカッターが飛ぶ仕様だ。弾丸を鋳造する型枠も付けておこう。

名称：斬の拳銃（仮）
製作者：ヨシミ＝ヨシイ
材質：ミスリル
能力：切断Lv．5　貫通Lv．5
レア度：A＋
状態：良好
詳細：剣のように振ると擬似エアーカッターを飛ばすことができる。

裸の剣では不味いので大檜の棍棒で剣の鞘を創造した。

ついでにアタッシュケースのような箱を創造し中に三つ収めた。【木工】、【金属加工】スキルのおかげが創造で作った鞘とケースは一級品だ。

家令から辺境伯に渡してもらおう。

アンゼのお母さんにも何かプレゼントを作ろう。ミスリルで指輪と首飾りでいいか。

宝石は仕方がない。持ち合わせがないし宝石加工スキルもない。今スキルを作ってもレベル1だ。

テレビCMで見たカットデザインを思い浮かべ、魔力100を残して創造ポイントに変換し創造した。

頭痛がする。すぐにマジックポーションを二本飲む。

「ふぅ〜〜、頭痛が遠のいた」

今、エメラルド一個創造するのに15200の魔力が消費された。

鍋、皿、タオルと生活道具は創造ポイントの消費は低い。生活に必要のない贅沢品を材料がない状態から創造すると創造ポイントの消費は大きいことがわかった。

今の俺のレベルは６８。フル状態で体力９１００、魔力１５３００。

もう一品いるな。足りない魔力値を満タンにするためマジックポーションを飲む。

準備ができたので魔力を創造ポイントに変換しサファイアを創造した。

すぐにマジックポーションを二本飲む。

「ふぅ～～、三つ目はマジックポーションがないから無理か」

魔石はオークの魔石では大きすぎるのでコボルトの魔石を三つずつ使用した。

名称：エメラルドの指輪（仮）
製作者：ヨシミ＝ヨシイ
材質：ミスリル
能力：エアーカッター　収納（１２畳）、サイズ調整
レア度：Ａ
状態：良好

名称：サファイアの首飾り（仮）
製作者：ヨシミ＝ヨシイ
材質：ミスリル
能力：結界　無病息災　サイズ調整
レア度：Ａ

状態：良好

馬車に戻りアンゼに聞く。

「辺境伯に魔法の剣二つと魔法銃を、アンゼのお母さんには指輪と首飾りをプレゼントしたいけど家令の人に渡せば良い？」

「何を作ったの？」

「雷の剣、握って魔力を流すとサンダーブレイクが剣に付与する。氷結の剣、握って魔力を流すとコールドブレイクが付与する。魔法銃は鉄の弾丸を魔力で飛ばす仕様だけど剣のように振るとエアーカッターが飛ばせる。指輪は収納とエアーカッター、首飾りは結界と無病息災という病気にかからないスキルを付与した。喜んでくれるかな？」

「ちょっと！　どれも国宝級よ！　お父様ならいいけど。ポンポンと気軽に誰彼かまわずあげないでよね！」

「おう！？　そうかわかった。献上的にはＯＫ？」

「ええ、申し分ないわ。……気を使ってもらってありがとう」

さあ、パパリンに会うか！

【第一七話　神さま登場】

《Ｓｉｄｅ　アッシュホード辺境伯》

衛舎から連絡がきた。王女とアンゼが到着した。アンゼを前にして涙を堪えることができるだろうか。すぐにもアンゼを抱きしめたい。

本当は王女なんてほっといて、三人で今までの苦労とこれからの生活など話したいがこれも仕事だ。

「カリス、王女と公女を先に労うんですよ。わかっています？」

妻のミーアが言う。

「わかっている。だが、一ヶ月も行方不明だったんだぞ。心配じゃないのか？」

「私だって心配ですよ。帰ってくれば見知らぬ男と一緒。不安だらけですよ」

どうやら勝手に婚約させたことを根に持っているようだ。

「失礼いたします。旦那様、王女殿下がご到着なさいました。あと、ヨシミ様から旦那様と奥様にとお品を預かりました」

「そうか、わかった。中身はなんだ？」

「ヨシミ様から聞いた限り、魔法の剣が二振りと魔法銃、奥様には宝石の付いた魔法の指輪と魔法の首飾りだそうです」

「本物だと思うが、一応鑑定士を呼んどいてくれ。さて行こう」

《Ｓｉｄｅ　ヨシミ＝ヨシイ》

城に入ると王女と公女は別の客間に通されていた。

今、俺はアンゼとセリスとでソファに座り、メイドのだしたお茶を飲んでいる。

念のため、飲む前に鑑定はしている。

騎士二人が、お茶を飲む俺達三人を見守る。

コンコンとノックをする音がして『旦那様がお越しになられました』と告げられた。

俺達が腰を上げるタイミングで辺境伯と三〇代前半の女性が入ってきた。

「アンゼ！　よく無事に戻った」

とアンゼを抱きしめた。

「お父様、ただいま戻りました……」

アンゼは辺境伯の胸で泣いている。

「アンゼ、よく無事で……変わりはないですね……」

「お母様！　お母様！」

アンゼは辺境伯の胸から顔をあげる女性の胸に飛び込んだ。

「おお、君がヨシミ君だね。アンゼを救ってくれてありがとう。私はカリス＝ナハ＝アッシュホード。辺境伯だ」

「アナタ、私からもお礼を。アンゼを助けてくれてありがとう。ミーナ＝ラナ＝アッシュホード。アンゼの母です」

「ヨシミ＝ヨシイです。私こそアンゼ様、セリス様に感謝しております。アンゼ様セリス様と励まし合い魔物の森を抜けてきました。一人ではいつか魔物に食べられていたでしょう」

「おお、そうか。そちらのお嬢さんは……たしかラッセ男爵の」

「伯爵様、私は魔法士団所属セリス＝ミラ＝ラッセ。ラッセ男爵が次女です。この度はアンゼ様を守り切れず申し訳ございません」

「謝ることはない。セリス嬢も一緒に飛ばされたことだ。さぞ苦労したろう。ラッセ男爵には連絡してある。直に迎えが来るだろう。休暇をだすからご実家に無事な姿を見せるといい」

「ありがとうございます。お言葉に甘えさせて頂きます」

「さて、ヨシミ君、君とアンゼは恋人だと報告があった。聞けば娘は君にメロメロらしいな。私も娘のために君とアンゼの婚約を決めた。迷惑だったかね」

あれ？　話が先行しているぞ。まぁ、いいか。

「いえ、迷惑などということはありません。私はアンゼ様を愛しています。セリスも愛しています。必ず二人を幸せにいたします。セリス様も妻にすることをお許しください」

「なんとセリス嬢もか。アンゼ、お前はそれで良いのか？」

「はい、お父様。私もセリスも彼がいなければ死んでいました。セリスが彼を愛していることも知っています」

「そうかわかった。セリス嬢はラッセ男爵の許可をとるのだぞ」

「ありがとうございます」

「あらあら、両手に花ね」

「ヨシミ君、プレゼントはしかと受け取った。できれば説明をしてほしい」

家令のハゾスがアッタシュケースと宝石箱を持ってくる。

「えー、こちらの剣は雷の剣です。材質はミスリル。切断スキルと貫通スキル、それと雷魔法Lv．３のサンダーブレイクが付与されています。魔石はワイバーンを使用しています。サンダーブレイクで遠方に魔法攻撃できます。もちろんサンダーブレイクを斬撃時にも使えます」

「国宝級ではないか！」

辺境伯は驚く。

よし！　いい感じだ。

「次に氷結の剣です。材質はミスリル。切断スキルと貫通スキル、氷魔法Lv．３のコールドブレイクが付与されています。遠方に魔法攻撃、斬撃時にも使えます」

「こっちもかね！　国宝級が二振りも！」

国宝級が二振りとあって辺境伯は興奮したのか声が大きくなった。

「これは鉄の弾を撃ち出す魔法銃です。弾丸をミスリルなどにすれば威力は上がります。また、この銃は剣のように振ると風魔法Lv．3のエアーカッターが飛びます」

「変わった魔法銃だね。魔力を込めるとファイアボールを発するモノは良くあるが、魔力で鉄の玉を飛ばすのか！　発想は土魔法レベル1のロックバレット（石礫）から来ているのかな？　素材となる毛皮を傷めないように仕留める工夫だな！」

辺境伯だけあって武器、防具には関心が高い。

「こちらのエメラルドとミスリルの指輪はエアーカッターと収納、広さは縦五・四メートル、横三・六メートルです。サイズは自動調整されます。サファイアとミスリルの首飾りは結界と無病息災という病気にならないスキルが付与されています。サイズは自動調整されます」

「レアスキルの雷魔法と氷魔法の剣！　魔法銃！　どれも素晴らしい品だ！！　どうやって手に入れたのかね！」

「ありがとうございます。私は鍛冶、錬金、魔術式ができます。こちらの品々は私が作りました」

「作った！？　本当かね！　どれも一級品だ！　君は名工なのか！？」

俺が作ったと知り辺境伯は驚愕する。

「いえ違います。まだまだです。もっと研鑽を積み高みを目指したい所存です」

「まあ！！　冒険者と聞き及んでいましたのよ。こちらの首飾りは結界が付与されているのね。貴族なら誰もが大金をだして欲しがるわ。それに病気にならないスキルなんて陛下でさえお持ちではないわ。謙遜しなくていいわ。貴方は超一流よ」

「ヨシミ君！　私にも結界と無病息災の品を頂けないか！」

『陛下も持っていない』というミーナ様の言葉が辺境伯を刺激したようだ。

「手持ちにミスリルがないので少し作る時間を頂ければ可能です」

「そうか！　ハゾス！　ミスリルはあるか？」

「旦那様、武具の他に腕輪や指輪などがございます」

「ヨシミ君！　腕輪と指輪でお願いする。あとでハゾスに見せてもらってくれ！」

うわー、取り乱すほど欲しいか。アンゼに注意されたけどコレほどとは思わなかった。

「わかりました。お受けいたします」

プレゼントは大成功だ。俺の優秀さをアピールできた。

アンゼだけでなくセリスとの仲もＯＫをもらった。

陛下への献上品と男爵夫妻へのプレゼントも作らないとな。

そうすると、ミスリルが足りない。鉱石を探査するスキルと採掘するスキルをつくろう。市場でミスリルを買っていては破産だ。

興奮覚めやらない辺境伯が話を切り替えてきた。

「ヨシミ君、陛下からエミリア王女殿下救出の恩賞が君に与えられる。明日一日は休んで次の日には王都セイロンに向かうこととなる。王都から迎えの魔法士が来る。今回は事情が事情なため転移魔法で王都に行く。アンゼとセリス嬢はセフィルで留守番だ。一人ではない。私が同行する。王都では私の屋敷に寝泊りすることになる」


その後、王女と一緒に晩飯を食べた。辺境伯領が内陸の山側のためか肉料理が主体だ。いい加減肉は飽きてきた。魚の塩焼きを食べたい。米が食べたい。日本人に会いたい。

俺についたメイドはメガネをかけたつり目の美人。胸はＤカップ。身長は一五六センチ。この世界の白人はあまり身長が高くはないようだ。

お風呂は裸で洗って頂いたが、業務的で残念ながら「内緒ね」はなかった。

セリスは弟のクリスやルーカスなどと行動することが多く、手を出すのを控えている。

アンゼの方は王女エミリア、公女リーリスを救出してからHをしていない。

城の中、結婚前ということでアンゼもセリスとも同衾することなく一人で就寝する。

はぁ～、つり目のメイドの裸を見てムラムラする。メイドも主の娘の男で控えたのだろうか。

オナニーして寝るか。だけどここは城だし出した後の処理に困る。

オナニーしに山に戻るか。

……ないわ。違うことに思考を向けて紛らわそう。

貴族が乗る馬車を購入し、時空間魔法で中を広げる実験をしてみようかな。中にダイニングやキッチン、シャワーにお風呂、トイレを付けて…。

つらつらとアレコレ考えているうちに、いつしか目を閉じ眠りについた。

◆
◇

「起きろ。起きろ！　ヨシミ＝ヨシイ！」

『誰だよ。うるさい』

起きて回りを見渡すと真白な広い部屋にいた。前にも見た気がする。

「神様登場か？」

「ほう、話が早くていい。創造魔法を君にあげたのは僕。ちなみに僕、創造神」

キターーー！　我が神！　創造神！！

ありがたや、ありがたや。

この異世界に巻き込まれ創造魔法を貰い山に転移、彼女いない暦＝年齢の俺に二人の巨乳美人の嫁をもたらした最高絶対無敵な創造神様。

「ありがとうございます。おかげ様で元の世界では得ることのできなかった幸せを掴むことができました。ありがとうございます。ありがとうございます」

「はは、素直に感謝されるとテレるよ。お願いがあるんだけど聞いてくれるかな」

「ハッ！　私にできることならなんなりと。海の中山の中、帝国を滅ぼし魔王の首を御前に捧げましょう！　どいつを葬ればいいのですか？」

「いや、余計なことしなくていいから。望んでいないから。遠慮とかないから。いいね！　絶対やらない。振りとか考えない。君のいるロマンティア王国の一つ隣にネテシア王国という国がある。そこが勇者召喚をした。君もここで高校生が倒れていたのを見たでしょう。アレがそう」

「ああ～、紫のパンツですね。覚えています」

「ん！　それはいいから。召喚された勇者達は魔王を倒せとか言われているが、ネテシアの本当の目的は周辺国の侵略で召喚された勇者達は戦争の道具だ」

あ、わかった。

「ネテシア王国の野望を阻止すればいいのですね。あと、高校生の確保とか？」

「隣国同士の戦争なら、ほっといていいよ。戦争が拡大して世界大戦になると微妙なバランスの上に成り立っている均衡を崩す。一国支配は今ある文明を衰退に追いやるから手を入れるけどね」

「わかりました。戦争が広がらないよう対処すればいいのですね」

「明らかに抜きん出た一国が戦争を牽引しているとわかってから対処すればいいよ。そんなときのためもあって僕の『使徒』になってほしいんだ。依頼がないときは自由でいいよ」

「わかりました。お手伝いさせて頂きます。その、元の世界に戻る方法はないのでしょうか」

「普通は帰れないね。残念だけど」

普通？　普通でなければどうなのだろ。未練もないけどな。

「創造神様、ロマンティアの王と身近な者に、私の正体を告げるのはありでしょうか」

「国を動かすときは必要か。公にしないという理由ならＯＫしよう。ただし数人だよ。あと、隣のティアリア王国にひとり勇者を送ってある。君はロマンティアからあまり出られなくなるから初動は彼にお願いする。ティアリアに送った勇者の名は高橋賢志、スキルは強奪と時空間魔法だ。もう朝になる。君は文化水準の向上に努めてくれ。未開の地に街を作るのも良いかもね」

目を覚ますと朝日が山の陰から上っていた。

創造神の使徒か。自由にしていていいらしい。今までと変わんないよな。

朝食前に決めていたことをしよう。

地下資源探索や薬草、木の実を採取できる。

探索スキルを作る。創造ポイントは５００。

採掘のスキルはポイント３００。


朝食後、俺は転移魔法で懐かしの魔の森へ飛んだ。

《Ｓｉｄｅ　創造神カイト＆女神エステェニア》

「取り込むことにしたんですね」

「うん。魔力自動車とか作り始めたからね。ほっといたら何を作り出すやら心配だよ。魔神にでもなられたら厄介だし早いうちに手なずけておくのがいいかと思って」

「絶対無理な討伐依頼をだして殺してしまわれたらどうでしょう」

「う〜ん、それもいいかもしれない。神が『試練を与える』のは勇者や聖女ばかりじゃないからね。一考しよう。乗り越えられたら育成してみるか」

「少し面白くなりますね」

「そうだといいね」

【第一八話　拾ったエルフとお風呂に入る】

食後、俺は転移魔法で懐かしの魔の森の巨石の家に飛んだ。

巨石の家をぐるりと囲む石壁に飛び乗り探索スキルを使って鉄鉱石を探す。

反応あり。ストーンサークルの近くだ。

再び転移魔法でストーンサークルへと飛ぶ。反応地点で採掘スキルを使って掘り出す。

掘り出したら【分離】スキルで鉄だけを取り出し【加熱】スキルで溶かし【金属加工】スキル＋【形成】スキルでインゴットを作製した。

繰り返していると【採掘】、【分離】、【加熱】、【金属加工】、【形成】スキルのレベルが上がった。

ミスリルを探す。近くに反応あり。ワイバーンのコロニーか。

すぐに飛んで向かう。【採掘】スキルで掘り出し【分離】スキルを用いてミスリルだけのインゴットを作る。

次は金だ。反応は魚を獲った川のほうだ。まったく同じ過程を繰り返す。さすがにレベル６８だと魔物も近寄らない。

さて、国王に献上する魔力自動車を途中までも造ってしまおう。

鉄を素材に昔のボンネットバスをイメージする、色は黒。構造は鉄板で造った魔力自動車と同じ。

運転席の後に座席（ソファ）を取り付ける。車体の一番奥に扉をつけその先を時空間魔法で広げる。

飛行にワイバーンの魔石二つ、浮遊に二つ使用。重力魔法で持ち上げて魔石を取り付け車体底に魔術式を刻む。

タイヤは無理なのでヘリコプターのような足を付ける。これで作業しやすくなる。

今日は此処までとして、先ほどから木陰に隠れて此方を見ているエルフさんに話しかけるか。

「やぁ！　君、お腹すいてない。よかったら一緒にどう？」

やばい、完全な昭和式ナンパだわ。通用するのか？

ボロ布一枚を纏ったエルフが木の陰から姿を現し不安気に川原に出てきた。よし、釣れた。ファーストコンタクト成功。

「肉は食べられるかい？」

頷く。エルフは菜食主義者というのは違うようだ。

「この先の石壁の中に俺の家がある。あぁ、心配しなくていいよ、オークは皆殺しにして村を乗っ取ったんだ」

そう言うとコクコクと頷く。

間違いなく捕まっていたエルフだろう。どうやって脱出したんだろう。腹ボテの女はどうなったんだろう。

巨石の家に入ってから聞くか。

俺は土魔法Ｌｖ．１のホールで石壁に穴を開けると中に入る。

「早く入って穴塞ぐから。魔物が入っちゃう」

俺は急かして中に入れた。

俺は巨石の玄関を開け中に入る。

「二階に風呂がある。沸かしてくるからそこでちょっと待ってくれ」

何を言っているの？　という顔だ。

「汚れを落としてほしいんだよ」

頷く。わかったようだ。ここまで一言もしゃべらないな。

◆◇

「二階においで、風呂の準備ができた。そのまま浴室に行くよ。怪我がないか確かめさせてくれ」

「いいです。怪我はないです。大丈夫です」

ようやくエルフが話し始めた。

可愛い声だ。見た目通り若いエルフなのかもしれない。

「背中の傷はわからないでしょ。キズが元で病気になることもあるんだ。大丈夫。これでも騎士爵だ。なんならステータスを見せよう。ステータスオープン！」

『ステータス』
名前：ヨシミ＝ヨシイ
種族：人間　年齢：15才　性別：男
職業：Cランク冒険者　騎士爵
レベル：68
体力：9100／9100

魔力：１５２００／１５２００
幸運：Ｂ＋
状態：良好
基本スキル（ＮＲ）：剣術Ｌｖ．５　斧術Ｌｖ．４　弓術Ｌｖ．４　捕縛Ｌｖ．３　火魔法Ｌｖ．７　気配察知Ｌｖ．８　槍術Ｌｖ．５　棍術Ｌｖ．４　投擲Ｌｖ．５　解体Ｌｖ．６　水魔法Ｌｖ．７　気配遮断Ｌｖ．６　加速Ｌｖ．８　回避Ｌｖ．７　豪打Ｌｖ．５　剛力Ｌｖ．５　風魔法Ｌｖ．７　回復魔法Ｌｖ．８　鍛冶Ｌｖ．３　裁縫Ｌｖ．４　体当りＬｖ．４　木工Ｌｖ．５　土魔法Ｌｖ．１０　生活魔法　切断Ｌｖ．７　貫通Ｌｖ．７　加熱Ｌｖ．５　冷却Ｌｖ．５　罠解除Ｌｖ．２　金属加工Ｌｖ．４　統率Ｌｖ．３　悪食Ｌｖ．６　接合Ｌｖ．５　採掘Ｌｖ．４　ナイフ術Ｌｖ．４　形成Ｌｖ．４　採取Ｌｖ．４　跳躍Ｌｖ．４　調合Ｌｖ．４　防御Ｌｖ．４　スリップＬｖ．５　睡眠Ｌｖ．３　浮遊Ｌｖ．８　前進Ｌｖ．２　後進Ｌｖ．２　減速Ｌｖ．２
レアスキル（ＲＳ）：遠目Ｌｖ．８　夜目Ｌｖ．５　身体強化Ｌｖ．６　氷魔法Ｌｖ．５　鑑定Ｌｖ．１０　錬金Ｌｖ．３　瞬動Ｌｖ．８　金剛Ｌｖ．５　飛行魔法Ｌｖ６　雷魔法Ｌｖ．５　魔術式作成Ｌｖ．５　隠密Ｌｖ．８　分離Ｌｖ．４　発射Ｌｖ．４　隠蔽Ｌｖ．４　ウルトラパンチＬｖ．５　融合Ｌｖ．４　絶倫Ｌｖ．５　性豪Ｌｖ．５　擬装Ｌｖ．５　探索Ｌｖ．５　透明化Ｌｖ．１　角度Ｌｖ．２
スペシャルスキル：アイテムボックスＬｖ．７　リフレクターＬｖ．５　重力魔法Ｌｖ．４　従属化Ｌｖ．４　爆発Ｌｖ．４　解析Ｌｖ．２　ウルトラキックＬｖ．５　転移魔法Ｌｖ．７　付与魔法Ｌｖ．５　状態異常無効　無病息災　体力回復（大）　スティールＬｖ．１　固定Ｌｖ．２　収納Ｌｖ．２
ユニークスキル：時空間魔法Ｌｖ．７　再生Ｌｖ．５　スキャンＬｖ．４　スキルコピーＬｖ．７　無詠唱　獲得経験値５倍　結界Ｌｖ．５　異世界言語　アンチスキルＬｖ．２　メテオＬｖ．２
エクストラスキル：創造魔法Ｌｖ．６　ベクトル操作Ｌｖ．２　辞書Ｌｖ．５

創造ポイント：１５２００
称号敬称：創造神の使徒
加護：創造神の加護（大）
装備：貴族の服　貴族のズボン　ワイバーンのブーツ
所持金：２０７７万ネラ

「使徒様？」

ステータス画面をのぞき込んだエルフは驚いている。俺も今見て驚いたよ。称号以外何も増えていない。あ～、加護が『中』↓『大』に変わったか。

「使徒で騎士爵でも、まだ信用してくれない？　それじゃ、僕も脱ぐよ。ほら、武器も何も持ってないでしょう。まだ信用してくれない？」

魔法ばかり使っているので体力に比べ著しく魔力値が伸びているが、近接攻撃は殴る蹴るが主体の武闘家スタイルが功をそうしているのか細マッチョな体をつくっている。

俺は大胸筋と上腕二頭筋、そして六つに割れた腹筋群を見せつける。

勝手な推察だがこのエルフ、オークチ○ポに雌堕ちしているかもしれない。嫌がる素振りだけで逃げようとしない。現に厚い胸板とシックスパックに熱い視線を感じる。

貴族がズボンを脱ぐのを固唾を飲んで見守っている。パンツに手をかけゆっくりと下ろし片足立ちで足を抜く。見られていることがわかっているとチ○ポが硬くなる。

左足を抜き背筋を伸ばすとヘソの穴を隠すようにチ○ポが腹に張り付いた。絶好調だ。

エルフの瞳は反り返り張り付く太さ四・五センチ、長さ二○センチのチ○ポに魅入っている。

「チ、チ○ポ。大きい」

思わず零れてしまったのだろう。彼女の頭ではマ○コにチ○ポが刺さっている場面を想像したのだろう。

「名前を聞いてなかったね。僕はステータスで見た通りヨシミ＝ヨシイ。君は？」

「……アリス＝スタッカート」

「そう。じゃあ、アリスも脱ごうか。お風呂冷めちゃうから」

ボロ布をおずおずと脱ぎ畳む。乳首乳輪の色素は薄い。オークは乳首を舐めねえのか。屈んだときに小陰唇が伸びているのが見てとれた。

アンゼやセリスと違い何本ものオークチ○ポが何日も出入りを繰り返したのだろう。美人なのに残念マ○コだ。あとで形成スキルで美マ○コにリニューアルしてあげよう。

「アリス。いっしょにシャワーを浴びよう。シャワーって言うのは、ほら、こんな風に細い水が何本も同時にでるんだ」

手を引いてアリスを引き寄せる。抵抗はない。身体にシャワーを肩から胸、お腹、脚と流すと後ろを向いてもらう。

シャワーを出したまま固定フックに固定。ローションはないので代わりにシャンプーを手に付けるとヌルヌルした両手を脇から入れて満遍なく塗るように揉みしだく。

「あはぁ、はぁ、はぁ、ん、んんあああああああああああ」

いい声で鳴く。やっぱりエロエルフ、エロフになっている。

乳首を挟みねじ上げる。

「痛い。乳首がねじ切れちゃう」

限界まで強く乳首を引っ張ると下から乳房を握り、出もしない乳を絞り出すように先端の乳首へと押しあげる。

「はぁああん、んんあぁぁ」

乳輪は赤く充血しビンビンに勃起した乳首は上を向く。

オークを相手にHを繰り返しマゾ気があるようだ。欲情した顔をしている。

「あっ、はぁ〜〜。はぁ、はぁ。ん、んん、はぁ〜ん、はぁ」

ピッタリと背に密着し勃起したチ○ポをゴリゴリと腰に擦りつける。

尿道口から溢れ滴るカウパー液を彼女にマーキングするかのように撫で付ける。

「はぁん、そんな。チ○ポ汁、チ○ポ汁擦りつけないで〜」

トロけた顔で言う。

俺は彼女の右手を引いて熱く滾ったチ○ポを握らせる。

「このチ○ポが君のマ○コ肉を掻き分け子宮口に辿り着く。直接、子宮内に子種汁をぶっかけてあげる。子宮で温かい子種汁を感じるんだ。いっぱいになるまで吐き出しパンパンにしてあげる」

「ああ、そ、そんな、大きい、太い。赤ちゃんできちゃう。孕んじゃう」

「その前にたっぷりとマ○コを可愛がってあげるよ。オークはマ○コに指を挿れないだろう。指で逝かせてあげるよ」

向き合うようにすると左手で頭を固定し唇を割って口内を嬲り彼女の舌を強く吸う。

溢れる唾液を彼女に送るとむせ込みながらも飲み干す。

「んぐぅ、んぐぅ、んぐぅ」

空いた右手は恥丘に群生したマ○毛を掻き分けると、あわびのようにトロトロのマ○コに辿り着いた。

俺はマ○コに人指し指と中指を根元まで挿入すると指の第二関節を曲げ、指の腹で恥骨を探り押し当てる。

第二関節を支点に指先を前後に振動させる。

「あ〜〜〜〜、なに、なに、気持ちいいいいい。し、知らない。何コレ気持ちいいいいいい！！」

恥骨を指腹で押しては離す、そしてまた押して離すというＯＮ−ＯＦＦ運動も入れる。

バカのように繰り返す。腕にかなりの力がいる。

「ひぃ、ひぃ、イクゥ、イクゥ。逝っちゃう！　逝っちゃう！　逝っちゃうーーー！　ああああああああああ
あああああ！！！！」

脚は突っ張り腰を浮かせ潮を撒き散らせ昇天した。

ぐったりと床に手をつく。

「ほら、休んでないで立って。僕はまだ気持ち良くしてもらってないよ。壁に手を付いてお尻をあげて」

「無理、休ませて。今、今逝ったばかりで敏感なの。今入れられたら頭壊れちゃう」

「しょうがないな。んしょ、ほいっと」

無理やり立たせ壁に手を付けさせせた。

「無理、無理よ。今入れられたら頭がおかしくなっちゃうから。ダメなんだから。ぐっぴぃ～～～～

～！！」

逝ったばかりで子宮がおりてきていた。挿入したチ○ポが子宮を押し上げる。

「ぐひゅえ、ぎゅえ、ぎゅりゅ、ぐへぇ、ぎゅりゅりゅ。うへぇ、ぐほぉえへへぇ」

目は反転し、大きく開けた口から舌がブラブラと揺れる。拒んだわりにはすんなり挿入できた。

「おチ○ポ、子宮の中入ってるゅう～～。えへへぇ、えへぇへへぇ、しゅごしゅぎゅるぅ～～」

俺は左脚を肩に抱えるとより深く奥にチ○ポを挿入する。

「動くよアリス」

俺はゆっくりとしたテンポで腰を動かす。

『ジュボ、ジュブゥ、ジュボ、グジュ、ジュボ、ジュブゥ、ジュボ、グジュ』

「あ！　あああ、あ！　あああ、あ！　あああ、あ！　あああ、あ！　あーーーー！！」

「行くよアリス。少し速くするからね」

『ジュボジュボジュボジュボジュボジュボジュボジュボジュボジュボジュボ！』
「あああああ！　あああああ！　あ――――――――――！！！！」
「うっ、出る。アリス、中に出すよ。はぁ、はぁああ」
『どっびゅぅ、どっひゅぅ、どっびゅぅ、どっひゅぅ、どびゅるる』
子宮壁を叩くように放出された白濁した子汁が子宮を膨らませる。
「ぐぅ、はぁ、はぁ、はぁ、はぁ、はぁ〜」
で、出た。気持ちいい。
アリスは白目を剥き仰向けに崩れている。この様子だと二回戦はできそうもないな。
逆流した俺の子種がアリスのマ○コから押し出され床に水たまりを作る。
随分出たな。お腹を押すと精液が子宮から押し出されドロドロと出るわ出るわ。
俺は子種の水たまりにシャワーをかけ排水溝に流す。
上体を起こし温かいシャワーをかける。軽！　軽すぎだろ。
タオルに石鹸をつけてアリスを隅々まで洗った。
気が付いたアリスと湯船で背面座位で膝の上に座らせ温まる。
アリスは無言だが。嫌われたような感じはない。
身体を俺に預け目を閉じて安らいでいるようにさえ感じる。

◆◇

先に風呂から出る。
アリスには俺が此処に住んでいた時の服装と色違いの服を着てもらう。

タオルで髪を拭きながらアリスはダイニングキッチンに現れる。
あらためて見る。身長は一七〇、胸はCだろうか。
「肉とボアの実しかないけど食べな。肉ならお代わりはあるよ」
笑顔で話し右手で椅子に座るよう促す。
無言で座ると手を伸ばしガツガツと食べ始めた。
この一ヶ月、まともな物を口にしていないことが想像できた。
鑑定。

『ステータス』
名前：アリス＝スタッカート
種族：ハーフエルフ　年齢：20才　性別：女
職業：奴隷（主無し）　魔法使い　Fランク冒険者
レベル：20
体力：1210／1210
魔力：1000／1000
幸運：C＋
状態：並
基本スキル（NS）：気配察知Lv．5　火魔法Lv．3　風魔法Lv．4　回復魔法Lv．2　弓術Lv．4　加速Lv．3　気配遮断Lv．5　水魔法Lv．5　土魔法Lv．3　麻痺耐性Lv．4　採取Lv．4回避Lv．3　毒耐性Lv．4　調合Lv．3　生活魔法
レアスキル（RS）：遠目Lv．8　夜目Lv．5　氷魔法Lv．3　隠密Lv．5　錬金Lv．2

スペシャルスキル：透明化Ｌｖ．１　詠唱破壊
ユニークスキル：
エクストラスキル：
称号敬称：
加護：
装備：ワイバーンのコート　ロックオーガのＴシャツ　ワイバーンのズボン　ワイバーンのブーツ

鑑定をかけられたのがわかったのか振り向いて俺を見る。少し怒っているのか。

「スマン、勝手に鑑定をかけて。オークの村に捕まっていた人族二人はアッシュホード辺境伯の領都セフィルにいる。君の他にもう一人お腹の大きい人がいたと思うけど、どうした？」

「パウラは、パウラから生まれた金色のオークに殺された。わ、私は逃げて……」

あ〜、オークキングだ。ミヤタニだ。殺して正解だったわ。

「そうか、金色のオークは僕が倒した。心配はいらない。これからだが僕と街に出よう。形だけ僕の奴隷としてね。街に入ったとたん売り飛ばされたくはないだろ。此処にいてもいつか死んでしまうよ。僕が君を守る。付いてきてくれると嬉しいな」

「……わかりました。私アリスは騎士様に付いていきます」

恥ずかしそうに言う。

「ありがとう。食べ終わったら行こうか。僕は転移魔法を使う。あっと言う間にセフィルの街につくことができる。ゆっくりと食べな」

そして俺は彼女が食べ終わるのを待ってセフィルへ一緒に転移した。

はぁ〜、二人の嫁になんて言おう。

【第一九話　王都からの迎え】

アリスをつれセフィル城に戻って来た。家令のハゾスさんがいたので声をかける。

「ハゾス殿、アンゼ様を呼んでもらえないでしょうか」

「そちらのエルフの方はどうなされたのですか？」

「魔の森で拾いました。アンゼ様も知っている人だと思います」

「ロビーでよろしいのですか？」

俺は小声になりハゾスに告げる。

「彼女、主なしの奴隷のようなのです」

「かしこまりました。旦那さまにもご報告いたします」

「了解です。アンゼ様を先に呼んでください」

「ではアンゼ様を先にお呼びいたします」

ハゾスはメイドに指示を出し自分自身は伯爵に報告に行った。

アンゼはセリスを伴って現れた。

そして近くまで来て見覚えのある顔に驚いていた。

転移で戻る前は、一時的に自分の奴隷にして後に奴隷から解放しようと考えていた。

Ｃａｔｃｈ　ａｎｄ　Ｒｅｌｅａｓｅ。

ゆるマンだし一発やったから解放と考えていたわけではない。

アンゼの驚いた顔を見て二人の秘密を守るためにアリスを手元に置くことに決めた。

「アンゼ、セリス、アリスを知っているようだね。アリスは主なしの奴隷でね。発見者の僕が所有権を主張しないと奴隷市場に流れてしまう。オーク村のことはなかったことにしなければならない。万が一ということもあるから手元に置きたい」

アンゼもセリスも頷き了承した。秘密は隠す。ア〇サ・クリスティではないが、全員口裏を合わせる必要がある。

「アンゼ、ハゾス殿に奴隷商人を呼んでもらって契約をする。僕が王都に行っている間、アリスを君の側仕えとしてくれ。奴隷と言うより家臣一号として考えている。頼むよ」

「わかったわ。ハゾスに奴隷商人を呼んでもらいましょう。その後着替えましょうか。その服ヨシミのでしょう」

「ああ、そうしてくれ。伯爵には魔の森でのこと言ってあるのか」

「まだよ。私から言うわ」

「オークに捕まったぐらいにして、やられたことは言うなよ」

「わかっているわよ。私だけでなくセリスの名誉も関わる問題ですもの、言わないわ」

「そうしてくれ。ハゾス殿の所に行くか。アリスは後について来てくれ」


二時間後、小太りの中年奴隷商人がやって来た。

奴隷商人は、首輪か、腕輪か、足輪か、それとも紋章にするかと聞いてきた。

あからさまに奴隷とわかる首輪とかは遠慮したい。

一見で奴隷とわかる紋章も後々自分の代わりに交渉に行かせたりするのにマズイ。

悩んでいると奴隷商人が言う。

「旦那、どこに紋章をいれるか悩んでおいでですね？　だったらアソコの毛を剃って紋章をいれたらどうでしょう。貴族様方は特別な奴隷にはそのようになさっておいでですよ」

俺はパイパンという淫靡なパワーワードにあらがうことなく受け入れることにした。

剃毛は奴隷商人についてきたメイドが綺麗に処理をした。

本当は剃毛したかった。

だが、小太りの中年奴隷商人が城下で、『ヨシミという騎士が嬉しそうに女エルフのマ○毛を剃っていた』とか吹いてまわられた日には俺の好青年のイメージが台無しだ。泣く泣く諦めた。

俺は奴隷商人が言うままにアリスのパイパンになった恥丘に自分の血でハートを描くことにした。

屈んでアリスの恥丘に向かい合いキレイなハートを描くことに集中する。

ん、上手く均等に描くことができた。見上げてアリスの顔を窺うと真っ赤だ。

羞恥プレイになっていたか。指でマ○コをすくうと濡れている。

「あぁん」

アリスから艶やかな声が漏れる。

お前、さっきしたばっかりじゃん。

「逝かせてあげてはどうです？」

小太りの中年奴隷商人が言う。

俺が彼を見ると優しく頷く。彼の連れのメイドを見ると、微笑みながら頷く。

ＯＫわかった。ここは紳士として逝かせてあげるとこなんだね。

俺はアリスのマ○コに人指し指と中指を入れる。

「あぁん、あぁぁ」

仰け反るアリスをメイドが支え、『こっちは任せろ』とばかりに頷く。

ＯＫ任せた。俺は引退したＡＶ男優で潮吹かせ名人のような高速振動を始める。最初からクライマックスだぜ！

「あああぁぁん！　あああぁぁん！　逝っちゃう！　逝っちゃう〜〜！！」

激しく悶えるアリスをメイドが、がっしりと押さえる。

「イッ、イックゥウーーーーーーーーーーー！！！」

恥丘を突き出すように仰け反ると潮を吹きあげ果てる。

「わっ、ぷぅ、ちょっ…」

右腕とお腹の辺りがビショ濡れだ。トホホ。

『パチ、パチ、パチ、パチ』

小太りの中年奴隷商人が拍手する。

『パチ、パチ、パチ、パチ』

奴隷商人のメイドも拍手する。

「お若いのに大した腕をお持ちで。私、トルネオは感服しました。アルバイトをしてみる気はございませんか？」

「アルバイト？」

「ええ、一から奴隷を性奴隷に開発するのを楽しみにするお客様もいますが、性奴隷として完成された商品をお求めになるお客様も多いのです。一から奴隷を性奴隷にしてみませんか。ナニは何センチで？」

「二〇センチ、太さは四・五センチ」

メイドは目を見開いて驚いている。

「デカイですな。少し困りましたな。ヨシミ様の後では緩マンだ。う〜〜ん」

「最適は何センチだ？」

「長くても一八、太さは三・五ぐらいでしょうか」

なるほど良いこと聞いた。

「スキルで長さも太さも変えられる。参考になったよ」

「おお！！　スッゴイ！　ぜひ当館と契約してください。優遇いたしますぞ！」

「イヤ、止めとく。婚約したばかりだし」

「あぁ……そうですか。わかりました。残念です。気が変わったら言ってください」

「ああ、わかった」

アリスは俺の奴隷となった。恥丘に紋章を入れたので、パンツを降ろさなければ奴隷とはわからない。

とりあえず俺の家臣一号がここに誕生した。

◆◇

三日後。王都からの使者という、魔法使いの冒険者が辺境伯に王の書状を持って現れた。内容は二日後に王女を迎えに来るというものだった。

よし！　充分間に合う。俺は献上品のボンネットバス（仮称）の仕上げに取りかかった。

《異世界転移六九日目》

王都から王女殿下を迎えに魔法士が騎士六名をともなって時刻通りロビーに現れた。おそらく王国魔法士団の団長か副団長だろう。着ているローブが偉そうだ。お連れの騎士は近衛騎士団かそれとも王国騎士団か？

何にしてもこれまた一人、別格に強そうな男が他の騎士より豪奢な鎧を着ている。団長か副団長だろう。

「エミリア殿下、リーリス様、ご無事で何よりです。王国魔法士団副団長アラン＝ディ＝ロイドでございます。陛下、公爵様ともにご心配なされておりました。一刻も早くお顔を見たいと仰せになり私をお寄越しになりました」

「心配をかけました。騎士ヨシミに盗賊のアジトから救いだされここアッシュホード辺境伯に良くして頂きました。ケガも病気もありません。私やリーリスの探索に労をかけました。感謝しています」

「ハッ！　ありがたきお言葉痛み入ります」

「エミリア王女殿下ご無事で何よりでございます。アッシュホード伯、私は近衛騎士団団長ヴォルフ＝ガルム＝バッシュでございます。殿下をお救いした騎士はそちらの黒髪の少年でしょうか」

「そうだ。名はヨシミ＝ヨシイ。私の娘アンゼの婚約者だ」

「おお、そうでしたか。ヨシミ殿、此度はエミリア殿下、リーリス様の救出に感謝する」

「ヨシミ＝ヨシイと申します。アンゼ様を襲った盗賊のアジトをつぶしに行き、お助けする機会を得ました。神のご采配だと思います。ヴォルフ様、アラン様、平民あがりですので気を悪くすることもございましょうが、よろしくご指導、ご鞭撻ください」

「うむ、わかった。アラン殿もよろしいな」

アランも頷く。

「ヴォルフ殿、アラン殿。ヨシミは娘アンゼの夫になる。良しなに頼む」

「承知いたした」

とヴォルフは頷く。

「辺境伯様、お初にございます。私アラン＝ディ＝ロイド、できる限りのご協力をさせて頂きます」

「おお、アラン殿、心強い言葉感謝する。では、少し休憩を入れて一時間後に王都に向かうとしよう。ハゾス、ご案内しなさい」

「はい、旦那様」

貴族はたいへんだな。いちいちお茶か。

俺もこの間にアリスに残りの必要なスキルを付与しよう。

◆◇

【獲得経験値二倍】のスキルを新たに創造魔法で作った。俺より強くなって解放後敵対されるとイヤだし二倍にした。

「ご主人様、ありがとうございます」

「ふふん、ステータスを開いたら驚くぞ。たくさん強化したからな。僕が帰ったらレベル上げしような」

「よ、よろしくお願いします」

さてそろそろ時間だな。ロビーに行くか。

アリスを連れ歩いているとアンゼとセリスが待っていた。

「ヨシミ、陛下に対して無礼はダメよ。言葉に気をつけてね」

俺はアンゼを抱き寄せ軽くキスをした。

「ヨシミ様、平常心です。平常心」

セリスも抱き寄せ軽くキスをする。

俺はアンゼとセリス、アリスを連れロビーに向かった。

第二〇話　アリス　オーク村殲滅された日

《Side　アリス＝スタッカート》

アシュホード辺境伯領エジェルは、元Aランク冒険者で準男爵のグリム＝ハイツ＝ベルが治める町だ。

ダンジョンがあるこの町にはいろいろな人種の人が集まる。獣人、ドワーフ、ホビット、なかには珍しい有翼人種も天人族も町で見かけることもある。

私、アリス＝スタッカートは、この町で道具屋を開いているエルフの父、シロッコと人間種の母、ロシュルの子として生まれた。

私はハーフなんだけど、耳のパーツはエルフのように耳の先が尖っている。そのため町エルフと勘違いされることが多い。

普通のエルフは森の奥に集落があり畑で穀物や野菜を育て木の実を採取して規律や序列に厳しい生活をしている。外との交易はしており数少ない外の情報に憧れ村を出て行く者がいる。中には、その美しい外見から騙されて連れ出される者も後を絶たない。

町エルフとは、森から出て町に住み着いたエルフのことで、肉も魚もなんでも食べる。

美しいエルフは誘拐されたり、奴隷に貶められることが多い。そのため、この町には代官に認められた武力を持った組織『エルフを守る会』が存在する。

そんな組織に見守られて、今年二〇歳になった。私はかねてから決めていた冒険者になることにした。

それは、自ら調合販売するお店を持ちたかったからだ。そのためにはお金と調合のレベルをあげる必要がある。冒険者は一石二鳥の職業だった。

父は反対したが最終的にはソロ活動しないこと、夜は家に帰り寝ることを条件に許しを得た。

登録が終わると常注依頼の薬草、毒消し草、麻痺を治す満月草の依頼を一人で黙々とこなした。

「やった！　Fランクになった」

凄く喜んだ記憶があるけど、GからFは誰でもすぐ上がれるらしい。お買い物依頼や掃除依頼、薬草の採取など規定の依頼を通して人物査定をして合格ならFに上がれるのだ。

そんなFランクに上がったばかりの時、パウラと知り合い、彼女の所属するパーティー『盆の月』に誘われた。『盆の月』とは地方の言葉で「満月」のことだと後で聞いた。

『盆の月』のメンバーはBランク戦士のプラド、Bランク魔法剣士のエフジェイ、Bランク僧侶のパジェロ、Cランク魔法使いのパウラの四人。

ここにFランクの私が入っても、Cランクパーティーとしてダンジョンに潜ることができる。

ワクワクする気持ちが抑えられなかった。この町で生まれこの町で育ち、ダンジョンには、いつか入ってみたいとずっと思っていた。


「わぁ～！　石組なんだ！　それに明るい！」

天井には等間隔に魔石灯が埋め込まれて通路を照らす。

「いつまでも見ていない。いくわよ」

魔石灯の光に見入って歩き出さない私にパウラから声がかかる。

「はい！」

今回のダンジョン探索は私のレベルアップを目的に行われる。パーティーで魔物を倒すと経験値が均等に振り分けられることを利用して、高レベルの者達の戦闘に守られながら参加し、討伐することで棚ぼた式に経験値を頂くものだ。パワーレベリングというものらしい。

地下一階から地下五階までは、ゴブリン、ホブゴブリン、ハンターウルフ、コボルト、マタンゴ、ブラットバットが主に出没する。

Bランクが三人もいる『盆の月』には、なんのこともない簡単な作業だった。

そして事件が起きた。ダンジョン地下五階の未踏破区域。

考えればわかる。初ダンジョンの私が未踏破区域を発見することなど有りえないこと。

パウラ達『盆の月』に誘導されていたことに。

ハンターウルフの群れを倒し一息つくことになった。地下五階まで歩いて大分疲れた。

そろそろ戻りたい。

何気に寄りかかった壁が動き出し慌てて退く。振り返ると奥へと続く通路が現れた。

「おい！　隠し通路だ！」

「ウソ！　買った地図には載ってないわよ！」

「おいおい、未踏破区域か？」

「未踏破区域なら発見料がギルドから貰える」

「アリス！　お手柄よ！」

「良くやった」

「お前はオレ達に幸運を呼ぶ女神だぜ！」

仲間達に絶賛された。いままでなんの一つも役に立っていないワタシが。凄く嬉しかった。やっと仲間に入れた気がした。

◆
◇

「おい、もういいだろ」

プラドが言う。

「いいんじゃね」

と、エフジェイ。

「わかったわ」

と、パウラが答える。

「なんのことです？」

「何、たいしたことじゃないよ」

と、パジョロ。


パウラが私の肩に手を置き語り出した。

「私達ね。前の依頼で失敗しちゃったの。ガナンからエジェルに向かう貴族の護衛任務で乗っていたクソガキが殺されちゃって依頼失敗。違約金やら慰謝料とかで借金漬け。今月末まで返せないと奴隷落ち。そんなとき、毎日せっせと薬草を持ち込むアナタを見てね。アナタを売ればチャラになるって気がついたの」

「え！？　ウソ？　なんで？　私、何も悪くない」

「そうそう、お前は悪くない。ただ、エルフで高く売れるってだけだ」

と、プラド。

「まったくお前はオレ達の救いの女神だ。オレ達の代わりに奴隷になってくれるんだからよ」

と、エフジェイ。

「すみません。私は多くの人を救わなければならないのです。奴隷に落ちるわけにはいかないのです」

と、パジョロ。

「せいぜい貴族に買われなさいよ。マ○コにチ○ポを咥える簡単なお仕事が待っているわ。一緒に楽しめばいいじゃない」

「オレ達は借金が返せてハッピー！　お前はチ○ポ咥えてハッピー！　ＷｉｎＷｉｎだろ」

「わはははぁ、違いねえや」

エフジェイが笑う。

私はパウラの手を払い、逃げ出そうとすると再度パウラに掴まれた。

『バチッ！』

え！？

気を失った。

「魔封じの首輪をつけろ。奴隷に服はいらねえ。脱がせろ。手足を縛れ。胸や尻を触るのは構わない。指やチ○ポをマ○コに入れんな！　処女かもしんねえからな！　奴隷紋は足の裏だ」

「このオボコ、初モノに違いねえ。高く売れるぜ」

「パジェロ！　乳首いじってねえで早く脱がせ！」

「は、はい！」

「パジェロ。アンタ童貞？　アリスで口マ○コしちゃいなよ〜。こんな美少女の口マ○コなんて滅多にないわよ」

「ほ、ほんとに……」

「なんだ、気があったのか？　いいぜ、チ○ポ、口で抜いちゃえよ」

「やるんなら早くしろ。まわりは警戒しておいてやる」

「あ、ありがとうございます！」

パジェロはアリスを全裸にするとズボンを脱ぎ捨て下半身裸になる。

「おいおい、脱いじまうのかよ」

「いいケツしてるじゃない。お姉さんが童貞貰ってあげる」

「ほんとですか！？」

「ほんとよ。でもダンジョンはヤダわ。宿に戻ってからね」

「おー、じゃあ、今日の晩は借金返済とパジェロの童貞喪失を祝って飲むか！」

「つははは。いいね！　決まりだ！」

「おし、早く帰ろうぜ。さっさと口マ○コしちゃえよ」

「は、はい！　ありがとうございます！　す、すぐに終わらせます」

「バーカ！　早く始めろって言ったんだ。すぐ終わらせろって言ってねーよ。ちゃんとチ○ポで味わえよ」

「了、了解」

パジェロはアリスの金髪の頭を持つと、唇にカウパー液に垂れたチ○ポを擦りつけ鼻を押さえて口を開ける。

パジェロのチ○ポは根元まで差し込まれた。

「ふっわあぁぁぁ〜〜」

「バカ！　口に入れたぐらいで感じてんじゃねーよ。ジュボジュボするともっと気持ちいいぜ！」

「おい、アリスは気絶してんだ。チ○ポにローションつけろ」

「ほれ！　世話やかすな」

「ありがとうございます」

「いいって」

パジョロはチ○ポにローションを垂らすと、アリスの頭を押さえジュボジュボと腰を振り出した。

「かぁ、はぁ、はぁ。気持ちいい。こんな可愛い娘の口でチ○ポ扱いて最高だー！　はぁ、はぁ、はぁ、はぁ、はぁ」

『ジュボ、ジュボ、ジュボ、ジュボ、ジュボ、ジュボ、ジュボ』

「んぅんん！？　んぐぅうう、んんんぅ、ぐぅううう……」

「お、気がついたぞ。つははは」

「あらあら大変。気がついたら、お口にチ○ポ入れられているんですもの」

『ジュボジュボジュボジュボジュボジュボジュボジュボジュボ！！！』

パジョロの腰が高速に振られる。

「ア、アリス。いい、いいよ。アリスの口マ○コ。あっ！　つはぁ、あっ！　あっ！　いく！　出る！　出る！　あああぁぁぁ～～～～～～！」

『どぴゅ、どぴゅ、どぴゅ』

「んんぅ！　んぐぅ！　んぐぅ！　んぐぅ！　んぅごほ、んぅごほ……」

大量の精子が喉に流し込まれ咽るアリス。

「かぁはぁ～、はぁ、はぁ、はぁ」

「気持ちよかったか？　なら帰るぞ！」

「パジョロの腰振り、童貞にしては良かったよ。宿でも気張って振ってね」

「はい」

「つははは。おら、行こうぜ。パウラ、もう一度スタンだ」

「あいよ」

「パジョロ、スタンしたら麦袋につめろ。いい思いしたんだ。運ぶのはお前だ」

「わ、わかった」

打ち拉がれて横たわるアリスをスタンで再び気絶させると、パジョロは麦袋にアリスを詰め袋口を縛り上げ肩に担いだ。

《Side　エフジェイ＝ネイクッス》

「あっ！」

パジョロが声を上げる。

麦袋に詰められ肩に担がれたアリスのお尻を袋越しに撫で回し楽しんでいると、彼の足もとに魔法陣が展開された。

「バッ、バカ野郎ー！　トラップ踏みやがった！」

「転移トラップだわ！　一纏まりになって！　別々の場所に飛ばされることもあるわ！」

「クソ！　荷物担いてんだ！　パジョロに集まれ！」

プラドが慌てて指示をとばす。

「慌てない！　転移したら戻る魔法陣が近くにあるはずよ」

「転移したらすぐに戦闘もある。気を抜くな！」

魔法陣から放たれる光が一層強くなり五人は飲まれ姿を消した。

円を描くように石が敷き詰められた場所に降り立った。周囲は腰高の草原が広がり山々が近い。

「ちっ、外か！　どこだここ？」

「とんでもない山奥に飛ばされたようだな」

「足もとを見て！　青色の石が埋め込まれているわ。それと六個の巨石が囲んでいる。ストーンサークルよ。戻れる可能性が高くなったわ」

「ああ？」

「わかんないの？　今私達がいるのが受け取り側のストーンサークル。と言うことは送る側の魔法陣かストーンサークルがあるってことよ！」

「なるほどな。近くに魔物は？」

「エリアサーチに反応。まだ遠いけど数が三〇！」

パウラが答える。

「岩だ！　岩山を探せ！　なければ斜面だ！　穴掘ってしのぐぞ！」

「プラド！　あっちに岩山がある」

パジョロが言う。

「あっちはダメだ！　魔物との距離が狭まる」

「仕方がねえ！　奥へいくぞ！」

『ギャッオオーーーーン！！』

「な、なんだ！？」

『『ギャッオオーーーーン！！　ギャッオオーーーーン！！』』

「ワイバーーン！？　ワイバーン二匹も！！」

東の空から此方に向かって来る。

「急げ！　森だ！　森に逃げ込むぞ！」

『『ギャッオオーーーーン！！　ギャッオオーーーーーン！！』』

「クソ！　追って来やがる！」

「よし！　森だ！」

「ま、待て！　何かいる！　オ、オークよ！」

逃げ込む先の森からオークが現れた。

「ワイバーンよりオークのほうがましだ！　行くぞ！」

「おおぉぉおおお！！　退け退け！　お前らがワイバーンに喰われちまえ！」

オークとワイバーンの獲物の取り合いが始まった。

《Side　アリス＝スタッカート》

気がついたのは裸で頭を床につけ、お尻を突き出すようされて、オークのチ◯ポが私のおマ◯コに挿入された時だった。

「んぎぃ〜〜〜〜〜〜〜〜！！」

膣肉を押し広げ太くて固い滾った肉棒が赤ちゃんの子部屋に触れたと感じた瞬間、一気に貫かれ子宮壁を激しく突き上げる。

「ぐうぇ、ごほぉ、ぐうぇ、ごほぉぐ、うぇ、ごほぉ」

息がくるじぃいいい。死んじゃう、死んじゃう〜〜〜。

繰り返される激しいチ◯ポの出し入れ。痛苦しい運動は狂わんばかりの快感にとって代わった。

「ふひゃあぁぁぁぁ〜〜〜。マ◯コ気持ちよしゅぎりゅうぅぅ〜〜〜。うへへれれぇぇ〜〜〜〜」

快感に夢中になった。パウラは別のオークにマ◯コを犯され正気を失った顔を床に擦りつけている。

「あふぁ、んぬあぁ、ふぁ、ふわぁ、はぁ、はぁ、はぁ、んぬあぁ」

「あはぁ、あはははぁぁぁぁはぁ～～～～」

膣肉からチ〇ポがふくらんだのがわかる。

出る。オークの精液が出されちゃう～～～～～。

オークの赤ちゃん孕んだワタシを見たらお父さん、お母さんはどんな目でワタシを蔑むだろう。

「うへぇ、うへぇれけぇへぇ～～～～～～」

『パァン、パァン、パァン、パァパン、パンパンパンパンパンパンパンパンパンパン！！！』

「んっきぃーーーーーーー！！！　いぐぅ～、いぐぅーーーーーーーーー！！！！」

『ドッピュウ！　ビュウ！　ビュウ！　ビュゥーー！！！』

えへへぇ、えへへぇ。おマ〇コ中出し孕ませ射精きもぢぃいいいいいいい。

◆◇

あれから何日たったかわからない。私とパウラは毎日犯された。

ある日パウラの股座を嗅いだオークがパウラを犯さなくなった。妊娠したのだ。

妊娠したパウラが、ドロドロした麦色のモノを木のスプーンで食べさせられ始めた。

一人となった私は今までの二倍犯されることになり、チ〇ポしか考えられないようになっていた。

パウラは顔や手脚が浮腫みだし、次第にブクブクした肉の塊と化していった。

「ふぐぅうう、ぐきゅうう」

もはや何を言っているのかわからない。人でないバケモノ。

「ファイアボール！」

人の声？

『ヒューーー！　ブッボッバァワァーン！　パッチパッチ、ブウワァアァアアア！！！』

外を見ると藁葺き屋根にファイヤーボールが落ち激しく炎が燃え立っている。

『ブフィ！？　ブヒィ、ブヒヒフ、ブゥ！　ブウルゥ！　ブヒブーー！！』

何を言っているのかわからないけど、激昂して出て行った。

「ファイアボール！　ファイアボール！　ファイアボール！　ファイアボール！」

『『『ブフィ、ブギュ、ブビュー！　ブルル！　ブビィー、ブビィー、ブビュラーー！！』』』

「ロックランス！　ロックランス！　ロックランス！　ロックランス！」

『『『ブギャー！　ブギャー！　ビュギュラ〜〜！　ブゥー、ブゥー、ブゥウ〜〜〜』』』

な、何！？　外は大混乱している。焦げ臭い。何か燃えている。

小屋を見渡す。大丈夫。ここは燃えてない。

「んんぐぅうう！！　んんぐぅううう！！　ふごぅ、ふごぅ、ふごぅ、ふぐぅおおおおーーー！！！」

パウラが出産し始めた。

「イヤーーーーー！！！」

パウラのマ〇コから金色のオークの頭がーーーーーー！！！

オークは頭が出て首を通過すると目を開け周りを確認している。

「ウソ！　ウソ！　ウソ！　ウソ！　なに！　なに！　なに！　なに！」

口角をあげ笑ったように見える。おかしい。産まれたばかりなのに鳴きもしない。自覚がある。普通じゃない。

パウラのマ〇コから捻り出されると、産まれたばかりの金色の毛に覆われたオークはヨロヨロと立ち上がり私を視認する。

『ブワァ、ブゥワブゥ！』

「あああ、あああぁぁぁぁ～～～～！」

逃げないと！　逃げないと殺される！

脚が竦んで立てない。出口はオークの後ろだ。

私が竦んで動けないことを理解したオークは、パウラの左胸を鷲掴むと握り潰す。

「ヌギャーーーー！！」

パウラの悲鳴が轟く。

血が噴き出す。潰した肉を口に運び食べる。

『ヌチャ、ヌチャ、ヌチャ』

咀嚼すると屈んで右胸にかぶりつき直接食べ始める。

『ガブ！　ヌチャ、ヌチャ、ヌチャ。ガブ！　ヌチャ、ヌチャ、ヌチャ。ガブ！　ヌチャ、ヌチャ、ヌチャ』

「ヌギャーーー！　ヌギャーーー！　ヌギャーーー！　ヌギャーーー！」

パウラの悲鳴が響く。血柱が立ち、オークは血で真っ赤だ。

ああ、ドロドロしたモノはパウラをエサに変えるモノだったのか。

「ヌギャー！　ヌギャー！　ヌギャ～、ヌギャ、ヌ……」

パウラの声が途絶えた。

パウラ！？　死んだ？　次はワタシ。あ……、ダメだ。死ぬ。

『ヒューーー、ブッボバァーーン！！』

『ガラッゴットンゴロン、バッシャン、ビエッキ、ッドンシャーー！』

何かが直撃し屋根が生まれたてのオークに落ちてきた。小屋は崩れ背後の壁に穴が開いた。

『パッキーーン』

魔法を封印していた私の首輪が二つに割れ床に落ちる。

パウラが死んで、契約していた封印が解かれた。

私は背後に開いた穴から小屋の裏に出る。すぐに、いつの間にか村を囲っていた石壁にあたった。高い！

出口は？

『ガッランゴロン。ガッタッ！　ドッサ、ドッササササ』

振り向くとオークが瓦礫から立ち上がろうとしている。

「マズイマズイマズイ！」
ホ、ホール！　ホールで石壁に穴を開ければ！
「石の精霊よ。我が求めに従い石に穴を開けよ。ホール！」

石壁に穴が開き、飛び込むように外へ出る。

「石の精霊よ。我が求め従い石の穴を埋めよ。バリー！」

起き上がりざまに唱えるも、間に合わず、オークは外に飛び出していた。

オークの後ろで石壁に開けられた穴は塞がる。

「くぅ、土の精霊よ。我が求めに従い大地に穴を開けよ。ホール！　ホール！　ホール！」

ホールを重ねがけし深く掘り下げオークを落とす。

『ブッオオオォォーーーーー！？』

今のうちに少しでも遠くに逃げなければ。

私は隠密スキルと気配遮断スキルを併用して他の魔物に気付かれないように走り出した。

臭いで追ってくるかもしれない。

私は水魔法レベル1のウォーターで頭から水をかぶると、マ◯コに指を入れオークの精液を掻き出す。

「急がなくちゃ、急がなくちゃ」

追いつかれる恐怖と戦う。

再び走り出す。裸なので草であっちこっち切れて血が滲む。裸足の足は血まみれだ。

「はぁ、はぁ、はぁ」

日が傾き始めた。

夜になる。まずい。どうしよう。

岩山が見える。

やった！　あそこまで行けばなんとかなる。

岩山にホールで穴を開け洞穴にすれば、雨露をしのげる。何より魔物から身を守ることができる。

私は岩山に向かって走り出した。

辿り着くとそこは奇妙な岩山だった。周りに石でできた虎バサミが置かれている。

石の虎バサミ？　そんな魔法あったかしら。

とにかく、いかにも洞窟に岩壁で蓋をしたと思われる所に近づく。

岩壁に触る。結界の類は張られていないようだ。

岩壁が重く動かすことができないのでホールで穴を開け中に入った。人の気配はしない。

五メートル進むと座面に穴の開いた椅子がある。椅子の下にはバケツだ。

なんだろう？　トイレ？

さらに進むと浴槽のようなものもある。浴槽の底には穴があり排水もできるようだ。

栓は浴槽の縁においてある。

行き止まりまで来た。ボロ布や錆びた鉄剣、棍棒、杖、錆びたナイフが捨てられていた。

服はないか。

ボロ布のホコリを払い、生活魔法のクリーンをかけキレイにする。

錆びたナイフも研げばなんとか使えるか。

私、アリスのサバイバル生活が始まった。

【第二一話　謁見　異世界転移六九日目】

《Ｓｉｄｅ　レグラス＝ジノ＝ロマンティア国王》

ドアをノックする音が聞こえた。

「陛下、エミリア王女とリーリス嬢が王城へ到着いたしました。どうなさいますか？」

「すぐにここへ通せ。二人ともだ」

少しして、エミーとリーリス嬢が応接室に入ってきた。

「お父様、この度は心配をおかけして申し訳ありません」

二人は揃って頭を下げる。

「いいのだ。エミーよ、二人共無事ならば」

その後、二人からも話を聞いたが、アッシュホード辺境伯の報告と変わらなかった。

しかし、少しばかりヨシミという男を過大評価している気がする。

ヴァイアスと二人溜息をつく。

「報告ではヨシミ＝ヨシイは魔術師だったと聞いておるが？」

魔法使いと魔術師は違う。魔術師も魔法使いであることには変わらないのだが、付与魔法や魔術式を使って魔道具を制作する技術者を主に指す。魔道具は生活を楽にし豊かにするため、魔術師は魔法使いより格上の存在と認識されているのだ。、その言葉で二人はハッと顔を見合わせた。

「お父様、ヨシミ様は自作の魔力馬車を献上したいと言っておられましたわ」

「ほう、概要は聞いておるのか？」

「試作の物を見ました。馬なしで走る馬車で、車輪はなく一メートルほどの高さに浮いていました。丸い輪のような物を右に回すと右へ左に回すと左へと進みます。座席の床から棒が立っていてソレを前に倒すと前進、後ろに倒すと後進します。お尻も痛くならないようです」

ヴァイアスと目が合った。そんな物が実現するとすれば大発明だ。

脇で聞いている宰相のアーレフも興奮している。

「それ程までの魔術師なのか？」

「アーレフ、どう見る？」

「エミリア王女殿下、リーリス様ご救出の報奨は、男爵位がよろしいかと存じます。献上の品が聞いたとおりの物でしたら領地を授けても良いかと思います」

「よし、謁見の前にその献上の品を検分しよう。準備しておけ」

「ハッ」

《Side　ヨシミ＝ヨシイ》

俺は辺境伯と一緒に応接室に通され紅茶を飲んでいる。

そろそろコーヒーが飲みたい。緑茶でもいい。緑茶と紅茶は同じ葉っぱだろう。どうしてないのだろう。

摘み取ったお茶葉を蒸して発酵を抑えたものが緑茶で、蒸さずに完全発酵したものが紅茶だ。

誰も栽培していないのか？

嗜好の違いなのだろうか。しかし、紅茶を飲むとトイレが近くなって困る。

謁見の前に献上の仮称ボンネットバスを見たいとの仰せだ。出来によって報奨が変わるのか。時価価格かよ。

で、王様の都合がつくまでこうして辺境伯と一緒に待っている。辺境伯は義理の父になるしなんだか三者面談のような気持ちになるよ。

「ヨシミ君、聞いてはいるが大丈夫なのか？」

「ええ、いま私ができる総てを注ぎました。自信の品です。きっと喜んで頂けると思います」

「そ、そうか……」

俺は異空間収納からA4サイズの革張りのアタッシュケースを取り出す。

「あと、頼まれていた『結界と無病息災の腕輪』と『ファイアボールと収納の指輪』です」

「ヨシミ君！　ありがとう！！」

開けて中を確認すると辺境伯は華が咲いたように笑顔になった。

喜んでくれて嬉しい。

コンコン、部屋をノックする音が聞こえる。

「アッシュホード辺境伯様、ヨシミ様、第二訓練所にて馬車をご覧になられるとのことです。ご案内いたします」

俺達は案内に従い第二訓練所に向かう。

訓練所にはすでに国王と偉い人？　とエミリア王女、リーリス公女、それから護衛の騎士が六人いた。

俺は辺境伯にならい頭をさげて入場し片膝をつく。

「顔をあげよ」

一歩前で膝をつきかしずいていた辺境伯が頭をあげる。俺もそれに続いた。

「カリス、久しいの」

「陛下もご健勝でなによりに存じます」

「うむ。そちがヨシミ＝ヨシイか？」

「はい」

「娘の救出、感謝する」

「感謝のお言葉、恭悦至極にございます」

「私はヴァイアス＝ダイム＝パラオン。リーリスの父だ。娘を助けてくれてありがとう」

「感謝の言葉、いたみいります」

「私はこの国に宰相でアーレフ＝エマル＝ギルバート。早速だがそこに馬車を出してくれ」

俺はアイテムボックスから黒光りする仮称ボンネットバスをだした。

従来の馬車とかけ離れた姿に国王、公爵、宰相、辺境伯　エミリア王女、リーリス公女も驚きを顕にしている。

ふふ、黒地に金の装飾は映えるだろう。

「では、動かしますのでご覧ください」

俺は運転席に乗るとシフトが【固定】に入っているのを確認してから【浮遊】と【飛行】のスイッチを入れる。

シフトを【前進】に入れアクセルペダルを踏んで加速、楕円形の練習場を一周した。

ブレーキを踏み減速停止、シフトを【後進】に入れ換えサイドミラーを見ながら後進を行う。

一メートル下がったらブレーキを踏み減速停止、シフトを【固定】に入れる。

【浮遊】と【飛行】のスイッチを切って着地した。

俺がボンネットバスを降りると国王達が周りを取り囲んだ。

「凄い！　本当に浮いて動いている！　どうなっているんだ！！」

「スゴイ！　スゴイ発明です！」

「ヨシミ君！　君は天才だ！！」

「誰でも動かせるのかね！？」

「ええ、簡単ですので少しお教えすれば誰でも動かせます」

「わしが乗ろう！　教えてくれ！」

「陛下！　もしものこともあります。ここはこの私に！」

「アーレフ！　お前が乗りたいだけだろう！」

「いや、アーレフ殿はこの国の宰相、私が乗りましょうぞ！」

取り合いが始まった。

話し合いの結果、エミリア王女が乗ることになった。

俺は助手席から順番通り指示をだし浮上、前進しだした。アクセルを踏むと加速がかかるので軽く踏むよう指示した。一周して終わり。

次はリーリス嬢。オヤジ四人も順番に乗るらしい。

みなが乗り終わったので客席の説明をする。

さあ、驚け！　ここ数日マジックポーションを飲みつつ完成させた苦心の内装を。

只でさえ一二人乗れるところを座席の向きが変えられる回転式クロスシート二列六人乗りにし、さらに一番後ろのドアを潜ると５ＬＤＫ、リビングは二〇坪の家のような空間が広がる。

俺の後ろには国王、宰相、公爵と続く。

俺はオークの魔石で灯りを点けていることなどを説明し奥のドアを開け中に入った。

「な、なんだ？　ここは！」

「な、なんだと！？」

「こ、これはどうなっている！？　ヨシミ君いったい！？」

「時空間魔法です。別空間を作り居住スペースを設けました。キッチン、トイレ、シャワーもあります。くつろぎの空間を接続いたしました」

「水もでるのか！」

「水もでますしお湯もでます。僕がいま持てる技術と材料をつぎこみました」

「天才だ！　まさかこれほどまでとは……」

賞賛の嵐だ。嘗てこれほどまでに褒められたことはない。逆に冷静になった。やりすぎた。良い物を造ろうと『此処はこう、アレはこうして』と全力投球してしまった。

これは脅威とみなされ排除されかねない。

「ネテシア王国が勇者を召喚したと聞きました。黒髪黒目。伝聞通りの姿だと。ヨシミ様は勇者なのですか？」

皆が興奮し俺を賞賛する中、リーリス嬢は俺に話しかけてきた。

冷や水をかぶったかのように場が静かになり、皆が俺の次の言葉を待っている。

「勇者ではありません。称号もないです。気が付いて目を開けると、恐らくですがネテシア王国に勇者召喚される学生と一緒の白い部屋にいました。僕はそこから魔の森へ転移し、学生はネテシア王国に転移しました。家の倉庫を片付けていて転移したというのはウソです。申し訳ございません。こんな話ししても誰も信じてくれないと思ったからです」

セリスから聞いたのだが、この世界において自分の能力を知ることができるステータス機能は神が人々に与えた恩恵とされている。そのため、ステータス項目のひとつ、称号に勇者の記述があれば、神が勇者としてこの者を認知したと判断される。逆もしかり、神が勇者でないと判断されたのだから勇者ではないと認知される。

また、勇者、賢者、聖女、聖騎士、剣聖といった称号は、ステータスを偽装するスキルをもってしても弾かれ表示されないのだ。

「そうか勇者ではなかったか」

と辺境伯は逆に嬉しそうだった。

「ヨシミ殿は勇者召喚に巻き込まれた者か」

国王は残念そうであるが安堵したみたいな雰囲気だ。

「巻き込まれた者でしたらネテシア王国に知らせる必要もありません」

と宰相が言う。

「うむヨシミ、この国のために力を貸してくれ」

「わかりました。この国の発展に尽力いたします」

俺は笑顔で応え国王に頭を下げた。

◆◇

王都の辺境伯の屋敷に向かう。馬車の中は向かい合って座る辺境伯と二人だけだ。俺は結界を張り御者に聞かれないようにしてから辺境伯に先ほどの続きを話すことにした。

使徒として自由に動けるように話しておいたほうがいいと考え直したからだ。

まずはウソをついたことを謝罪しよう。

「ウソをついてすみません」

俺は深々と頭を下げた。

「ああ、いいよ。謝罪は受け取った。アンゼとセリス嬢には本当のことを話し謝罪するのだぞ」

辺境伯はやさしい口調で言ってくれた。

「先ほどこの馬車に結界を張りました。あの話には続きがあります。あの場では近衛騎士達とエミリア王女、リーリス公女もいましたので止めました」

「言ってみなさい」

「先ほど皆様に話したことにウソはありません。実は五日前の夜、創造神様が夢に現れ私を創造神様の使徒にして頂きました。証拠はここに。ステータスオープン！」

俺は隠蔽、擬装中のステータスも見えるように表示し辺境伯に見せた。

辺境伯は目を見開き口を開け声もなく驚いている。

「創造神様から公にしてはいけないと言われていますが、使徒としての活動に協力して頂くために国王を含め数人なら明かしても良いと言われています。創造神様から、ネテシア王国が近隣国への侵略戦争を目論んでいると聞いています。ティアリア王国には創造神様に選ばれた勇者がいます。対応はティアリアの勇者が当たります。僕は戦争が拡大するようならそれを止めるため介入するよう指示されています」

《Ｓｉｄｅ　アッシュホード辺境伯》

帰りの馬車でヨシミ君はあらためて私に謝罪してくれた。ここ数日だが彼の人となりはわかっている。真面目な人物だ。

そして子供だ。転移して右も左もわからないのだからしょうがない。アンゼの夫になるからではなく彼の人なりが好きだ。私が田舎貴族のせいかもしれない。

「ああ、いいよ。謝罪は受け取った。アンゼとセリス嬢には本当のことを話し謝罪するのだぞ」

私は優しく言った。

ヨシミ君は私の目を見つめ意を決したように話し始めた。

「先ほどこの馬車に結界を張りました。あの話には続きがあります。あの場では近衛騎士達とエミリア王女、リーリス公女もいましたので止めました」

やはりまだ何かあるのか。

「言ってみなさい」

「先ほど皆様に話したことにウソはありません。実は五日前の夜、創造神様が夢に現れ、私を創造神様の使徒にして頂きました。証拠はここに。ステータスオープン！」

創造神？　最近の話じゃないか。彼のステータスを見る。

『ステータス』
名前：ヨシミ＝ヨシイ
種族：人間　年齢：１５才　性別：男
職業：Ｃランク冒険者　騎士爵

中　略

称号敬称：創造神の使徒
加護：創造神の加護（大）
装備：貴族の服　貴族のズボン　ワイバーンのブーツ
所持金：１０７７万ネラ

異常なほどに多いスキル。間違いない使徒だ！　なんたることだ。娘の婿が神の使徒に選ばれた！

ヨシミ君からネテシア王国が近隣国への侵略戦争を目論んでいると聞く。やはりネテシアの目的は侵略か！　そして隣のティアリアに勇者がいる！

ヨシミ君は戦争が拡大すれば、介入するつもりらしい。

私ひとりでは受け止められる話ではない。

私はすぐ馬車をセイロン城に向けた。陛下に話さなければならない。一刻も早く。

世界の安定と平和ため、この国のため、アンゼのため、私はヨシミ君を支えると決心した。

《Ｓｉｄｅ　レグナス・ロマンティア国王》

執務を終えお茶を飲んでいるとカリスが面会を求めているという。引き返して来たのだろうか？

「わかった。ヨシミも一緒か？　そうか、応接室で会う。アーレフも一緒に面会するよう伝えよ」

わざわざ引き返して来るのだ。重要な話なのだろう。巻き込まれた一般人にあの力は異常だ。何かあると思う。

私はアーレフを伴って入る。カリスとヨシミが頭を下げる。

「よい！　頭をあげよ。立っていていないで座れ。話を聞こう」

カリスがヨシミの代わりに話し始めた。カリスはヨシミを促すとステータスを表示させてみせた。

……創造神の使徒！　まさか私の代に神の使徒が！

「ヨシミ君、さっきの話を陛下に」

そしてヨシミ君は、ネテシア王国の侵略戦争のこと、ティアリア王国の勇者のこと、自分も戦争の拡大時には介入することなどを話してくれた。

　カールのヤツ！　やっぱり戦争を始める気か！

　隣のレニリアを落としてティアリアに進行する気か？

　それに、レニリアが落ちれば難民が我が国にも押し寄せる。

「国をあげてそのティアリアの勇者をバックアップするか？」

「現時点では戦争は始まっておりません。目的が海に面した土地だとしても、必ずしもティアリア方面とも限りません」

　と、アーレフ。

　レニリアを落とした勇者を先頭にネテシアの精鋭部隊が、我が国とティアリアの国境線になっている川沿いに下れば、ティアリアのプラチス伯領の港と我が国のトポリの港も狙える。

「わかっている。いざ戦争となってからでは遅いのだ！　西辺境伯及び周辺貴族を支援しなければならない。金属素材や薬草類を集めておく必要がある」

「陛下、未開の土地の開発をしてはどうでしょうか。戦争の備えになるかもしれません」

　アーレフが言う。

　なるほど未開の地の開発であれば、戦争に備え準備をしていると思われない。それに戦争がなくても我が国の利益になるかもしれない。

　神の使徒ならば開発できよう。貴族の子弟の就職先にもなる。何よりいきなり神の使徒と名乗られてひっかき回されても困る。

「わかった。ヨシミ殿の報奨として土地を授与する。場所はどこがいい？」

「ハッ、でしたらアッシュホード辺境伯領のさらに南の魔の森がよろしいかと。森をさらに南にぬけると海もございます。魔の森一帯でしたら誰も文句を言う者もありません。ぜひ、魔の森を開発して南の海岸に港を造って頂きたい」

「あの土地か、あの土地は周辺国さえ手をつけん。たしかに誰も文句は言わないだろう。そこを開発して頂けないか」

「ありがたく拝領いたします」

ヨシミは頭を下げる。

「よし！　下賜するにも土地に名前がいる。ヨシミ殿、希望はあるか？」

「トヨトミでお願いします」

「うむ、わかった。叙勲式は明日後日とする。アーレフ通知を」

「畏まりました」

アッシュホード辺境伯の南は魔物の土地。そのさらに南は海で、海の先は魔族が支配する魔大陸が存在する。

誰も欲しがらない土地がヨシミに下賜されることとなった。

中央の行政や制度に使徒が介入しないように手がうたれたと言える。

【第二二話　叙勲式　異世界転移七一日目】

俺は今、王城の応接室のソファーに腰かけている。部屋には案内役の執事とお茶を出してくれるメイドが一人、扉の外には警護の騎士が付いている。

今回の叙勲だが、エミリア王女殿下と公女リーリス嬢を盗賊のアジトから救出したことへの報奨だ。

「ヨシミ様、叙勲式の準備がすみましたのでご用意ください」

「あ、あの……叙勲式の作法をもう一度お願いします」

俺は三回聞かないと安心できないたちなのだ。

そのため、『同じことを何度も聞くな！』と言われることも多い。

「謁見の間に入ったら真直ぐ進み絨毯の切れ目のところで片膝をつき、手を胸に当てて頭をお下げください。後はその場ごとにお声がかかりますので平気だと思いますよ」

三度目と言うのに、嫌な顔ひとつせず微笑みながら答えてくれた。いい人だ。

「ありがとうございます」

執事さんに感謝。少しだけ落ち着いた。

「それでは行きましょうか」

「はい。よろしくお願いします」

廊下を進み、大きな扉の前に立ち止まる。左右に黄金色の鎧を纏った騎士が立っている。

黄金の騎士が左右から扉の戸に手をかけ観音開きに開けた。赤い絨毯が真直ぐに王のもとへと伸びる。

左右には高級貴族が居並んでいる。辺境伯もかなり奥で並んでいるのが見えた。

映画賞でハリウッドスターがにこやかに手を振り、フラッシュと歓声の中で進む赤絨毯と真逆だ。威圧感がハンパない。一言以上うまく喋れる自信が無い。

真紅の絨毯の切れ目まで進み片膝をつき頭を下げる。

「顔をあげよ」

正面から陛下の声がかかった。執事さんに言われたとおりに顔を上げる。

正面の玉座に陛下が座っている。周りには王妃とその子供達が立っている。

エミリア王女も並んでいる。

「この度、エミリア王女殿下及びリーリス＝メイ＝パラオン嬢が攫われた」

その内容に謁見の間にいる貴族達が一斉にざわめく。

「そんなおり、そこにいる騎士ヨシミ＝ヨシイは一人でアジトに飛び込み、二〇人以上いる盗賊を捕縛。無事救出した」

一人で二〇人を捕縛したと聞き並んでいる貴族達が騒ぐ。

「そこで褒章を与える。陛下、よろしくお願いいたします」

アーレフの説明が終わった。レグナス王が頷く。

「騎士ヨシミ＝ヨシイ、この度の活躍見事であった。そなたがいなかったら、ここにいるエミリアもリーリス嬢もどうなっていたかわからない。よってヨシミ＝ヨシイを男爵に叙する。これからはヨシミ＝ヨシイ＝トヨトミと名乗るがいい。それと南の魔の森を領地として与える。開発の資金として王金貨十枚を授ける。また、王都に屋敷を与える」

並んでいる貴族達がまた一斉に騒ぐ。先ほどより大きな声だ。

『可哀想に』、『よりによって』と囁くのが聞こえる。

「騎士ヨシミ＝ヨシイ。受けてくれるな」

レグナス王は真直ぐに俺を見つめる。国王の視線が怖い。おっさんに見つめられるとかプレッシャーでしかない。

横に立っているアーレフの顔を見た。無言で頷く。反対側に立っている辺境伯を見る。同じく無言で頷くだけだった。

落ち着くために一呼吸。

「あ、ありがたく…受けさせていただきます」

ふぅ～へぇ～。何？　この雰囲気。プレッシャーで涙が出そう。早く終われ。

「これにて謁見を終了とする。陛下、ご退出をお願いいたします」

その言葉の後にレグナスが退出、その後を追うように王族が退出していく。

終わったか。安堵する。

「詳細は別室で説明する。案内するからそこで待つといい」

とアーレフが言う。まだ終わらないのか。

メイドに案内された部屋は、テーブルがあり十人位が座れるほど椅子が並んでいた。

部屋で待っていると、最初にきたのは辺境伯のカリス様だ。

「待たせたな、ヨシミ君。予想通り男爵が叙爵されたな。王都の屋敷は予想外だったがアンゼも喜ぶだろう」

くしゃくしゃな笑顔で言う。普通は南の魔の森の全部を領地として与えられたことを驚き非難するところだが、創造神の使徒と知っているため俺に広い土地が与えられたことを素直に喜んでいるようだ。

二人で話していると、扉が開き数人が入ってくる。先頭で入ってきたのは、レグナス王、宰相、リーリス嬢の父パラオン公爵、財務の職員、人事の職員、地理院の職員と思われる人だ。

レグナス王が一番先に真ん中の椅子に座った。

「皆、座るとよい」

皆が座り始める。俺はレグナス王の対面だ。そこしかない。

「よし、そろったな。ヨシミよ、まずは財務からだ。そのあと領地の説明をする。そのあと……」

マジで？　帰れまテン？

お金の単位をここで説明してもらった。白金貨以上があるとは知らなかった。自分の感覚だと円換算でこんなところだろう。

王金貨一枚　＝　一〇億円
黒金貨一枚　＝　一億円

白金貨一枚　＝　一千万円
金　貨一枚　＝　一〇〇万円
大銀貨一枚　＝　一〇万円
銀　貨一枚　＝　一万円
大銅貨一枚　＝　一〇〇〇円
銅　貨一枚　＝　一〇〇円
鉄　貨一枚　＝　一〇円
小鉄貨一枚　＝　一円

今回の開発費は一〇〇億円だ。国家プロジェクトだ。俺は現場責任者。一年一〇億の一〇年計画で追加もあるらしい。一〇年もやるの？　一月八三〇〇万ネラ。足りるのか？

造るなら山手線が走るような大都市を造りたいのだが。足りないだろうな。

異世界で車産業を立ち上げてやる。異世界にもゴムの木は必ずある。タイヤさえできればいける。分業してグループ化する。旅客機だって基礎はある。いずれ空も制圧する。

人事に関しては当面は村を作り、それを町に発展させていく過程で、辺境伯とラッセ男爵から人員を借りることになった。

人事局は『発展したら人を出します』と一番人が欲しい時は出さないとほざく。

地理院もいいかげんだ。南の魔の森が俺の領地なのでここから南とざっくりだ。それでよく魔の森を南に抜けた先が海とわかるよな。伝聞での知識だろう。

自分で確認しなければならない。しかし南の魔の森が広すぎる。面積だけなら隣のティアリア王国の四分の一はある。この地図合っているのか？

とりあえず、セリスの父、ラッセ男爵の南に最初の町を作り南の海を目指そうか。

ひと通り終わると最後にレグナス王が話しはじめた。

「ヨシミ、お前に渡す屋敷だが元々は子爵家が所有していた屋敷だ。脱税に横領、誘拐した者を奴隷にし販売するなど犯罪の限りをつくしておったので、取り潰して全て没収してやった。いまは王家が管理しておる。それを渡す」

「陛下、ありがとうございます」

別に必要ない。徳川幕府の参勤交代のように王都で散財させる気なのだろうか。

調度品に始まり執事にメイド、馬に御者、料理人も雇う必要がある。人員はしょうがない。調度品かな。

まだ時間は十分にある。貰った屋敷でも見に行くか。

◆◇

辺境伯に断り一人歩いて王城を出る。

貴族服では絡んでくるバカがでるので冒険者装備だ。城を出てから帯刀する。

貰った屋敷は貴族街でも一般街に隣接した所にあった。

ロマンティア王国の王都は中心に王城、次に貴族街、その周りを一般街の商業街、住宅街となっている。

「これか」

長方形の敷地で中央の奥に二階建ての洋館が建っていた。建物はコの字型で真ん中に入口がある。庭の草は綺麗に刈られていた。

玄関の鍵を開けて中に入る。

薄暗い中を夜目スキルを使い見て回る。そういえば俺、夜に戦ったことないな。

「派手な装飾品は全て没収か。装飾しやすくていいか」

このシンプルさがいいのに。これじゃダメなんだろうな。

建物は扉の正面が階段ホールとなっており、ホール奥に厨房、左側が食堂、右側は応接室などがあった。

二階に上がると両側に部屋がいくつもあり執務室から主寝室、客間まで確認できた。

「昼間来ないと直すところとかわからんな。アンゼとセリスも連れてこよう。こういうのは女性の意見が大事だ。執事とかメイドとかは辺境伯に相談するか。でも、領地の開発でほとんどいないんだよ。此処無駄のような、もったいないような」

カギを閉め、俺は辺境伯の屋敷へ帰った。

◆◇

辺境伯の屋敷に帰ると夕飯前だった。危ない、ギリギリだ。

カリス伯爵を待たせたらカリス本人は笑って許してくれそうだが、その家臣の心証が悪い。転移魔法さまさまだ。

「男爵授与おめでとうございます」

執事マルスに声をかけられる。

「男爵就任おめでとうございます」

と、つり目のメイド長に声をかけられる。その後も次々にお祝いの言葉がかけられた。

就任は面倒だなと思っていたが、『人に認められた』と思うと嬉しい。

昨日まで俺はカリス伯爵から騎士爵を貰った部下であったが、今日からは独立した貴族当主のため、座る席はカリス伯爵のすぐ左に替わった。

右側には第二婦人のリリーナ、その隣に婦人の子クロイスが座る。

二人からお祝いの言葉を受けた。

リリーナはレガント子爵の姉だ。クロイスは一二歳でこの屋敷から学園に通っている。

当初、リリーナは自分の子が次期辺境伯とはしゃぎ、正妻のミーナに不遜な態度をとっていた。

五年後ミーナがガルフを出産すると立場が逆転した。ミーナは正妻、ミーナの父はミシガン伯爵だ。

ミシガン伯爵はことのほか喜んだ。辺境伯家内の娘の立場を分かっていたからだ。

正妻の男子が次期当主としての順位が優先される。クロイスは二位となった。

「ヨシミ君、屋敷はどうだったかね」

「庭の草は刈られていました。屋敷の中の装飾品は持ち出されていて何もありませんでした。手直しをする前にアンゼに一度見てもらうつもりです」

「新しく王都に屋敷を構える貴族には、屋敷をお披露目する義務がある。料理、装飾品と気を回す必要がある。当てはあるかい」

「装飾品は自分で作ろうと思います。剣や甲冑を魔法の武具にして装飾を施そうと思います。また屋敷に便利な魔法具を取り付けようと考えています。料理に関しては当てはありません。執事、メイド、料理長などの紹介をお願いしたいです」

「そうだろうな。ヨシミ君は冒険者上がりだし。ただ、セリス嬢とも結婚の約束をしているだろう。うちで総て紹介するのも不味くはないが、一言ラッセ男爵に断っておいたほうがいい」

「明日にもセフィルに戻り、セリス嬢とともにラッセ男爵に会いにいきます」

「そうかわかった。開発はどのように進めるのかい」

「セリスの父、ラッセ男爵領の南に最初の町を作ります。その後にニース士爵領の南に二番目の町を作りそこから魔の森を抜け海岸へと続く街道を先に作ろうと思います。後から街道沿いに町を海に向かって作り進むつもりです。魔物の森の東にはラッセ男爵が港を持ち西はバウマー男爵が港をお持ちです。宰相閣下にも言われた通り南に港を作るのがいいのかと」

「時間がかかるのではないか」

「街道は私が作ります。土魔法はレベル１０で極めています。魔物を討伐し資金を稼ぎながら作りますよ」

「ひとりではできまい」

「そうですね。聞き及んでいると思いますが、奴隷を手にいれました。エルフなのですが、全属性魔法が使え回復魔法、転移魔法も使えます。あと二人戦士系の奴隷を購入して四人でやろうかと思います。アンゼは王都の屋敷に、セリス嬢は最初の町にいてもらうつもりです」

「奴隷か、ここ王都は全領地から奴隷が集まるし、オークションも開催される。マルス、オークションはどうか？」

「旦那様、最近開催されたばかりですのでしばらくはないと思います」

「そうか、聞いての通りだ。奴隷商を回るしかないな」

「ええ、ラッセ男爵に面会後、また王都に戻ります」

「そうしてくれ」

「トヨトミ男爵は冒険者なのですか？」

とクロイスが聞いてきた。

「そうですね。もともとは遠い東の国の平民ですが裕福な家の出です。倉庫を片付けていた際に転移で東の魔物の森に飛ばされました。生き残るために魔物を狩るざるをえませんでした。エジュルの街にでた際に冒険者登録をいたしました」

「強いんですね……それに比べ僕は……」

目が涙で濡れている。

「クロイスさま、私は魔法使いです。剣は使えません。もし強くなりたいのなら今ここで全属性魔法と回復魔法と飛行魔法、転移魔法、アイテムボックス、鑑定を付与しましょう。私は付与魔法が使えますから。ただし総てレベル1からです。あとはアナタの努力しだいです。魔力が足りなければ転移魔法は使えません。飛行魔法は練習しなければ自由に飛べません。途中魔力が切れれば死ぬこともあります。どうしますか？」

俺は少年に聞いた。俺もそうだが才能あっての努力だ。この優しげな少年には世界は厳しい。

「ほ、本当かねヨシミ君？」

「ヨシミ様、本当にクロイスに魔法を授けて頂けるのですか？　おお〜クロイス！　あなたからもお願いして！」

「クロイスさま、アナタと私は義理の兄弟になりますから特別です。付与魔法は身内以外には秘密にしてください。皆がみなに付与したら優劣が付きません。素地は作れますが、後はアナタしだいです」

「お、お願いします。僕は強くなりたい」

「ただし、強くなって弱者を見下したり悪事に手を貸すようなことがあれば、すぐに魔法を剥がしにきます。付けることができれば剥がすこともできますから」

「はい」

その後、魔法を付与した。

学園で虐められているのか？　がんばれ。強さを手にしても優しさを忘れんなよ。

【第二三話　セフィル城にて　異世界転移七二日目】

朝食後、朝一番にセフィル城にカリス辺境伯と転移魔法で戻って来た。

リリーナはクロイスに魔法の家庭教師を付けるらしい。

リリーナとクロイスから朝食の席でもお礼を言われた。

個人的には戦える魔法使いになってほしい。部屋に篭りきりの学者や砲台代わりの魔法使いにはなってほしくはない。かと言って教える時間もない。

また、奴隷エルフのアリスの育成もある。アリスは俺が動けないとき、手が足りないときに動いてもらうためにも強化が必要だ。

カリス辺境伯の後に続く。

「お帰りなさいませ。旦那様、男爵様」

「うむ、応接室にミーナ、アンゼ、セリス嬢、ローゼン、メイド長のサラも呼んでくれ」

「旦那様、昨日の夜に、セリス嬢のお迎えにラッセ男爵の家臣スミス＝ビッター様がお見えになられています」

「そうか。セリス嬢は後でスミス殿と一緒に面会する。ハゾス、セリス嬢以外の者を集めてくれ。すぐにだ」

「かしこまりました」

皆が集まりカリス辺境伯が話し始めた。

「昨日、エミリア王女殿下とパラオン公爵三女リーリス嬢救出の報奨が行われヨシミ君が男爵位の叙勲を受け、王都に屋敷と領地として我が領地より南に広がる魔物の森が与えられた。領地の開発資金として国から王金貨一〇枚が与えられる。私はヨシミ君の領地開発に協力することにした。みなもそのつもりでいてくれ」

「昨日陛下より男爵位を授かりました。領地の開発するにあたって辺境伯家に頼ることが多いと思いますがご支援ください」

「みな、頼んだぞ」

「まあ～ヨシミ君、良かったわ。アンゼ、あなたもこれで男爵夫人よ。しっかりと夫を支えるのですよ」

「お母様！　ヨシミおめでとう。私も嬉しいわ」

「ありがとうございます。アンゼ、頂いた王都の屋敷は装飾品が全くない。一度見に行こう。執事やメイド、料理長とか人も雇わなければならない。あと、王都に屋敷を構えた貴族はお披露目の義務があるらしい。パーティーの準備も必要だ」

「ハゾス、サラ、聞いての通りだ。ヨシミ君とアンゼに協力してくれ」

「かしこまりました。ヨシミ様おめでとうございます。屋敷の件、パーティーの件、尽力させていただきます」

「ありがとう。早速相談させてもらうよ」

「ヨシミ様、男爵授与おめでとうございます。私はこの城でメイド長をしているサラにございます。メイドについてご協力できます」

「サラさんありがとう」

「ヨシミ殿、男爵位授与おめでとうございます。私ローゼンはお金のことはわかりませんが兵の鍛錬などでしたら協力できます。ご相談ください」

「ローゼン殿ありがとう。領地は南の魔物の森です。魔物と戦い領地を広げていくことになります。兵の鍛錬や戦闘、兵站をお教えください」

「わかり申した。協力いたします」

「よし解散。ハゾス、セリス嬢とスミス殿を応接室に。私とヨシミ君で会う」

「かしこまりました。お時間はどうしましょう？」

「一時間後だ」

「わかりました」

「アンゼは残りなさい。ヨシミ君……」

とカリス辺境伯は目配せしてきた。

わかっています。

ハゾスが出て行くと三人だけとなった。

「アンゼ、聞いてくれ。前に話した『家の倉庫の片付けをしていて転移した』というのはウソなんだ。僕は異世界からこの世界にやって来た。僕が目を覚ますとネテシア王国に勇者召喚された学生と一緒に白い部屋にいた。僕はそこから魔の森へ転移しアンゼ達に出会った。こんな話をしても誰も信じてもらえないと思ったんだ。申し訳ない」

「…そう。凄すぎるとは思っていたわ。ヨシミは勇者なの？」

「勇者ではないよ。勇者の称号もない。森で君に出会ったときは勇者召喚に巻き込まれた一般人さ。黒髪黒目は僕の国では普通で珍しくもない。アンゼ、君は僕の妻になる。知っていてほしい。僕のステータスを見てくれ」

俺はアンゼにステータスを公開した。

「……うそ！？　創造神の使徒……」

「ああ、王都に報奨を貰いにいく五日前の夜に創造神様が夢に現れ、僕を使徒になされた。僕には使命がある。聞いてほしい」

「………」

黙っているが了承したとみて話そう。

「僕が創造神様の使徒と知っているのは国王と宰相、君の父の辺境伯だけだ。僕の使命はこの世界の文化水準の向上に寄与することだ。」

それから俺は侵略戦争、ディアリアの勇者、戦争への介入について話した。

「陛下から戦争になった場合に備えて鉱山の開発や薬剤の原料収集を命じられている。それも兼ねての拝領なんだ。他の人では無理でも僕なら開発できるしね」

「わかったわ。セリスには話すの？」

「陛下に許可を頂いている。父親のラッセ男爵から結婚の許可を貰ってからがいいと思う」

「そうね。婚約が認められるかわからないものね。わかったわ」

《Side　セリス＝ミラ＝ラッセ》

セフィル城に入ったおりに、魔物の森であったことを手紙に書き早馬を出した。

昨日の夜、お父様からの迎えの兵が到着した。

副兵士長のスミスはお父様からの手紙を二通持っており、一通は私宛でもう一通は辺境伯様宛であった。

辺境伯様あてはアンゼ様の無事を喜ぶものと私を保護してくれた感謝の言葉だろう。

私への手紙はヨシミ様との結婚を認める内容だった。ただし、一度つれて戻るよう書かれていた。

姉はまだ婚約者はいない。平民には嫁ぐ気はなく、貴族でも男爵以上とお高く留まっている。ヨシミ様は騎士爵だ。なんて言われるか。

ヨシミ様の都合では一人で領地に帰ることも有り得る。ヨシミ様に早く会わなければ。

《Side　ヨシミ＝ヨシイ＝トヨトミ》

応接室に行くと、セリスとラッセ男爵の家臣スミスが立ちあがりカリス辺境伯に挨拶をする。

カリス辺境伯は二人に座るよう手で合図をすると座った。俺はカリス辺境伯の隣に座る。

「スミス殿、よく参られた」

「辺境伯様、当家次女セリス様を保護して頂きありがとうございます」

「ああ、よい。カトル殿はご健勝かな？」

「はい」

「良いワインを頂いた。カトル殿によしなに伝えてほしい」

「わかりました」

「スミス殿に紹介せねばならないな。私の隣に座っているのがトヨトミ男爵だ。昨日、エミリア王女殿下とパラオン公爵家三女リーリス嬢救出の報奨があり、陛下より男爵位を授与された。たいへん陛下の覚えも良く王都に屋敷も与えられたほどだ。領地としては南の魔物の森全部を拝領した」

「スミス殿、ヨシミ＝ヨシイ＝トヨトミです。昨日男爵に任ぜられ、陛下より南の魔物の森を領地として与えられました。私的には開発責任者に任ぜられたと思っています。開発のおりにはラッセ男爵にご協力を仰ぎたく一度お伺いしたく思っております。よろしければセリス嬢のご帰還に同行させてはもらえないでしょうか」

「男爵位授与おめでとうございます。私はラッセ男爵家家臣スミス＝ビッターと申します。主からは一度トヨトミ男爵にお会いしたいと申しておりました。こちらとしてもお願いしたく思っておりました」

「スミス殿ありがとう。セリス嬢にご同行させていただくよ。出発はいつになりますか？」

「明日の朝に出発を予定しています。ご都合はよろしいでしょうか？」

「大丈夫です。よろしくお願いします」

◆◇

出発は明日の朝、男爵へのプレゼントを作るか。
カリス辺境伯へのプレゼントより少し落とした内容にしないとバランスが取れない。
お土産は六点だ。

名称：エメラルドの首飾り（仮）
製作者：ヨシミ＝ヨシイ＝トヨトミ
材質：ミスリル
能力：結界　無病息災　サイズ調整
レア度：A
状態：良好
備考：サファイアの首飾り（仮）と違うデザイン

名称：エメラルドの腕輪（仮）
製作者：ヨシミ＝ヨシイ＝トヨトミ
材質：ミスリル
能力：結界　無病息災　サイズ調整
レア度：A
状態：良好

備考：アッシュホード辺境伯とは違うデザイン
名称：エメラルドの指輪（仮）
製作者：ヨシミ＝ヨシイ＝トヨトミ
材質：ミスリル
能力：エアーカッター　収納（１２畳）、サイズ調整
レア度：Ａ
状態：良好

名称：サファイアの指輪（仮）
製作者：ヨシミ＝ヨシイ＝トヨトミ
材質：ミスリル
能力：フリージングアロー　収納（１２畳）、サイズ調整
レア度：Ａ
状態：良好

名称：ルビーの指輪（仮）
製作者：ヨシミ＝ヨシイ＝トヨトミ
材質：ミスリル
能力：ファイアボール　収納（１２畳）、サイズ調整
レア度：Ａ

状態：良好

名称：ダイヤモンドの指輪（仮）
製作者：ヨシミ＝ヨシイ＝トヨトミ
材質：ミスリル
能力：サンダーブレイク　収納（12畳）、サイズ調整
レア度：A
状態：良好

しかし馬車で丸四日か～。お尻が耐えられん。俺は六人がけの箱馬車を三台購入することにした。三台を融合スキルで接合、馬車の底にオークの魔石を一〇個とハンターウルフの魔石八個を使い重力魔法レベル2、重力を軽減する『フワン』を刻む。

サスペンションを付け車軸にベアリングを取り付けた。車輪は軽くて丈夫、他の人が見たら罰当たりなミスリル製。車輪には防御スキル付与した魔石を取り付けた。

これで馬が二頭でも引けるだろう。中に市販のソファを並べリビング風にした。

市販の魔石コンロとオークの魔石に水魔法レベル1の『ウォーター』を刻み簡易の水道を設置。流れた水はタンクに溜まる。タンクには浄化スキルを付与した魔石と『フワン』を刻んだ魔石を付け、外から手洗いできるように蛇口も付けた。

トイレも同じようにして水洗にした。此方は木製タンクだ。取り外し式でいっぱいになったらホールで穴を掘り埋める算段だ。

走るリビングキッチン、トイレ付きが完成した。明日はこれに乗ろう。メイドはアリスにやらせることにしよう。

カリス辺境伯に馬を借りなければ。

「ん！？　馬型のゴーレムに引かせればいいんじゃね？」

というわけで初のゴーレム作製に臨む。

オークの魔石を一〇個を融合させ魔石とミスリルを元に作製する。

心臓となる魔石とは別に、頭脳となる魔石を作る。ＡＩ（学習型人工知能）だ。ＡＩの定義は、『学んだことを知識として蓄え、それを自ら実践・実行し、そのフィードバックから知識をさらに修正更新していく知能』とした。

創造ポイント３０００を消費した。エキストラスキルだ。

ワイバーンの魔石を両手で持ち創造魔法でＡＩに変える。たぶん、上手くいったと思う。ただ、感情は学ぶものなんだろうか。疑問が残る。

二つの魔石と土魔法レベル７のクリエイトゴーレムを使って、ペガサス型ゴーレムを作製。さらに人間とほぼ同じ姿になる【擬人化】スキルを作製し付与した。ユニークスキルで２０００を消費する。

あと必要そうなものを付与した。言うこと聞かないと意味がないので【従属化】した。

『ステータス』
名前：シルビア（ネームドモンスター）
種族：魔物　ゴーレム（ペガサス型）　年齢：０才　性別：♀
ランク：Ｂ＋
レベル：１
体力：６２０／６２０

魔力：300／300
幸運：B
状態：良好
製作者：ヨシミ＝ヨシイ＝トヨトミ
材質：ミスリル
基本スキル（NS）：加速Lv．1　豪打Lv．1　浮遊Lv．1　気配察知Lv．1　回復魔法Lv．1　火魔法Lv．1　回避Lv．1　剛力Lv．1　飛行Lv．1　気配遮断Lv．1　噛みつきLv．1
風魔法Lv．1　跳躍Lv．1　生活魔法
レアスキル（RS）：夜目Lv．1　遠目Lv．1　雷魔法Lv．1　隠密Lv．1　ライダーパンチLv．1　瞬動Lv．1　金剛Lv．1　氷魔法Lv．1　獲得経験値2倍　身体強化Lv．1
スペシャルスキル：
転移魔法Lv．1　リフレクターLv．1　状態異常無効　体力回復（大）
ライダーキックLv．1
ユニークスキル：異世界言語　再生Lv．1　擬人化Lv．1
エクストラスキル：
加護：
備考：ヨシミ＝ヨシイ＝トヨトミに従属

《Side　セリス＝ミラ＝ラッセ　異世界転移七三日目》

朝食を済ませスミスと一緒に辺境伯に出発の挨拶にいく。

ヨシミ様はアンゼ様に出発前に会いにいかれた。

挨拶も終わり馬車に乗る時間になってもヨシミ様は現れない。

そろそろ兵の誰かに様子を見に行かせようかと思っていたら、馬車の後に一頭立ての馬車がつく。

不審に思い降りると白銀のペガサス！　なんで！？

良く見るとゴーレムのようだ。ヨシミ様が作ったのかしら？

引いている馬車は私が乗っていた馬車の三倍はある。こんな大きさの馬車は見たことがない。

御者は見当たらない。御者がいらないの？

中からヨシミ様とフリルの付いた短いスカートにエプロンをしたアリスが降りてきた。

「セリス。僕は自分の馬車でついて行くよ。どう？　昨日慌てて作ったんだ。セリスも乗る？」

ヨシミ様のことだ。これくらいで驚いてもしょうがない。

それよりもアリスだ。同性から見ても可愛い。あの顔、アンゼ様がH した後の顔だ。私より先にご寵愛を頂いたな。

クリスやルーカスなどがいるから控えていれば。

「ありがとうございます。お言葉に甘えさせていただきます」

アリス、ヨシミ様と二人きりにはさせませんよ。帰りの道中は、私が夜のお世話をさせて頂きます。

貴方は一人で寝ていなさい。第二夫人の私を出し抜いた罰よ。一〇回、抱いて頂いたら仲良くしてあげる。

第二章　強奪編第一部

【　第一話　冒険者　高橋賢志　異世界生活一日目　】

足もとが光だし身体を包むように輝きだした。眩しくて目を閉じる。

次に目を開けると、わりと城壁の近くの街道に立っていた。

「さぁ、異世界に来たぞ！」

サクサクとレベルを上げて異世界生活を満喫するんだ！

とりあえずステータスの確認だ。

「ステータスオープン」

『ステータス』
名前：ケンジ＝タカハシ
種族：人間　年齢：16才　性別：男
職業：なし
レベル：1
体力：180／180
魔力：4000／400
幸運：B
基本スキル（NS）：

レアスキル（RS）：鑑定Lv．1　隠蔽Lv．1（隠蔽中）
スペシャルスキル：アイテムボックスLv．1（隠蔽中）
ユニークスキル：異世界言語（隠蔽中）、時空間魔法Lv．1（隠蔽中）
エクストラスキル：強奪Lv．1　（隠蔽中）
称号：異世界人（隠蔽中）、勇者（隠蔽中）選ばれし者（隠蔽中）
加護：創造神の加護（大）（隠蔽中）
装備：銅の剣　木の盾　布の服　布のズボン　革の靴
所持金：10万ネラ
所持品：傷薬（1）薬草（5）毒消草（3）ポーション（1）マジックポーション（1）

時空間魔法Lv．1を鑑定すると以下のことがわかった。

エリアサーチは広い範囲に索敵をかける。転移は見える範囲まで。アイテムボックスは、【時空間魔法】に含まれず魔力消費もなかった。見つかるとヤバそうなスキルは隠蔽されている。神様Good Job!

冒険者登録するのに剣術か攻撃魔法がないのが不自然だな。

ゴブリン狙ってヒット&アウェイでサクっと取得してから町に行くか。

サーチ、サーチ、エリアサーチとね。

「おっ、一匹都合のいいのがいるじゃんか。よし！　殺りますか」

◆◇

ほんとに緑の肌をしている。裸に腰蓑、醜悪な顔、ラノベ通りだ。描写が的確すぎる。帰還者がいるとしか思えない。

「鑑定！」

種族：魔物　ゴブリン　年齢：3才　性別：♂
ランク：F
レベル：2
体力：16／56
魔力：5／5
幸運：F－
状態：疲労
基本スキル（NS）：剣術Lv．1　気配察知Lv．1　気配遮断Lv．1　悪食Lv．2
レアスキル（RS）：性豪Lv．2
スペシャルスキル：
ユニークスキル：
エクストラスキル：
装備：錆びた鉄剣、腰蓑

だらっと腰掛けてお疲れのご様子。

「死んで俺の経験値となれ！」

俺はヤツに向かって駆け出す。ヤツも気付いたようだ。かまうもんか！

「オリャ！」

掛け声とともに袈裟懸けに切りつける。

しかし、錆びた剣で受け止められてしまう。

「バカな！　受け止められた」

力押ししていた剣をワザと引きヤツが前のめりになったところで、持っていた剣を捨て両手でヤツの頭をロックし顔面に膝を思い切ってぶち込む。

「オリャ！　オリャオリャオリャオリャ！」

仰向けにぶっ倒れたところを薪を割るように剣を拾って首に打ち降ろした。

「鑑定だ！」

種族：魔物　ゴブリン　年齢：3才　性別：♂
ランク：F
レベル：2
体力：0／56
魔力：0／5
幸運：F－
状態：死亡
基本スキル（NS）：
レアスキル（RS）：
スペシャルスキル：
ユニークスキル　：
エクストラスキル：

装備：錆びた鉄剣　腰蓑

「よし！　死んでいる。自分を鑑定！」

レベルは2になり剣術、気配察知、気配遮断、悪食、性豪スキルが加わった。

「OK！　全部獲れている」

まあ、ゴブリン一匹じゃレベルは1しか上がらないか。魔石と耳を取ってアイテムボックスに入れる。たぶんゴブリンの討伐証明は耳だろう。次だ、次は二匹がいい。

「サーチ！」

◆◇

「そろそろ止めるか、腹が減った」

あれからゴブリンばかり一八匹倒した。レベルも10になった。剣術レベルも2になった。棒術Lv．1、投擲Lv．1を新たに得た。

「返り血でドロドロだ」

門に向かって歩いていると門番をしている衛兵が一人走ってきた。

「おい！　止まれ。どっから来た！　血で真っ赤じゃないか」

俺はあらかじめ用意していた作り話を言った。

「冒険者になってお金を稼ごうと思い村からでてきたんだ。途中次々とゴブリンに襲われたがなんとか倒した。血は返り血でケガはしていない。身分証はどこかに落としてしまった」

「どこの村だ？　キヨカワ村？　聞いたことないな。開拓村か？　身分証がないなら大銅貨三枚だ」

俺はアイテムボックスから大銅貨を三枚だし渡した。

「早く体を洗いたい。どこかお勧めの宿を紹介してほしい」

「安くてメシが美味いとこなら金槌亭かな。あそこのボルシチは美味いぜ！」

「ありがとう。行ってみるよ」

俺は門をくぐり中に入った。まんま中世ヨーロッパだが、トイレはあるようで臭くない。そこだけ違うか。教えてもらった道を歩きつつ周りを見る。普通に鎧を着た人や剣をさげた人が街中を歩いている。血で真っ赤な俺を見て嫌そうにさけるが別段珍しくもないようだ。

斧と金槌が交差した図柄の木の看板が金槌亭だ。看板だけだと鍛冶屋や武器屋の看板しか見えない。

西部劇のような開き戸から中に声をかける。

「空いている部屋ありますか？」

「あいよ。ちょっと待ち。今いくから」

と声がしてゴリマッチョな大男がでてきた。

「おい、ずいぶん真っ赤じゃないか。返り血か。部屋は空いているぜ。一泊で大銅貨三枚、朝と晩メシを付けるんだったら大銅貨一枚追加だ。どうする」

「とりあえず一週間頼みます。あと体を洗いたいんですが」

「井戸なら裏にあるから使ってくれ。アンタ生活魔法持っているか？　生活魔法はチャッカ（火をつける）、ドリンク（飲水）、クリーン（汚れを落とす殺菌消毒消臭）、ドライ（乾燥）があって生活に便利な魔法だ。スクロールで覚えられるぜ。魔術師ギルドで銀貨一枚（一万円）で買える。金に余裕があるなら買っておいたほうがいいぜ。娘の服を貸してやるから、それ洗っちゃえよ。お前が買いに行っている間に俺が乾かしてやるから。娘の服だけど我慢してくれ。俺のじゃ無理だろう」

宿屋の主オムイに金を渡し替わりに娘の服を借りる。

洗い終わって着替えに手をかけると白のワンピースだった。

「おい親父ふざけんな！」

デカイ声で呼んだが返事なし。聞こえねーのかクソ。

仕方なく着る。俺の顔は女っぽいほうだから大丈夫だろう。魔術師ギルドに行って帰ってくるだけだ。すぐ行って帰ってくるだけだ。

俺は教えてもらった魔術師ギルドへ向かった。下半身が心もとない。借りたパンツも女物だ。ノーパンは無理だから、仕方なく穿いた。

魔術師ギルドに入ると受付に向かい三番窓口だと教わる。

受付のお姉さんが俺の尻を見ているような気がするが無視だ。呼び止められる前に離れよう。

三番窓口のお姉さんはFカップのような巨乳美人だ。この世界にはブラジャーはないのか。揺れぐあいが違う。ヤベー、立ってきた。

お金を渡すと巨乳のお姉さんは奥に取りに行った。

「セーフ、ばれてない。危なかった」

待っていると後ろから誰かに寄りかかってきた。

「変態。女装なんかして。私のオッパイを想像してムラムラしてたんだ」

と耳元でささやかられた。

腰から腕をまわされパンツ越しに勃起したチ○ポを強く握り締められる。

三番窓口の巨乳のお姉さんだ。

「やっぱり。この変態。こんなに硬くして」

助けてー！

右の耳たぶを舐められ、舌の先に耳の穴をなぞられる。

「うふ♪　可愛ぃ。舌を耳に入れられるのは初めて？　ねぇ、どんな気持ち？」

「やめてくださぃ」

俺は小声で言う。

「ほら、此処、苦しそう。お姉さんが楽にしてあげる」

握り締めていた手が上下に動きチ○ポのカリを強く刺激する。

「気持ちぃぃ？　気持ちいいんでしょう。君のガマン汁で手がベトベト。いいわよ。いきなさい。いっちゃいなさいよ！」

「ああ、く、くうぅぅ」

チ○ポの付け根に力を入れ精液がのぼるのを必死で堪える。

「ほら！　ほら！　ガマンしない。イっちゃいなさい！」

そう言うと一層握る手に力がこもり、カリを押し潰さん勢いで上下に締め上げる。

「もう、もう、ぐうううぅぅぅ。ダ、ダメだーーーーー！！！」

『ビュー、ビュー、ビュー、ビュー』

押さえつけられていた濁流は勢いよく放たれ胸元を汚しワンピースに染みを作る。

「はぁ、はあ、はぁ」

はぁ、気持ちよかった。

「たくさん出たわね。気持ちよかった。ふふ、手がドロドロ」

眼の前に出された右手は栗臭い白濁汁でドロドロと滴れる。

「私の言う通りにしなさい。そこから中に入って」

「……はい」

こんな美人のお姉さんに手コキで逝かされフラフラと向かう。

「素直な子は好きよ」

中に入ると、壁一面に下駄箱のように細かく分けられた棚があり、中央に作業台のような長机あった。

広さは八畳くらい？

いきなり後ろから突き飛ばされ中央の長机に手をつく。

「ちょ、危な……！！」

振り返り際に抱えられ長机に仰向けに乗ってしまう。

「抵抗しても無駄よ。今度は私も気持ちよくさせてよね」

チ○ポを右手に握られ亀頭を撫でるように舐められる。左手は袋を揉みしごかれる。

「ああ、あぁ！」

「ふふ、可愛い」

うわぁあああぁ。痴女ッ、痴女だ！

「もう、こんなに硬くして！」

お姉さんは上着を脱ぎ捨てると、たわわに実ったオッパイでチ○ポを挟む。

チ○ポが全部飲み込まれる。

お姉さんは潤滑油代わりの涎を垂らすと、上下におっぱいで扱きだした。

『ぬぷ、ぬぷ、ぬぷ、ぬぷ』

「ぬっあ～～」

「ふふふ。脈打ってる。おっぱい気持ちいい？」

「はぁ、はぁ、はぁ。はいぃ、凄く……」

『にゅむっ、むに、むに』

ああっ、軟らかくて、でも凄く弾力があって……締め付けられてっ……。

「私のオッパイマ〇コ気持ちいいでしょ。ふふふ」

オッパイを上下させながら亀頭を咥える。

『るりゅ、れろれろれお。ちゃぷちゃぷちゃぷ。ねろろろろ』

ああっ、同時に舌で先端を……。

『ちゅうぅ～』

「ああっ、そんな！　吸い上げられる～～」

『くちゅ、くちゅ、くちゅ、くちゅ、ぬぷ。にゅぷぅ、にゅぷぅ』

「うわぁっ！　出る！　出るー！！」

ビクン！　ビクン！

「あんっ！？」

『ビュルッ！　びちゃっ、ビュゥ！　ビュゥ！』

お姉さんはチ〇ポを咥えると吹き出る精液を飲み込む。

『れろれろ、ずるるるぅ。ゴックン、ゴックン』

「んうッ、濃いい。量が……臭いも凄いいい……」

『んぐっ、ゴクッ、ゴクッ。んちゃんちゃ』

あああ、尿道の奥まで全部吸い出される～～。

『ちゅるちゅるちゅるっ……』

『ぷはぁ～。いっぱい出たね。濃くて喉に絡みつくわ」

そう言うと口を開け舌の上の白濁した精液を見せる。

『ぬぱぁ、だらぁ～』

舌から垂れた精液が大きな乳房を汚す。

立ち上がるとスカートを脱ぎパンツも脱いで全裸になった。

「立って。アナタも脱ぐのよ」

童貞の俺でもわかる。次に何をするのか。するべきなのか。

全裸になった俺に壁に左手を付き桃尻を高く突き出したお姉さんは右手でマ〇コを開き誘う。

『くぱぁ』

マン汁滴るマ〇コが開かれた。

「来て。私の雌穴にアナタのチ〇ポを咥えさせて」

「お、お姉さん！」

突き出された雌穴にチ〇ポをあてがう。

「ん……ぐっうぅぅぅ」

チ〇ポがマ〇コに沈む。

『みちぃ、みちぃ』

「あうっ！」

『ぶちぃ！　ずずず』

「は……う……入った……チ〇ポが……」

マ〇コから血が流れ腿を滴る。

「お、お姉さん。……血が……」

処女だったのか。

「ん……ふ……初めて……よ。私の処女はアナタのモノ……痛みはあるわ。でも気にしないで。思い切り……掻き回して」

後ろで組み付く僕の顔を右手で寄せ顔を近づけると唇を重ね舌を絡ませながら言う。

「お姉さん……」

『ちゅぷ、ちゃぷ、れろれろ。んちゅ～～』

舌を強く吸われた後、お姉さんの手が離れた。僕は腰に手を置きマ○コにチ○ポをズブズボと出し入れする。

「ひやぁ、んふぅっ、んはぁ……」

膣肉がきゅうきゅうに締め付けてきて……絡み付いて……蠢いて……。

『にゅる、にゅる。ぎゅちっ、ぎゅちぃ』

「あああぁ！」

「出ちゃ……う……っつ！」

「はんっ！」

ビクン！

『ドクン、ドクン！』

「あああっ」

『ビュルッ、ビュルル』

抜き出すと精液でテカテカになったチ○ポが糸を引く。

「ごめん……」

「……気にしないで。それに……まだ充分硬い……」

尻を高くあげ右手でマ○コを開く。吐き出した精液がドロドロと垂れる。俺は精液でドロドロのマ○コにチ○ポを押し込んだ。

「んあああぁ～～～」

「お姉さんッ、お姉さんッ」

「フィーネ、フィーネって呼び捨てにして！」

大きな胸が上下にブルンブルンと揺れる。

『ぶぢゅっ、ぶぢゅっ、ぶぢゅっ、ぶぢゅっ』

「はぁぁ〜。貫かれてりゅぅぅ。チ○ポが私のマ○コ貫いてりゅぅぅ」

「一番奥を叩いてりゅぅぅぅ」

『ぶぢゅっ、ぶぢゅっ、ぷぢゅっ、ぶぢゅっ、ぶぢゅっ、ぷぢゅっ』

「ふはぁ、はぁ、はぁ。いい。いい。初めてなのにこんにゃ…なんにゃぁぁ」

『ぬちゃっ、ぬちゃっ、ぬちゃっ、ぬちゃっ、ぬちゃっ』

「はあぁ、フィーネ、フィーネ！」

「はぁ、ふはぁ、凄い、凄い泡立ってりゅぅぅぅ〜〜」

「イクッ、また出る！」

「出して！　中に出してぇ〜。私の子宮に種付けザーメンぶっかけて〜〜〜！！」

『じゅぼ、じゅぼ、じゅぼじゅぶじゅぼじゅぶじゅぼじゅぶ、じゅぼじゅぼじゅぼじゅぼじゅぼ』

ドッグン！！

「くぅっはぁーーーー！　出る！　出るーー！！」

「あ！　あ！　あーーー！！　イクッ！　逝っちゃうぅぅぅぅぅぅ」

『ぶっぱぁ！　ぶりゅりゅりゅるるるる』

孕ませ汁が子宮に放たれた。

「はぁ、はぁ、はぁ。気持ち良かった。はぁ、はぁ」

俺はチ○ポを抜きお尻を突き出し放心しているフィーネの背中に被さった。マ○コからは収まりきらなかった子種汁が逆流し床を汚した。

フィーネはH後、スゴク優しいお姉さんと化していた。

「一目ぼれなの。ムラムラする気持ちを抑えられなかったの。お願い。私と付き合って」

潤んだ瞳でお願いされる。

うぅ、その眼は反則だよ。フィーネは美人でおっぱいも大きい。Hも気持ちいい。

「えっと、こちらこそ、よろしく」

OKすると綺麗な笑顔で『ありがとう！　嬉しい！』と言われた。

さっきの淫獣はどこへ消えたのだろう。

交尾したい時に連絡とれるようにとフィーネから指輪を貰った。テレホンリングというアイテムで、なんでも居場所がわかる魔道具で通信もできるらしい。

俺はそれを左手の中指にはめた。スクロールは売ってもらえた。

宿に戻ると娘さんが帰っており事情を説明するとその服は返さなくていいと言われた。ちゃんとクリーンをかけた。臭いも汚れもないのに。

とりあえず生きて行くには金だ。明日は冒険者ギルドへ行こう。

疲れた。性的に疲れた。夕飯までの間一眠りしよう。

『ステータス』
名前：ケンジ＝タカハシ
種族：人間　年齢：１６才　性別：男

職業：無し
レベル：10
体力：1010／1010
魔力：690／690
幸運：B
状態：良好
基本スキル（NS）：剣術Lv．2　棒術Lv．1　投擲Lv．1　気配察知Lv．2　気配遮断Lv．2　悪食Lv．1　生活魔法
レアスキル（RS）：鑑定Lv．3　性豪Lv．1
スペシャルスキル：アイテムボックスLv．2
ユニークスキル：
エクストラスキル：
称号：
加護：
装備：鉄の剣　革の服　革のズボン　革のブーツ　テレホンリング　鉄のナイフ
所持金：59000ネラ
【アイテムボックス内】
【装備品倉庫】：錆びた鉄剣（7）ゴブリンの棍棒（13）皮の盾（1）白のパンツ（1）　白のワンピース（1）
【医薬品類】：　薬草（5）傷薬（1）毒消草（3）ポーション（10）　マジックポーション（3）
【食料品類】：

【雑貨類】：ゴブリンの右耳（19）
【所持金】：
《隠　蔽　中》
基本スキル（NS）：
レアスキル（RS）：隠蔽Lv．1
スペシャルスキル：
ユニークスキル：異世界言語、時空間魔法Lv．2
エクストラスキル：強奪Lv．2
称号：異世界人　勇者　選ばれし者
加護：創造神の加護（大）
装備：
所持金：

【第二話　冒険者ギルド登録　異世界生活二日目】

昨日は疲れた。

憧れを抱いていたセックスがあんなに体力を必要とするとは思わなかった。

取得したばかりの性豪スキルのおかげか、性交中は疲れ知らずだが、金槌亭に着く頃には脚がガクガクし、徹夜でガン〇ムのプラモデルを作っていたように頭が朦朧とした。ベッドに倒れると気を失う様に寝た。

夕食は奇跡的に目が覚め、夕方六時に食べた。門番おススメのボルシチをお代わりした。

その後も朝までぐっすりと眠った。今朝は八時に起床、頭は爽快、脚もOK大丈夫。

八時過ぎに下の食堂に下りると『ずいぶん遅いじゃないか』と金槌亭の親父に言われた。

泊まっている冒険者は、早朝に張り出される新しい依頼を狙って早々に食べて冒険者ギルドへ出かけたと言われた。貼り出されるのは七時。六時には食べて向かうらしい。

冒険者家業が世知辛い稼業と知る。さぼろうと思えば、さぼり放題。誰にも咎められないし誰からも相手にされない。自己責任の世界。食えないのは自分が悪い。

毎日、ご飯が食べれるように努力しなければならない。遅いと言われる朝食を食べながら改めて学生じゃないことを思わずにはいられない。

食ったら行くか。登録しなきゃメシ食えないもんな。

◆◇

宿屋を出て冒険者ギルドに向かう。

投稿型小説サイト『小説家にな○う』でファンタジーを読むと、冒険者ギルドで絡まれる確率は高い。他の冒険者が助けてくれる確率は一○％あるかどうかだ。ギルドマスターが助けてくれる確率はどれぐらいだったっけ。

宿屋から一○分程で冒険者ギルドにたどり着いた。木造二階建ての大きな建物だ。

建物の入口の上に縦五○センチ、横二メートルの木の看板があり、彫られた文字は黒字で異世界語で冒険者ギルドと書いてあった。

モヒカン・ゴリマッチョな男が『お前みたいなガキが冒険者なんざ二万年は早えんだよ！』とか言うんだろ。

よし決めた。胸ぐら掴まれたら腕ひしぎ逆十字固めだ。

建物の中に入ると案の定モヒカン・ゴリマッチョな男がいた。

「おいガキ！　何しに来た？　まさか冒険者になりに来たんじゃないよな！？　お前みたいなガキが来る所じゃねぇんだよ！！」

周りもそれを見てニヤニヤと笑っている。俺は無視して受付の窓口に向かった。

「はぁ～ん？　無視してんじゃねーよ！」

左肩を掴まれたので振り払う。

「調子こいてんじゃねーよ！」

胸ぐらを掴まれた。

掴んだな。掴みやがったな。

俺は両手でヤツの右手を取るとヤツの右腕に跳びついた。

「うっ、おお～何しやがる！　あっ！」

『ドッ、ダァアーン』

俺はモヒカン・ゴリマッチョとともに床にぶっ倒れた。

「つつぅ～、テメェ～！　いい根性してんじゃねーか！　おー？　ぶっ殺さ…」

体ごと持ち上げられる可能性もある。その前に右腕を圧し折る！！

「痛てー！！　バッ、バカ！　糞！　痛！　ぐっ痛！　痛てーー！！　ヤメローーー！！　グアーーー！！！」

『ゴキ！』

「ギャアーーーー！！　痛てー！　痛てー！　痛てーよ！　テメエー……よくも……」

モヒカン・ゴリマッチョは悲鳴をあげ苦痛に顔を歪め歯をくいしばっている。

ニヤニヤと笑っていた連中も予想外の出来事に固まっていたが『テメェ、やりやがったな！』と立ち上がる剣を抜いた。

抜きやがったな。眼にモノ見せてやる！

相手は四人。四対一で先に剣を抜いた。正当防衛が成り立つだろうか。

俺はナイフを抜いた。

「オイ！！　なんの騒ぎだ！！　お前ら！！　なんのつもりだ！！　剣をしまえ！！」

怒鳴り声が階段からして、これまたゴリマッチョが現れた。ギルドマスターか！？

俺は言われた通りナイフを収めた。

「剣をしまえって言ってんだろうが！！」

ニヤニヤ四人組もやっと剣を収める。

「ミレット、何があった」

「デニスさんがこちらの方に因縁をつけ胸ぐらを掴んだところ、飛び付いて倒し右腕を圧し折られました。怒ったデニスさんの仲間が剣を抜き一発即発の状態でした」

「デニス、テメ～またやりやがったな！　お前は資格取り消しだ。あと、お前らも次やったら取り消しだ！分かったらデニスを治療してやれ！」

デニスは俺を睨めつけると仲間と出て行った。

「それからお前、いきなり腕を折る必要はあったか？　やりようを考えろ。あと気をつけろよ。路地には入るな」

しまった。先制攻撃していた。デニスに対して正当防衛が成り立たない。規律が緩くて助かった。

「ああ、わかった」

受付の女性はミレットという名らしい。整った顔立ちに艶々とした茶髪、胸もデカい。ここのアイドルだろう。

「冒険者登録をお願いしたい」

「かしこまりました。では登録料として大銅貨一枚を頂きます」

大銅貨一枚を渡すと一枚の紙を手前に出された。

「ここにお名前、年齢をご記入ください。文字をお書きになるのが苦手でしたら代筆致します」

「ああ、大丈夫です」

名前か……本名でいいか、誰も知らんし。隠蔽もかけてあるから大丈夫だろ。

冒険者ギルドには一〇歳から登録できるらしい。宿屋の娘アンナから教わった。

紙をミレットに渡し、数分が経過してからミレットが鉄製のプレートを差し出し『ここに血を一滴垂らしてください』と言われナイフで左の人差し指を切って垂らした。

「これで登録は完了です。冒険者ギルドのルールをご説明致しましょうか？」

と聞かれた。

「お願いします」

「登録時は誰もがGランクから始まります。ランクは下からG、F、E、D、C、B、A、S、SS、SSSとなっています。SSSランクと認められたのは、今までで初代勇者様、お一人だけです。Gランクは町の中でのお手伝いと薬草採集の仕事がメインです。依頼を規定数こなして頂き、依頼主からの評価も重視してランクアップとなります」

規定数というのが気になる。数がわかればモチベーションが上がる。

「どれくらいこなせばいいんですか？」

「お答えできません。数をこなすことを気になされるより依頼主からの評価を気になされて仕事をしたほうがいいですよ」

なるほど、規定数は一応あるが、どんな仕事をしたかが重要なんだな。

「Ｆランクからホーンラビット、ゴブリンなどの比較的弱い魔物の討伐依頼を受けることができるようになります。Ｆランクから二階級昇進できる『飛び級試験』を受けることができます。試験の内容はギルド指定の対戦者と模擬戦をして頂き勝つか認められる実力を示せばＯＫです」

Ｇランク試用期間みたいなもんだから『飛び級試験』がなしか。

「Ｂランクから貴族からの指名依頼がございます。よほどの理由がなければ、お断りできないものと考えてください」

派手に活躍すると貴族の目にとまる。気を付けよう。

「カードはＦ、Ｅランクは鉄カード、Ｄ、Ｃランクは銅カード、Ｂランクは銀カード、Ａランクは金カード、Ｓ、ＳＳは虹色に輝く白金カードです。ＳＳＳランクは黒カードと言われています。カードはその日の討伐数と項目、今までの討伐数の累計と項目が記録されます。討伐したなどと偽り不正受給することはできません。昇格については『飛び級試験』以外はギルド独自で判断しておりますので公表はしておりません」

いわゆるギルドに対しての貢献度ってヤツか？　積極的に依頼をこなして、アピールする必要がありそうだ。

「依頼については、通常依頼、指名依頼、緊急依頼の三種類があり一般的には通常依頼となります。貴族からの指名依頼は予めギルドで審査いたします。危険度と照らし合わせて金銭的に合わないもの、公序良俗に反するものは審査で撥ねますのでご安心ください。緊急依頼については、魔物の氾濫、スタンピードがあります。戦争についてはギルドは中立ですので各自の判断にお任せしています」

『ギルドを通さない貴族の依頼は受けるな』と暗に言っている。

「通常依頼については入口右手の掲示板にランク毎に貼り出されております。剥がして受付までお持ちください。常時依頼と書かれているものについては依頼を受注せずとも納品してもらえれば達成とみなします。薬草採集とかゴブリンの討伐がメインとなっています」

なるほどね。常時依頼は一々依頼書を剥がさなくていいわけね。

「パーティーで受けることもできます。パーティーを組む場合はギルドにて登録してください。ギルドポイントの査定が全員に加算されることになります。ギルドカードは身分証明証にもなります。再発行には大銀貨一枚です。大金ですのでなくさないようにしてください」

「冒険者同士の争いに関しては基本的にギルドは関与いたしません。ただし重大な犯罪に関わる場合は関与します。説明は以上です。わからないことありましたらお聞きください」

俺はミレットに薬草が採れる場所を教えてもらった。街からすぐ近くの場所だ。これはかなり助かる。

俺は冒険者ギルドを出た。

ギルドから町をでて草原に差しかかったところでデニスとニヤニヤ四人が現れた。やっぱりな。テンプレ通りだ。町の外、草原なので周りは誰もいない。

「おいガキ！　さっきはよくもやってくれたなぁ。おかげで登録抹消だ！　ぶっ殺してやんよ！」

「お前が最初にケンカを売ってきたんだろうが。格下にケンカ売って返り討ち喰らうお前が悪いんだよ」

映画版のジャ○アンはカッコいいが、TV版のジャ○アンは難癖つける糞虫だ。デニスは糞虫。糞虫死すべし。

「今度は誰も止めてくれないぞ。死ぬのはお前だ」

「なんだとテメ〜！　殺っちめぇ！！」

五人が突っ込んで来た。俺は転移でデニス達の中で後方に控えているヤツの背後に飛ぶと、膝裏に蹴りをいれ膝立ちさせてヤツの右首筋に剣を叩き込むと、すぐさま転移して離れているヤツのもとに飛ぶ。

「ギャア！　……」

膝立ちのヤツは血飛沫をあげ倒れた。

頚動脈を切られると五〜一五秒で意識不明になり一二秒で失血死する。俺にあっけなく首筋を切られ動かなくなった仲間を見詰める。

「戦闘中に気をとられているんじゃねぇよ。二人目だ」

剣からナイフに持ち換え右首筋を切り裂く。血が間欠泉のように噴き上げ倒れた。

三人目に飛ぶ。俺より背丈があり革鎧が首を覆い首筋は狙えない。右腕肘を切り飛ばした。

「ギャアァァァーーーー!! 腕が! おれの腕が!!!」

腕の内部には上腕動脈が走っている。これを切断されると約五秒で意識不明、九〇秒で失血死する。

ぶっ倒れた。意識を失ったのだろう。血溜まりが広がる。

四人目に飛ぶ。コイツも革鎧を装備していて俺より背丈がある。右肘を切り飛ばす。

「うっ、あ、あーーーー!!!」

五秒後、気を失いぶっ倒れた。デニスだけが立っている。

「うわわぁぁぁ~~~、オ、オレが悪かった。スマン。謝る。だ、だから許してくれ~~」

「お前のチッポけな自尊心のために四人の仲間があの世ゆきだ。謝るから許してくれ? ないな」

「わあああぁぁぁ、今畜生ーー! 死にやがれ~~~!!」

雄叫びあげ切りかかってきた。左に握っていた土を目に投げつける。

思わず目をつぶるデニス。

振り下ろされる剣をかわし正面からヤツの喉仏にナイフを突き刺した。

「グワッゥ……んっぐぅ……ぐっつぷぅ……ぐるる……」

大量の血液が噴出する。デニス自身は己の血が肺に入りもがき苦しむ。

そして動かなくなった。

ステータスを見るとスキルが増えていた。どうやら人からもスキルを奪えるらしい。解体スキルと斧術スキルを取得できた。【人殺し】の称号は付かなかった。良かった。

デニスとニャニャ四人は意外にも金を持っていた。デニスは大銀貨を持っていた。全部で一六万ネラ。

クリーンをかけてから身に着けている物を剥ぎ取りアイテムボックスにしまう。

真っ裸の五人は捨てておく。血の臭いを嗅ぎ付け魔物が集まって来るだろう。

エリアサーチをかけると赤丸が急速に接近してくる。早いな、ハンターウルフかな。数も多い。

相手にするには多すぎる。金も手に入ったし、死体に群がっている間に町に逃げ帰ろう。

俺はクリーンで返り血を消し消臭すると城門目指して走り出した。

人を殺した罪悪感はない。ガ〇ダムの見すぎか。


「そろそろ昼か。今日のランチはなんだったっけ？　若鶏の香草焼きにオニオンスープに黒パンだったたか？」

黒パンは硬くて不味い。硬いのでこの世界ではスープに浸して食べている。

地球では薄くスライスしてバターかチーズをのせたり、スモークサーモンを挟んだりして食べるらしい。

バターもチーズも高級品で、ありゃしない。

単純に小麦から作る白パンを知らないのだろうか。それとも小麦が高級品なのか。

一度親父に聞いてみるか。この先、毎日黒パンは耐え難い。

そう言えば、異世界テンプレ屋台の串焼きも食べていない。昼、串焼きもありだな。

【　第三話　魔物の森へ　異世界生活三日目　】

デニス達との戦いの後、宿にしている金槌亭の親父に白パンについて聞くと普通に存在していると言う。

酵母について、ウンチクを垂れし損なってしまった。

宿で提供している黒パンは町のパン屋から購入している品で、比較的安いのだそうだ。

此処ラザットは海に面したティアリア王国でも内陸部の辺境に位置し、隣国レニリア王国との間には魔の森が広がる。ティアリア王国は貿易と商業で繁栄している中、ラザットは取り残された地域のひとつだ。

流通の関係で、沿岸部で安い魚、貝などはラザットでは高級品。小麦に関しても王都ソフィア近郊の比較的安全で土壌が豊かな地域で栽培されている。そのため同じく流通コストが生じる。

黒パンの素となるライ麦は、痩せた土地でも育ち環境を選ばない。ラザット近郊では広く栽培されており安いのだ。

オヤジもパンはどうにかしたいと思っているが、食事の値が上がれば路上の串焼き屋などに客を取られる。パンはあきらめ、他の料理で精進することにしたと言う。

「黒パンも悪いとこばかりじゃない。日持ちするから保存がきく。日が経てばその分固くなるけどな」

と笑って言う。

『おい！　固いのはお前のせいか！』と言いそうになるが、客足なんて読めないし、泊まる客が宿で食事をするとも限らない。仕方がないのだ。

パンはあきらめた。いや、保留だ。スープに付けて食べるのなら蒸せば良いのではないか？

だけど蒸し器がない。う～ん、やっぱ保留だ。

《異世界生活三日目》

三日目を迎えた。今日の目的はオークだ。

魔術師ギルドの三番窓口のフィーネとお付き合いすることになった。Hに積極的な彼女で、まさかの異世界生活一日目で童貞を卒業した。

女性リードで気持ちは良かったが、男ならヒーヒー言わせて『お願い、もう許して壊れちゃう』とだらしないトロ顔で懇願されたい。

と言うわけで、夢を現実に叶えるためにオークを探して森に分け入っている。正確にはオークが持つ絶倫スキルを手に入れるために。

「しかしオークいないね。どこにいるの？」

と思っていると、目の前にゴブリン三匹が隠れもせずに現れた。バカなんだね。可哀そうに。バカなら力と体力で勝負なのだが、どちらも欠ける残念な生き物。

「一匹だけ毛色が違うヤツがいる。鑑定！」

種族：魔物　ゴブリンメイジ　年齢：４才　性別：♂
ランク：Ｅ
レベル：２
体力：６１／６１
魔力：６８／６８
幸運：Ｅ
状態：並
基本スキル（ＮＳ）：火魔法Ｌｖ．１
レアスキル（ＲＳ）：
スペシャルスキル：
ユニークスキル：
エクストラスキル：

装備：ゴブリンの杖　腰蓑

「魔法使いか！　うん、ファンタジーだ！　そうだよ！　魔法、魔法だよ！　異世界に来たのだから魔法が使いたい！」

剣のゴブリンAと棍棒のゴブリンBをサックで始末して、メインディッシュにゴブリンメイジだ。

『死ね！』とゴブリンAを袈裟切りにすれど、剣で防がれてしまう。すかさず右足でゴブリンAの左膝にローキック。力が抜けたスキに体をヤツの左へ移動、首に剣を振り下ろす。血柱を吹きあげ倒れた。

『まず一匹目』と思っているとファイアが飛んできた。すんでの所でかわすとゴブリンメイジに向かって走る。ゴブリンBが庇うように間に入ってくるのでアイテムボックスから石を取り出し投げつけてやった。

「グッギァ！」

ゴブリンBの右額に命中！　みぞおちに剣をぶっ刺す。

二発目のファイアが来たのでゴブリンBを盾に凌ぐ。

防がれたとしるると脱兎のごとく逃げるゴブリンメイジ。

「トッリャアーー！」

助走をつけ背後から肩甲骨の間にドロップキックでぶっ倒し、背中にマウントし心臓はこの辺りかと測って一気に一刺しにした。

「オシ！　魔法ゲットだぜ！」

頭の中でポケ〇ンの曲が流れる。

ゴブリン三匹は討伐部位の右耳を切り取り放置した。撒き餌である。

「さあ、早く来るがいい。死肉を貪る哀れな生き物よ。我がバルハラへ誘おうぞ！」

木の上で五分待つ。来ないじゃないか！　興ざめだよ。空気読んでよ！

仕方がないのでエリアサーチをかける。赤丸がすごいスピードで接近中。五匹だ。最初に到着した犬は周りを警戒、安全と思ったのか腹から食べ始める。内臓がご馳走なのだろうか。次々と到着、先を争うように貪る。しばらく様子を見よう。

ガッツガッツ食べられてゴブリンの死体は見る影もない。頃合か。

「さあ、至高の時から絶望に落としてやろう」

俺は最初に到着した一番肉を腹に貯め込んだ犬にファイアを当てる。

「ギャフ！」

顔に命中。ファイア成功。続いてアイテムボックスから石を取り出し犬どもに投げつけ牽制。

鉄の剣を右手に、錆びた鉄剣を左手に飛び込む。手近な犬から力まかせにぶっ叩く。避けられても追わない。次のターゲット目指しガムシャラに剣を振り下ろす。

動きが止まったヤツは無視。動けるヤツを目指し走り剣を叩き下ろす。やがて動く物はなくなりトドメを刺してまわった。

基本スキルの【噛みつき】、【薙ぎ払い】、【加速】をゲット。レアスキルの【瞬動】をゲットした。かなり嬉しい。

犬ことハンターウルフの死体はアイテムボックスにしまう。

「ペキ！」

音がする。振り向くと二足立ちの黒い犬が猛然と近づいて来る。コボルトだ！

「クソ！　気付かなかった。潜んでやがったのか！」

振り下されるコボルトの剣を持っていた剣をハサミのようにクロスさせて受け止める。

「くぅ〜〜〜なんて力だ！！」

ヤツの剣を挟んだまま左によじり体を左に入れると、右の持っていた剣を捨て腰に差していたナイフを抜き横腹にぶっ刺した。

よろめくところに錆びた鉄剣を両手に持ち頭めがけて何度もぶっ叩く。

「死ね死ね死ね死ね死ねーー！」

コボルトは崩れるように倒れた。

「ハァー、ハァー、ハァ」

冷や冷やさせやがって。

コボルトから基本スキルの【剛力】、【豪打】、【回避】、レアスキル【金剛】を奪った。


一〇分後。


エリアサーチの反応のあった場所に到着。三メートルほどのカマキリが、捕らえたゴブリンをヌチャヌチャと食べている。

「鑑定」

種族：魔物　グリーンマンティス　年齢：３才　性別：♂
ランク：Ｃ
レベル：２０
体力：１５００／１５００
魔力：１１０／１１０
幸運：Ｃ
状態：並

基本スキル（NS）：切断Lv．5　捕獲Lv．5　噛みつきLv．5　飛行Lv．2　気配察知Lv．4　加速Lv．3　回避Lv．3　麻痺耐性Lv．2　解毒Lv．2　気配遮断Lv．4
レアスキル（RS）：瞬動Lv．2
スペシャルスキル：
ユニークスキル：
エクストラスキル：
装備：

ヤベぇ、俺よりレベルが上だ。逃げるのは今か。お食事中なので見逃してくれるかもしれん。

「否！　今がチャンス」

転移でヤツの後ろに飛ぶ。転移魔法レベル1は半径4メートル以内、レベル2は目の見える範囲と広がる。

突然現れた俺に反応して体を反転させる。俺は肩と腕の付け根に剣を振りかぶる。

「ダァアーーー！！」

刃が三分の一切り込めただけで止まる。

「クソ！」

すぐにヤツの右後ろに飛ぶ。グズグズしていたら殺られる！　一箇所に留まっていたら餌食だ。

転移で右後ろに着地するとともに今度は右肩と腕の付け根に振りかぶる。

「ダァアーーー！！」

刃がカマキリの肩口、三分の一の深さまで突き刺さる。

すぐさまヤツの背中の上に転移で飛ぶ。落下の勢いを乗せ左肩の付け根に剣を叩きつけた。

すぐに振り戻し右肩にも叩きつけ最後に頭を叩き潰した。

「殺った。格上に勝った……」

今日はもう帰ろう。オークは見つからなかったけど欲張って死んでは元も子もない。

念のためポーションを飲んで帰路についた。

◆◇

街に戻ると冒険者ギルドに向かう。途中、屋台で串焼きを五本買いその場で食べる。タレは無く塩焼きだ。この世界に醤油はないのだろうか。歴代勇者の誰かが作っていそうだが、田舎すぎてここまで普及してないのか？

お肉はオークの肉だった。

「ん？　オークの睾丸も串焼きで売られている。精力がつくのか？」

買って食べる。精子製造燃料投入だ。う～ん、微妙な心持ちになる。

冒険者ギルドに着くとミレットの窓口は混んでいるので誰もいない窓口に向かうと、見覚えのある男が座っている。

「なんでギルドマスターが窓口にいるんです」

「ん、お前か！　なんだ？　依頼を受けんのか？　依頼達成の報告か？」

「いや、買取りもできると聞いたので……」

「買取りか？　お前Fランクだよな。ゴブリンでも狩ったのか。討伐部位は右耳だぞ」

「ゴブリンの耳については知っています。他にハンターウルフの死体が五つ、コボルトの死体が一つ、グリーンマンティスの死体が一つです」

「お前、手ぶらじゃねぇか。まさか、魔法の袋かアイテムボックス持っているのか？」

「アイテムボックスをもっています」

「マジかよ。オレにはいいけどよ、アイテムボックスを持っていることは黙っとけ。グリーンマンティスを一人で狩ったのか？　ギルドカード見せてみろ。ゴブリンが二二、コボルトが一、グリーンマンティスが一……」

ゴリマッチョなギルドマスターが俺を見ている。疑っているのか？

「……あぁ、すまんな。俺の名はハイエスだ。グリーンマンティスが狩れるのならEランクにしてやる」

「いいんですか？　俺、薬草の採取とか町のお手伝いとかしてないですよ」

「ああ良い。次からグリーンマンティスは腕だけでいいぞ。肉は食えん。ゴブリンの耳はここに出してくれ。あとハンターウルフとコボルトは裏に解体所があるからそこに持っていけ。いや俺が案内するからちょっと待て」

紙にゴブリン二二と書くと後の職員に手渡す。ドアを開け『いくぞ』とひと言、俺は後を付いていった。

「ハンス！　魔物の死体を出すがここでいいか！」

スポーツ刈りの細マッチョがやって来る。

「ケンジ、解体の責任者のハンスだ。こいつはケンジ、Eランクでアイテムボックス持ちだ」

俺は軽く頭を下げた。

「俺はハンスだ。よろしく。じゃあ、ここに出してくれるか」

俺は指定されたところにハンターウルフ五匹とコボルト一匹、グリーンマンティス一匹を出した。

「う〜ん、コレとコレ、それにコレとアレの毛皮はダメだね。肉は良いよ。コボルトはＯＫだ。次からは毛皮を傷めないように仕留めるように心がけてな。場合によっては処分費用を頂くよ」

「了解」

「ハンターウルフの毛皮四、コボルトが一、肉はＯＫ。爪や牙もＯＫと。グリーンマンティスは腕以外は要らない。処分するなら三〇〇〇ネラ、ハンターウルフのダメな毛皮の処分はサービスしよう。うちで処分するかい」

ハンスに尋ねられる。お金にならない物を取っておいても仕方がない。処分してもらおう。

「お願いします」

「わかった。ゴブリンが一匹五ネラで一万一〇〇〇ネラ、毛皮が一万ネラ、肉が一万二〇〇〇ネラ。牙と爪がまとめて三〇〇〇ネラ。グリーンマンティスは腕二本で六〇〇〇ネラだ。魔石だがハンターウルフが二五〇〇、コボルトが一〇〇〇、グリーンマンティスが一五〇〇ネラ。グリーンマンティス処分費用を抜いて四万四〇〇〇ネラでどうだい」

今の手持ちが五万九〇〇〇ネラだから合わせると一〇万ネラを超す。泊まっている宿が一泊三〇〇〇ネラだから一ヶ月は泊まれる。

「それでお願いします」

「よし！　決まりだ！　あとゴブリンにも魔石がある。一つ二〇〇ネラだ。忘れんな。ギルドにお金を預けることもできるがどうする？」

交渉もなく、すんなり買取価格が決まりハンスは笑顔だ。

「手もちがないので現金でもらいます」

「なら窓口に戻ろう。そこで支払う」

とハイエスが言う。

二二×二〇〇＝四四〇〇。もったいないことした。おばあちゃんが聞いたら怒られる。

俺達は窓口に戻った。

「銀貨四枚、大銅貨四枚。確認してくれ」

なるほど銀貨一枚は一万で大銅貨が一〇〇〇ネラか。理解した。

お金を受け取るとアイテムボックスにしまった。

「便利だよな、アイテムボックス。盗まれることがねぇしな」

「持っている人が少ないのですか？」

「ああ、スペシャルスキル自体が一〇〇〇人に一人だ。アイテムボックス持ちはさらに少なくなる。金は普通ギルドに預けちまう。そのほうが安全だしどこのギルドでも引き出せるからな。だけど装備はそうはいかねー。魔法の袋なんかを買うのさ。一番安いやつでも一つ三〇〇万ネラだったかな」

三〇〇万とか、新車買う値段じゃん。

「お勧めの武器屋とか教えてほしい」

「提携している店なら通り挟んで向かい側だ。いい武器が欲しいならドワーフのドラレフの店だが気に入ったヤツにか売らねぇし高い。掘り出し物を見つけたいって言うならエルフのセシリーの道具屋だ」

「セシリーさんの道具屋の場所を教えてください」

「魔術師ギルドの場所知っているか？　ならその通りに面して三つ目がセシリーの店だ」

「ありがとう。行ってみる」

ファンタジーの世界で美男美女とされるエルフのお顔が見たい。

【　第四話　セシリーの店　異世界生活四日目　】

朝からオークを探して森に分け入るが見つけることができなかった。こっちじゃないとなるとあの山脈に続く森のほうに行くしかないか？

遅い昼食をとるために町に戻る。昨日の串焼きの店で五本買い、食べ歩きして冒険者ギルドへ向かう。

冒険者ギルドは人がおらずガラガラ。ハイエスもミレットさんも窓口にはいない。窓口の男性職員にサッサと換金してもらうと昨日聞いたセシリーの店に行くことにした。

鑑定のレベルも4で心もとないし、掘り出し物を見付けることはついでのオマケ。美女とされるエルフと親しくなることが第一目的だ。

魔術士ギルドを越えて三軒目、ポーションの小瓶が三つ描かれた木の看板が見えた。

金糸の飾り図柄の入った縦長の楕円形ガラス中央に嵌められた木製の一枚ドアの玄関ドアを引いて中に入った。

「いらっしゃい。何かお求め?」

薄い緑色をした髪を肩で切り揃えた美人から声をかけられた。

耳が尖っている、セシリーか。自然と胸から腰に視線が流れる。腰細いな。

「少し見させてほしい」

「どうぞ、気に入った物があったら言ってね」

店内は二〇坪ぐらいの広さだ。ポーション、マジックポーション、腕輪に指輪、ネックレスも鍵付きのケースに置かれている。魔道書はカウンターの後の棚に置かれているようだ。

壁にミスリルの剣やナイフ、大仰な杖が飾られている。また、傘立てのような寸胴の瓶には鉄剣、銅剣が詰められ、もう一つの瓶には木の杖が詰められている。

ワゴンには超特価！　と書かれたポップがあり商品が適当に山盛りだ。

魔法の袋や魔法のカバンはカウンター内の鍵付きの縦ケースにはいっている。野営用のテントや結界石、虫除け、煮炊きの道具などもある。転移魔法のある俺は不要だ。

ここは、セシリーと仲良くなるためにも何か買わなくちゃな。

とりあえずワゴンセールス品から漁るか。ワゴンセールス品には十得ナイフのような物やランタン、ロープ、ウエストポーチ、手鏡、メリケンサックもある。そして回転式拳銃もあった。リバルバー、見た目はコル〇パイ〇ンに近い。

俺がソレを熱心に見ているとセシリーが声をかけてきた。

「それね～私が以前見た魔法銃を参考に作ったの。魔法銃は魔弾を飛ばすけどコレは代わりに銅とか鉄の弾を飛ばす道具なの」

それって前の世界の拳銃と一緒じゃん。

「弾丸には撃鉄が叩くと発火する魔石と薬莢内に熟したポンズの実が必要なの。ポンズの実は熱を加えると爆発するわ。その爆発で弾を飛ばすのよ」

ふ～ん、ポンズの実が爆発して弾を飛ばすのか。火薬と一緒だ。

「ポンズの実は食べられないから誰も採取しないし、木も火山でないと生えていないの」

熱を加えると爆発か、火山と関係があるのか。テッポウウリとは違うな。

「魔石はゴブリンで構わないのだけど、魔術式を刻まなければならないから弾丸そのものにお金がかかるの。コストが合わないのよ。ボウガンや弓を撃つほうが経済的ね」

「射程と威力は？」

「射程は八メートル。威力はオークの頭を貫通するわ」

異世界植物スゲー！

「弾はどれくらいあります？」

「一八〇発。一発三〇〇〇ネラ。高いと思うでしょうけど作る原価が高いのよ」

マジで高いわ。弾一つで一泊できる。パイ〇ン自体の値段もある。止めるか。

「この銃はいくら？」

「ただでいいわ。結局、弾がないと使えないし。弾を作っているのはうちだけだし。使い終わった薬莢返してくれたら気持ち安くするわ」

なるほど。一発三〇〇〇ネラか。六発で一万八〇〇〇ネラ、六〇発で一八万ネラ。

「試し撃ちできる？」

「いいわよ。お店の裏に庭があるからそこでしましょう」

お店の裏に出る。庭は三メートルぐらいの高さの木が一本と井戸、物干しがあるだけで花壇は作られていない。

「的は、バケツにしましょう。少し薄いけど鉄製で威力を試せるわ」

セシリーはそう言うと、井戸の近くに放り出されていたサビたバケツを取った。

「石の精霊よ。我の願いに応えて円柱を立てよ。ロックピラー」

二メートルほどの石の円柱が庭の端に一本立ち上がる。

「ロックピラー？　そんなのあったか？」

「ロックランスの応用よ。神殿建築用の魔法なの」

「へぇ〜〜」

セシリーはバケツを石柱に被せる。ピッタリのようだ。

「庭の端から端まで八メートルぐらいあると思うの。左面にある固定ラッチを後ろに下げて右手でシリンダー、丸いドラムを左に振り出して弾を装填するの。やってみて」

言われたとおり弾を装填する。

「できたら引金を引いて撃つだけ。反動が凄いから身体強度を上げる金剛スキルがないなら両手で持ってね」

「撃ちます」

金剛スキルはあるが、反動がどれくらいあるかわからないので金剛スキルを使い両手持ちで構える。

『ズッツバァーン！　ガッン！』

命中！　けっこう音デカイな。反動はたいしたことはない。今度は片手で撃ってみる。

『ズッツバァーン！　ガッン！』

うん、金剛スキルを使えば片手でも大丈夫だ。

威力の確認だな。八メートル先のバケツを被せた石柱に向かう。二つ穴の開いたバケツが目に入る。被さっていたバケツをどかすと二発とも石柱に撃ち込まれていた。

威力も充分だ。買おう。

「買う。弾は六〇発。ホルスターはある？」

「レッグホルスター、ヒップホルスター、それからをベルトを通して腰につけるホルスターがあるわ。サービスで一つあげるわ」

「なら腰につけるタイプをください。あとマントとつばが短い帽子」

「皮のマントは五〇〇〇、帽子は三〇〇〇」

大銀貨一枚、銀貨八枚、大銅貨八枚を支払った。

金鎚亭に帰るか。


店を出て考える。セシリーの店にある弾丸はあと一二〇発。売れないとわかっていてまた弾丸を作るとは限らない。レシピを買い取ることも視野にいれなければならない。

本来の弾薬は木炭、硫黄、硝石の混合物だ。木炭と硫黄はどうにかなるが問題は硝石だ。

そうなるとボンズの実がやはり鍵となる。魔法を強奪したほうがはるかに現実的だ。

ゴブリンプリーストから回復魔法を、ゴブリンメイジにしたって風魔法を覚えているヤツや水魔法を覚えているヤツだっているだろう。

拳銃はロマン武器として製作を諦めるべきかもしれない。

魔術師ギルドで誰か研究していないかな。ボンズの実の代わりになる物でもいい。

ちょっと寄っていくか。フィーネに聞いてみよう。

魔術師ギルドに入ると受付のお姉さんが話しかけてきた。

「あら～いらっしゃい。フィーネに会いに来たの」

お姉さんがニヤニヤした笑みを浮かべている。

フィーネが何を話したかメチャメチャ気になる。

「ええ、少し聞きたいことがあって寄らせてもらいました。そうだお姉さん、ボンズの実を知ってます？熱を加えると爆発する実」

「私の名前はシャルよ、よろしくね。赤い実でしょ。あまり買う人もないから在庫あると思うわ。欲しいの？」

「今はいいです。お金に余裕ないですし。ボンズの実のように他に爆発するものってないですかね」

「う～～ん、たまにどこそこの魔術師の家が爆発した。と言うのを耳にするけど」

それガス爆発だろ。

「あとは、そうね。爆発と違うけど釣船草かしら。山野の水辺に生えているの。茎が赤紫色の植物で、実が熟すとちょっとした刺激で実が裂けて種をはじき飛ばすの。我慢できない。イッ、イクーー！　みたいな感じで」

ははは、アンタ、フィーネの友達だわ。

「どれくらい飛びます？」

「あれ？　受けなかった？　残念。二～三メートルぐらい飛ぶはずよ」

距離が短い。拳銃の火薬には無理だな。手榴弾ならいけるか？

「そうですか。糞尿と藁の燃えかすを混ぜた堆肥を乾燥させておくとできる結晶なんか置いてあります？

あと火山で臭いガスがでている所で岩などに付着している、黄色の粉なんかはありますか？」

「最初の方は硝石のことでしょ。染料として使う人もいるので少量なら置いてあるわ。あと黄色の粉は硫黄でしょ。水虫の薬に使かうらあるわ。こちらも少量ね。それと硝石なら洞窟に行けばあるかもしれないわ。コウモリ系のモンスターの糞が堆積したトコにあるそうよ」

なるほど洞窟か。思いつかなかった。硝石もなんとかなるかな。

「ありがとうございます。参考になりました。魔術式はどうやって覚えられますか？」

「う～～ん、魔術師の弟子になるか、魔法学園に通うのが一般的ね。弟子になるのはお勧めできないわ。結局、そうじ洗濯など家政婦扱いされて教えてもらうまで何年もかかるという話よ。魔法学園は基本、貴族と裕福な商人ぐらいしか通えないわ。誰か高名な人の援助がないと無理ね」

「じゃあ、俺には無理ですね」

「裏技として奴隷落ちした貴族でたまに魔術式を修めた人がいるのよ。そういう人を買って教えてもらうか、奴隷なんだからやらせればいいんじゃない」

なるほど自分でやる必要もないか。奴隷はいずれ欲しいと思っていたからありだな。

「なるほど。シャルさんありがとう」

俺はお礼を言って帰ることにした。フィーネに会って聞くまでもないな。

「ちょっと、今の話で充分です。お腹も減りましたし。ありがとうございました」

「ええ、今の話で充分です。お腹も減りましたし。ありがとうございました」

俺は魔術師ギルドを出た。

金鎚亭に着くとアンナを呼んで早めの夕飯にする。夜が酒場と化すので避けるためだ。

アンナも酒場となる頃には家に引っ込んでしまう。代わりに女冒険者を雇っているようだ。

アンナの髪は茶色でオヤジのオムイと同じ色だ。髪はポニーテールにし白いリボンで留めている。顔はお母さんに似たのだろう。オムイの娘と思えないほど可愛い。

歳は一三歳。胸のサイズはBカップ。普通か？　なにしろ牛のようなサイズの人も多いので普通の基準がわからない。

半袖ブラウスに膝下のスカートにエプロンという格好だ。借りた白のワンピースとパンツを返そうとしたら返さなくて良いとのことなので貰った。

俺のお宝にしよう。

「ケンジさん、お帰りなさい」

「ただいま。少し早いが夕飯にしてくれるぅ」

「はい、今日はボルシチと黒パン、あとオーク肉とネギの串焼きになります」

そういうとアンナは厨房にいった。

ボルシチが自他とも認める自慢の一品なのだろう。

美味いわ。何度食っても美味いわ。お腹がいっぱいになった。最後に緑茶が欲しいとこだ。

二階に上がり自分の部屋の硬いベッドに横になる。

オークを探すよりゴブリンプリーストやゴブリンメイジを倒して魔法を充実させよう。

ゴブリンアーチャーを倒せば弓術も手に入る。もしかしたら必中スキルが手に入るかもしれない。

ネテシアの勇者と対立することもあるかもしれないので、手札は多いに越したことはない。

寝よう。と思ったらテレホンリングが光りだした。左手を耳にあてる。

「はい、ケンジです。フィーネさん？」

「ちょっとケンジ君？　魔術師ギルドに来たでしょう。どうして私の所来ないの！　知っているわよ。シャルと良い感じで話していたの！」

見ていたなら輪に入ってこようよ。お姉さん。

「ボンズの実について聞いただけです。見ていたなら出てきてよ」

「あんなイチャイチャしたとこに入れないわ」

「イチャイチャしていません。ボンズの実の代わりに爆発する実とかないか聞いただけです」

「そう、いいわ。見逃してあげる。次から魔術師ギルドに来たら私とイチャイチャするのよ」

イチャイチャって……。

「わかりました」

「そう、わかればいいのよ。わかれば」

その後、今日の狩りについて話した。

『ほどほどで止めるのがベスト。ケガする前に止める』などとアドバイスされた。

電話が終わると今日の本当の成果、回転式拳銃パイ〇ンを取り出す。材質は黒鉄。頑丈なぶん重い。腕力を上げる剛力スキルがあって良かった。なければ片手で撃てない。左手に持ち替えてみる。

右利きの俺には少し違和感がある。右手で剣を振り、左で拳銃を使うなら左手で慣れないとな。

明日に備えて寝るか。

名称：パイ〇ン（回転式拳銃）
製作者：ドラレフ＝ゴルバーニ
材質：黒鉄
能力：貫通Lv．7
レア度：B＋
状態：良好
詳細：セシリー＝エマ＝チャイルの考案をドラレフ＝ゴルバーニが製作した。

【第五話　ゴブリンソルジャー　異世界生活一〇日目】

朝食を済ませると早々に日銭を稼ぎに出かけることにした。

初日に会った門番がいたので『金鎚亭のボルシチは最高でした』と言うと『そうだろう』と自分のことのように喜んでいた。

今日はグリーンマンティスがいた辺りまでにしよう。オークを探して奥に入るのは危険だ。

オーク以上の強者に出会うパターンになるとファンタジー小説から学んでいる。

エリアサーチを使う。近くに四つ赤丸がある。行こう。

見えた、ゴブリンだ。何かひっかかる気がする。動きが洗練されている気がする。鑑定しよう。

ゴブリンリーダーＬｖ．１２：剣術Ｌｖ．３（スラッシュ）
ゴブリンファイターＬｖ．１５：斧術Ｌｖ．４（ストライク）
ゴブリンプリーストＬｖ．８：回復魔法Ｌｖ．２（ハイヒール）
ゴブリンメイジＬｖ．１６：火魔法Ｌｖ．５（フレイア）、水魔法Ｌｖ．４（ウォーターキャノン）

なんだ？　レベルが高いぞ。連携をとられると厄介だ。メイジから片付けよう。

転移でメイジの背後にまわりパイ〇ンで後頭部を撃ち抜く。

続けて振り返りざまプリーストの額を撃ち抜く。

ファイターが斧を振り上げてきた。

「クソ！　近すぎる」

焦って四発も撃ってしまった。

ぶっ倒れるファイターを尻目に転移で一旦距離をとる。

「落ち着け」

残るはゴブリンリーダーのみ。

パイ〇ンを腰のホルダーに差し鉄の剣を抜く。

【瞬動】スキルで一気に近づき打ち降ろす。【剛力】、【豪打】スキルをかけた一振りだ。

ゴブリンリーダーに剣で受け止められてしまうが腕にダメージが入ったのか後ろに引く。

ファイアを左手で撃ち出し牽制し、ヤツの左隣に転移し脇腹に剣を突き刺し殺した。

戦闘終了後、回復魔法と水魔法をゲットできた。

パイ〇ンのシリンダーを開き、エジェクター・ロッドを押して空薬莢を排出。弾が保持されたスピードローダーをシリンダーに差し込む。同時にローダー後部の摘みを回転させてロックを解除し装填、シリンダーを元に戻して装填完了。

スピードローダーは便利だ。

ゴブリンの右耳を切り取ると胸の中央にナイフを入れ魔石を回収する。

「小さいな。こんなもんか」

次の獲物を探しエリアサーチをかける。五つの赤丸がこちらに接近中だ。

「この速度からしてお馴染みのハンターウルフだ」

こちらから走って向かう。【加速】スキルでスピードに乗る五頭の先頭を走る犬が見えた。先頭の犬を目指し転移。タイミングが合わず先頭の犬は通りすぎていった。

「クソ！　なら二番目だ」

【瞬動】スキルをかけダッシュ。【加速】スキルを乗せ二頭目に体当たりするかのように猛接近する。

突如、右方向から現れた俺に突っ走る犬は止まれない。首に【豪打】スキルで強化した一撃を入れると止まることなく反転離脱。さらに【加速】を加えながら鉄の剣を左に持ち替え、パイ〇ンを抜く。

三番目と四番目の距離の差はない。左で三番目の首を豪打し、身をすぐに翻しパイ〇ンで四番目を撃ち抜く。再び【瞬動】スキルでダッシュ、【加速】スキルをかけ直し猛進する。

五番目がこちらに向かって突っ込んで来た。後ろからは反転して向かって来る一番目（先頭）の犬が迫る。

左手の鉄の剣をアイテムボックスにしまい鉄のナイフを持つ。

衝突寸前にパイ〇ンで五番目の顔面を撃ち抜き擦り抜けるように左横を走り抜ける。

追って来る一番目が五番目の死体の上を走り抜けるのを確認すると体を反転、五番目の死体の後に転移で飛ぶ。

一瞬、俺を見失った一番目は左右に首を振るが、俺の気配を察知したのか振り返るのでタイミングを狙ってヤツの左腹目がけてナイフを投げる。それをかわす瞬間を狙って弾丸を撃ち込んでやった。

よし！　射程の短いパイ〇ンは位置取りが重要だな。転移魔法との相性はいい。

再度エリアサーチを掛ける。放置したゴブリンの死体に赤丸四つ。

ショートジャンプのように転移を繰り返し戻る。

すぐ近くまで戻ったのでゆっくりと歩いて近づく。ハゲタカが死肉を貪っていた。

鑑定。ヘルコンドル……ドラ〇エか？

風魔法を持っている。うむ、たいしたことないな。

俺はパイ〇ンで簡単に四羽全てを仕留めた。これで風魔法をゲットだな。己に鑑定をかけ成果を確認する。

「うん。風魔法をゲットしている。飛行もゲットした。ん？　飛行？　まさか武〇術で空を飛べるようになるのか？」

俺はドラ〇ンボー〇は大好きだ。空を飛んでの戦闘はカッコイイ。

「え~全身に気をめぐらして……この場合は魔力か？　たしか気は使うと体がポカポカするとか言っていたような~」

胸に温かいものイメージして全身にひろがるイメージ……。ライトノベルで読んだ血液が体を循環するように、魔力が身体を循環するイメージ。

「イメージ、イメージと」

もう一回、もう一回、もう一回。

胸に温かいものを想像し、それが血管を通して全身にひろがるイメージだ。何度も繰り返しているとイメージが固まって胸の辺りに何か温かくなってきた。

「キターーーー！　もうチョイ」

葉脈をイメージして身体の輪郭の隅々まで行き渡るのを意識する。体が温かくなってきた。

次に何をイメージする？　地面から浮く？

足にかかっていた体重をなくすイメージ。

ふくらはぎの緊張が緩み、足裏に感じていた接地感が薄れていく。

地面から浮いた！

飛行するイメージを頭に描き上へ上へと意識を大きくする。

気付くと一気に五メートル上昇していた。

「うひょ！　ヤッターーー！！　やったどーーーー！！」

テレビカメラがあるなら、宙に浮く俺のガッポーズを撮ってほしい。

右を意識すれば右に、左を意識すれば左に、上を意識すれば上に、下を意識すれば下へ。前進後進も思いのままだ。

「おぉぉおおお~~~~~空を手にいれたーーーーー！！」

ジェットコースターのごとく飛びまわり調子に乗って宙返りしたらパイ〇ンを落とした。

「ああーーーーーーーーーー！！」

必死で探した。

◆◇

やっとパイ〇ンを見付け町に戻った。ギルドで換金。

ハンターウルフの魔石：二五〇〇ネラ
ハンターウルフの毛皮：一万ネラ
ハンターウルフの牙・爪：二五〇〇ネラ
ハンターウルフの肉：一万ネラ
ゴブリン類の魔石：一二〇〇ネラ
ヘルコンドルの魔石：四〇〇〇ネラ

ヘルコンドルの肉は不味く羽根も使い道がないらしい。三〇〇〇ネラ払ってギルドで処分してもらった。

半日の収入は二万七二〇〇ネラ。まぁ、いい稼ぎだ。

金鎚亭に戻り八〇〇ネラ払ってオークのステーキとオニオンスープと黒パンがセットになったAランチを頼んだ。

毎回欠かさずオーク肉のメニューがあるところを見ると狩場があるのだろう。

オークだけを狩っている専門冒険者とかいそうだ。オークが出る場所を教えてはくれないだろうが。

食ったら昼寝だ。元の世界では考えられないな。一六歳で自立とか。

市役所の資産税課に勤める父を持つ俺は、秀でた才能があるわけでもなく親の言うまま大学を出てからの自立だったろう。

まぁ、充実しているからいいか。

《異世界生活一〇日目》

宿にしている金鎚亭から門に向かって歩く。

門番とはいつもココから出入りするので大分親しくなった。

今日も天気がいい。暖かくなるだろう。

グリーンマンティスがいた先に行ってみよう。

◆◇

ゴブリン八、ハンターウルフ四、ワイルドボア一を狩った。ざっと概算してみる。
ゴブリンの魔石が一六〇〇ネラ（八×二〇〇）
ハンターウルフの魔石が二〇〇〇ネラ（四×五〇〇）
ワイルドボアの魔石が一〇〇〇ネラ
ハンターウルフの肉が八〇〇〇ネラ（四×二〇〇〇）
ハンターウルフの毛皮が八〇〇〇ネラ（四×二〇〇〇）

ハンターウルフの爪牙が二〇〇〇ネラ（四×五〇〇）
ワイルドボアの肉が三〇〇〇ネラ
ワイルドボアの皮が五〇〇ネラ
ワイルドボアの爪牙が五〇〇ネラ

合計で二万六六〇〇ネラ。四時間で稼いだ金額だ。時給六六五〇ネラ。

バイトを選ぶのに、こっちが一〇円高いとかこっちが近いとか比べていたのが遥か昔の思い出のように感じる。

普通の冒険者も半日でココまで狩れる人は多くはない。これもエリアサーチというスキルのおかげだ。

「さて、もうひと狩りして帰ろう。それで丁度お昼だ」

エリアサーチをかけると一匹だけ森の少し先に反応がある。森の奥に行かれたらまずい。急いで向かう。

「いた、黒いオークだ！！　ヨッシャーーー！」

よし！　今日はお前を狩って終わりだ。待っていろフィーネ！　俺なしでは生きられない身体にしてやるからな！　うひゃひゃひゃ。

いかん。想像するだけでニヤけしてしまう。いかんなぁ。想像中止。よく見て確実に仕留めるんだ。

『ステータス』
種族：魔物　ブラックオーク　年齢：８才　性別：♂
ランク：Ｄ
レベル：１４
体力：３００／１３６０

魔力：40／120
幸運：D
状態：弱体意識混濁中
基本スキル（NS）：体当りLv．4　麻痺耐性Lv．3　槍術Lv．3（三段突き、閃光突き）　豪打Lv．4　毒耐性Lv．3　棍術Lv．4（岩石割り）　剛力Lv．3　気配察知Lv．2　気配遮断Lv．2
レアスキル（RS）：金剛Lv．3　性豪Lv．3　絶倫Lv．4
スペシャルスキル：
ユニークスキル：
エクストラスキル：
装備：鉄のヤリ　布の服　布のズボン　皮の靴
備考：希少肉、超うまい。皮も希少。素材は高く売れる。

「あるじゃんあるじゃん。性豪スキルと絶倫スキル」

ん？　よく見ると背中に矢が二本刺さっている。大腿部もあっちこっち刺された跡があり脚が血でベッタリ。他の冒険者に狩られ辛くも逃げ切った。そんな感じだ。

しかしエリアサーチにはこいつの赤丸しか反応がない。待てよ。コイツが冒険者を殺したから反応がないじゃないか？

「油断す……んん！？」

コイツじゃない赤丸が森の奥から急接近してくる！　顔に鳥肌立った。ヤバい！

俺は急襲しオークの首を飛ばすと反転、視界の中で一番遠くに見えるところに転移ポイントを置く。

風切音とともに、自分の間合いに何かが侵入する気配があり、右横に転がるように慌てて避ける。

「弓矢だ」

俺が避ける前にいた地面に矢が突き立っている。

すぐさま転移すべく顔をあげたところに二射、三射、四射目と続けて飛来。

「クソ！　どこだ！」

身を低くして瞬動スキルと加速スキルで走り出しショートジャンプを繰り返し森の外へ脱出。

かなり森から離れた。逃げきった。

「ゴブリンアーチャーか？　それともオークアーチャー？」

オーガにも弓を使うヤツがいるかもしれない。見ておくか。

飛行術で二〇メートルの高さまで上昇し逃げてきた方向へ戻る。エリアサーチをかけると森に戻る赤丸を発見。

近くまで追って来てやがったのか！？

高さをキープしつつ接近。遠目を使い鑑定をかける。

種族：魔物　ゴブリンソルジャー　年齢：10才　性別：♂
ランク：C
レベル：22
体力：1630／1630
魔力：350／350
幸運：B
状態：良好

基本スキル（NS）：剛力Lv．5　回避Lv．4　土魔法Lv．2　武器作製Lv．3　剣術Lv．4（4連スラッシュ）　悪食Lv．7　性豪Lv．5　貫通Lv．4　気配察知Lv．4　気配遮断Lv．4　加速Lv．4　罠作成Lv．3　罠解除Lv．3　弓術Lv．4（4連弓）ナイフ術Lv．4
レアスキル（RS）：瞬動Lv．4　擬態Lv．2　遠目Lv．5　夜目Lv．5
スペシャルスキル：
エクストラスキル：
装備：ゴブリンの鉄弓　鉄の剣　鉄のナイフ　革の服

ゴブリンソルジャーLv．22。加速も瞬動もレベルが4、擬態に気配遮断、地上では勝てるか厳しい。またしても間合いに進入する気配あり。転移でかわす。

「弓矢だ！」

二〇メートルはヤツの有効射程距離か！　遠目でヤツを見おろすと二射、三射、四射目と矢が飛来する。

意を決しヤツの背後に転移。後頭部に銃身をあてて引金を引いた。

『ズッバァーン！』

ヤツの左耳が吹き飛ぶ。

「この距離で避けるか！！」

俺は狙いをヤツの背中、肩甲骨の間、心臓を狙って引金を引く。

『ズッバァーン！』

こんどは命中。地面に顔からぶっ倒れた。俺はヤツの死体を見おろす。

「ゼロ距離の弾丸を避けやがった！？　まぐれか！？　こんなのもいんのかよ！」

転移とパイ〇ンがなければ勝てなかった。森の中で死体となって転がっていたのは俺だったに違いない。

ゴブリンソルジャーを収納すると飛行術で上昇し町へ帰る。

今はゴブリンでも戦う気になれない。早く町に戻りたい。この不安を消し去りたい。

◆◇

ギルドの窓口に行くとギルドマスターのハイエスがまた窓口に座っていた。

「よう、ずいぶん帰りが早いな。昼を食べ戻ったのか？」

「そんなとこっス。なんでまた窓口に？」

「いいだろ、ギルドマスターの机に座ってても得られない情報を仕入れてんだ。狩って来たんだろ。ギルドカード見せてみろ」

大変だな、店長は。ギルドカードをハイエスに渡す。

ギルドカードは、日ごとに討伐した魔物のリストと今までの討伐した魔物のリストの累計が記録されている。身分証にもなるしキャッシュカードのようにお金を貯めることもできる。とっても便利だ。

「ゴブリンが八、ハンターウルフが四、ワイルドボアが一、ブラックオークが一、ほう、高級肉獲ったか。ん？　ゴブリンソルジャー！？　おい！　こいつは、ど、どこにいた！？」

俺は門の方を指してから話す。

「向こうの門から右手斜めに草原を越えた森の浅いところです」

「向こうは北の門だ！　右手斜めって北東か？　高い山脈が見えるほうだろう！」

「そうです。高い山脈の方角です。で、どうしたんです？」

「クソ！　ゴブリンソルジャーがいるってことは、ゴブリンキングがいる可能性が高い！　スタンピードになればこの町が危ない！　偵察を出さねば！　ミレット代われ！」

そういうと奥へ引っ込んでしまった。代わりにミレットさんに対応してもらう。

魔石は窓口に出して裏にまわりハンターウルフ、ワイルドボア、ブラックオークと指定された場所に死体を出す。

ギルド一階の奥に併設された飲食スペースで会計を待つ。

スタンピード、魔物の氾濫か。ここで『小説家にな○う』の主人公なら見事にキングを倒し町の英雄になるのだろうな。

皆と打ち解け合い人気ものになる。ふふ。

だが、ゴブリンソルジャーがやっとの俺では、キングに勝てないどころか瞬殺か？

俺はDランクに上がったカードを見ながらそう思った。

《異世界生活一一日目　冒険者ギルド》

ギルドに行くと冒険者が集まっていた。どうやら俺が帰ったあとに今日の朝に集まるように指示がだされていたようだ。知り合いの冒険者を見つけると各々の知っている情報を出し合っている。

ハイエスが階段から降りてきた。話しかける冒険者を手で待てと合図すると演説台に立った。

「皆！　聞いてくれ！　昨日北東の森の奥二日行った所に二〇〇〇匹を超えるゴブリンを中心とした魔物の軍団が確認された。ゴブリンロード、ゴブリンジェネラル、ゴブリンキングも確認がとれた。明後日の朝にはここに来る。辺境伯ブリュワ様から騎士団の派遣も決まった。ギルドから賞金を出す！　討伐された素材、部位に関してはギルドが一時預かり後で公平に分配する。その代わり討伐に参加してくれた全員に一人一〇〇万！」

「そして一番狩った者には賞金一〇〇〇万出すぞーーー!!　お前らーーーー!　この町を守る

ぞーーーー！！」

「「「オオオーーーーーーーーーーー！！！！」」」

「おし！　討伐参加者は明日の夕方六時までに申請するように。解散！！」

一〇〇〇万か。ゴブリンキングはどんなスキルを持っているのだろう。

俺は申請でごった返す窓口を後にしてセシリーの道具屋に向かった。

【　第六話　滅多の杖　異世界生活一一日目　】

セシリーの店に行くと店の前にダークグリーンの金属製の箱馬車が横付けされていた。馬車を引く馬は黒色の馬型のゴーレムだ。

「軍用馬車？」

店の中に入るとカウンター内の魔法の袋や魔法のカバンが入っていた縦ケースはなく、カウンターの後の棚に置かれていた魔道書もない。ポーション、マジックポーション、腕輪、指輪、ネックレスといった商品が入っていたガラスケースも無い。

壁に飾られていた剣もナイフも大仰な杖も取り外されており、ワゴン、鉄剣、銅剣が突っ込まれていた傘立てのような寸胴な瓶もなくなっていた。

セシリーは床に膝をつき木箱に一枚一枚、食器に布を被せ詰めているところだった。

「あぁ、ケンジ君か！　ごめんね。お店はお休み。魔物の氾濫が二日後って聞いたから。荷造りしているの」

「避難ですか？　店の前の馬車はセシリーさんの？」

「ええ、そうよ。ブリュワ領都のブラザに行くつもりよ」

「一人で行くの？」

「まさか、昔パーティーを組んでいた仲間と。ケンジ君は討伐には参加するの？」

「参加しますよ。一〇〇万ですからね」

『命あっての物種』って言うわよ。死んだらお終いよ。……はい、じゃあ、コレ」

セシリーさんは弾丸一二〇発を出して俺に手渡した。

「いいんですか！？」

「ただじゃないわよ。生き残れば一〇〇万なんでしょ。後払いよ。後払い。あとコレ」

「なんですかコレ？」

「身代りの護符よ。一度だけ代わりに死んでくれるの。肌身離さず持っていてね」

コレ高いよな。たぶん。

「ありがとうございます！　それと弾丸のレシピを売ってくれませんか？」

「そうね。ケンジ君と私しか使わないものね。ああ、大丈夫よ。自分用の弾丸は別にあるから。キモは、魔石に刻む魔術式にあるの。と言っても魔術式も一般に売られている魔法コンロの応用だから、魔術式を修めた魔法使いが見ればわかると思うけど。…そうね、一〇〇万でいいわ。後払いはなし」

「了解です。がんばってお金稼ぎます」

「じゃあね。もう店、鍵かけるから」

俺はセシリーの店を出ると魔術師ギルドに入る。受付のシャルに声をかける。

「逃げないの？」

「あらケンジ君。逃げないわよ。私、回復魔法が使えるの。後方支援するわ。他の魔法使いも攻撃や回復と分かれて討伐に加わるの」

「シャルさん、魔法銃って売っている？」

「魔法銃……ないわね。持っている魔術師はいるけど。魔法銃は詠唱なしですぐ使えるから便利なのだけど数が少ないから高いの。ダンジョンのドロップ品は安全で威力があるけど滅多にないし。魔術師が作った魔法銃は高いうえ威力もピンキリ。安全性もイマイチってとこね。それこそフィーネに聞いたら、マジックアイテムに詳しいわよ」

「了解。ありがとう」

俺は三番窓口に向かう。窓口からはフィーネの姿はない。奥にいるようだ。呼鈴を押すと奥のドアから姿を見せた。

「あら、いらっしゃい。どんなスクロールが欲しいの？」

「今日はスクロールじゃなくて魔法銃が欲しいのだけどフィーネは持ってない？」

「魔法銃と一言で言うけど、効果はファイアボールだったり、エアーカッターだったり、サンダーブレイクだったりいろいろよ。どうして魔法銃が欲しいの？」

「スタンピード、一発でたくさんの魔物を葬れる魔法銃が欲しい。切り伏せるにも限界がある。俺、大規模魔法は使えないから」

「理由はわかった。銃はないけど、トリガーを引くことによって魔法を発射する杖ならあるわ。貸してあげてもいいけど重いわよ。見てみる？」

何それ？　バズーカ？　それとも『リ○カルな○は』的な杖？

促されるまま奥の部屋に入った。フィーネは部屋の隅にある縦長のロッカーを開けると掃除用具をどかしてソレを引きずるように出した。

六角形の金属の杖。でっかい鉛筆を彷彿する。違いは六角形の断面の片方に二本の短い鋭利な突起と銃口のような窪みが見えたことだ。

ソレを机に置くと金庫のダイヤルを回し中からスカイブルーの宝玉を金属の爪で台座に固定した電球にも

取れる部品とカートリッジ二つ、トリガーと円柱の支柱グリップを取り出した。

　電球は金属杖の突起がない断面にネジのように回し取り付ける。カートリッジ二つは側面に挿入して接続。トリガーと支柱グリップを側面に取り付けると細身のバズーカのような形になった。

「バーーーン！！　滅多の杖、完成！」

「バーンって何？　トリガー引くと先端から破壊光線でもでるの？」

「正解！！　この電球のようなものから雷のようなモノが先端に向かって筒の中を放射されます。電球はダンジョンドロップ品で安く手に入れたので詳細はわかりません。カートリッジ①はワイバーンの魔石に風魔法Ｌｖ．５、トルネードを付与。カートリッジ②はワイバーンの魔石に火魔法Ｌｖ．５、フレアを付与。杖には増幅の魔術式が刻まれているのよ。すごいでしょ！　すごいでしょ！　トリプルよ！　トリプル！　火と風と雷のトリプルの破壊光線が総てを吹き飛ばすのよ！！」

　眼が輝き悪の科学者のように興奮して言う。そんなに威力があるなら自分で使ったら？

「フィーネ、どうして自分で使わない？　凄い武器じゃないの」

「一発、魔力１０００使います。銃身が冷えるまで二発目は撃てません。そして私では持ち上がりません！」

かはぁ～痛恨のミス！

テヘペロ♪　じゃないだろ。

「発射時の過熱に耐えられるようにヒヒイロカネ製よ。高かったんだから」

バカなのだろうか？　いくら熱耐性最強とは言え、熱保有時間も長いヒヒイロカネを使うとは……。

一向に冷えねぇよ。二発目撃てねぇよ。いや、他の金属では溶けてしまうか？

「いま『二発目撃てねぇよ』とか思ったでしょう。ふふ。そんなアナタに朗報！　ジャーーン♪　この専用ホルダーには氷魔法Ｌｖ．４のフリーザが付与されていて急速冷却！　約三分で二発目発射可能！　ただし冷却完了まで取り出しできません。安全設計です」

フィーネ……このゴミにいくらかけた？

とりあえず片手で持ってみる。うむ、剛力スキルがあるから持ち上がるな。こりゃあ、普通は無理だ。安く買い叩くことできそうだ。まあ、使ってからにしよう。

「すごーい。片手で持ち上がるんだ。ふふ、さすが男の子♪」

とご機嫌。

俺はフィーナに近づくと腰に手をまわして抱きしめる。

「ちょっと、ちょっとダメ、仕事中だから……あっ」

右手でフィーナの頭を押さえ軟らかい唇に口を重ねる。フィーネの唇は閉ざされていたが強引に舌を使いこじ開けると、上の歯茎を左から右になぞり下の歯茎を右から左と舐めまわす。そしてわずかな隙間から口内に入りフィーナの舌をもてあそぶ。

「ん！？　ぐふぅ……」

フィーネはたまらず俺の唾液を飲み干した。

ゴブリンから奪った性豪スキルとオークから奪った絶倫スキル。完成体となった俺はフィーネを机の上に押し倒した。

奇しくも初めてフィーネにチ○ポを喰われた時の逆となった。俺は荒々しくブラウスを両手で引き開く。ボタンが引き飛んだ。

「きゃあ！　イヤ、ケンジやめて！」

たわわなオッパイが俺を狂わせる。左のオッパイを横から掴み舌で乳輪に円を描くように唾液を塗りたくる。

グルグルと何度も舐めまわした後、口に含み舌で乳首を転がす。

右のオッパイはその間、人指しと中指の間に乳首を挟むように鷲づかみにしグラインド、立ってきた乳首を摘んで大きく引っ張る。

「痛！　痛ぃ！　やめて！　乳首がとれちゃう！　あぁぁぁ〜〜〜〜」

左の乳首を吸い上げた。右のオッパイは、乳首を擦るように再びグラインドをする。

「はぁあ、はぁ〜ん、はぁあ、はぁ〜」

再び乳首を舌で転がし乳首を吸い上げる。

「はぁあぁぁ〜〜」

乳首を噛んだ。

「痛！！」

噛んだ痕を癒すように舌を這わせ乳首を転がす。

次は右胸だ。右胸を貪っている間に右手はフィーネの股間に伸ばす。わざと恥丘の毛を右手に絡めながら秘部を弄りクリ◯リスにニアミスを繰り返す。

フィーネの左手は俺の右腕を掴み、マ◯コの穴をまさぐってくれと誘う。

わかったよ、フィーネ。マ◯コをほじってほしいんだろ。クリ◯リスとマ◯コ穴、一時間かけて舐めてほじってやんよ。

フィーネの両脚を肩に抱えるとマングリ返し、膣に舌を入れフィーネのマン汁を啜る。

クリ◯リスの皮をむき指で転がし、よじり摘む。

「はぁ、ああ、はぁあ、あぁぁ」

ワザと音をたててマン汁を啜りあげるとフィーネと目が合った。

「フィーネ、吸っても吸ってもマン汁が出てくるよ。フィーネのスケベ！　淫乱！」

「違う。違うの！　ケンジが舐めるから、ケンジが舌を入れるから」

「俺の所為にするんだ。クリ◯リスを勃起させて。よじられるのがそんなに好き？」

「そんな、そんなこと……」

「言え。フィーネはクリ○トリスをよじられマ○コを舐められるのが好きな淫乱ですって。言わないとチ○ポあげないよ。ここで終わりにしようか」

「えっ、そんな、恥ずかしい……」

俺は抱えていたフィーネの両脚を下ろし背を向ける。

「え、ウソ。待って！　言うから待って！」

「追加だ。マ○コ広げてこう言え、『私フィーネはチ○ポ大好きな淫乱女です。ケンジさまのチ○ポ奴隷にしてください』と」

フィーネは両脚を抱えるように外から手をまわし両手でマ○コを開く。白く濁った愛液が滴る。

「うぅ〜、酷いよ、酷いよケンジ……。私フィーネはク○トリスをよじられマ○コを舐められるのが好きな淫乱です。フィーネはチ○ポ大好きな淫乱女です。ケンジさまのチ○ポ奴隷にしてください」

「よくできました。よく言えたフィーネにはご褒美をあげよう」

「え？」

チ○ポに期待膨らませているようだが、まだチ○ポはやらない。

俺は右の人指し指と中指をマ○コに入れると指の第二関節を蠢かせＧスポットを探す。

たしか恥骨付近。この辺りか？

「あっ！」

フィーネが大きく跳ねあがった。ココか！

フィーネ、潮を吹かしてやるぜ。

右手に全力を注ぐ。細かい振動のＯＮ—ＯＦＦがフィーネを襲う。

「あー！　あーー！　あーーー！」

激しく悶えると両手で俺の振動する腕を押さえ少しでも抑えようと抵抗する。

「あーー！　ダメダメ！　逝っちゃう！　逝っちゃう！　逝っちゃうーーーー！！」

大きく腰を浮き上げ潮を吹き上げる。

やった。俺にもできた。

大股を開きヘタっているフィーネのマ○コにチ○ポをぶっ挿す。

「はぁーーーーーーっあ！」

出来上がりマ○コをガンガンに突く。

「はぁ、はぁ、はぁ、はぁ、はぁ。んぅ、んんぅ、はぁあ、んんぅ、はぁあ」

まずは一発目！

「オラ、出すぞ！　出すぞ！」

『グゥチュ、グゥチュ、グゥチュ、グゥチュ、グゥチュグゥチュグゥチュグゥチュ』

「はぁ！　はぁ！　はぁ！　はぁ！　はぁーっあ！　ああーー！　あぁーーー！　……」

『びゅう、びゅう、びゅうぅぅるる』

「はぁ、はぁ、次は後ろだ。フィーネ。ほら立って」

果てて、気持ち良さそうに横たわるフィーネの左腕を持ち起こす。

「良かった。……ケンジ、気持ちよかった。これで終わりにしよ……」

無言で引いて立たせると後ろ向きにし机に頭を付かせ、両手で机の縁を掴むように誘導する。

「ちょっと、ちょっと待って！　や、休ませて。お願い。少しだけで……あっ！　あぁーーー！」

『パァン、パァン、パァン、パァン、パァン、パァン、パァン、パァン』

リズミカルに腰を柔らかいフィーネのお尻に打ち付ける。正常位よりバックのほうが俺は好きだ。

フィーネのだらしない顔が見えないのが残念だけど、思いっきり打ち付けられる。

女を御する感じも征服欲を満たす。

ああ、いい、いいよフィーネ。最高だ。

『パァンパァンパァンパァンパァンパァンパァンパァンパァン』

「イク！　イクイク！　また逝っちゃう！　来る来る来る！　あ、あ、あーーーーーー！！」

『びゅう、びゅう、びゅうぅぅるる』

「はぁ、はぁ、はぁ、はぁ」

次は帆掛け舟だ。まだまだ、終わりはしないぞ。

名称：滅多の杖
製作者：フィーネ＝ランスター
材質：ヒヒイロカネ
能力：トルネード＋フレア＋ストライクプラズマによる破壊光線
レア度：S＋
状態：良好
詳細：一発に魔力を1000必要とする。銃身冷却後でないと二発目が打つことができない。

◆◇

オークから奪ったスキルでいい仕事ができた。フィーネは白眼を剥いて涎を垂れ流している。だらしない顔も見れた。滅多の杖も心良く貸してくれた。

魔術師ギルドを出ると冒険者ギルドで『魔物の氾濫の討伐』の受諾申請を出した。朝方のごった返しは収まっていた。

ハイエスは窓口にはおらず二階の自分の部屋にいるのだろう。ミレットさんの窓口はあいかわらず人が並んでいるので話しかけるのは止めた。

道路を挟んで向かいの武器屋に不必要な物を売ってしまおう。

ガラスの入った観音開きのドアの片方を開けて中に入る。開けた時に来客を告げる鈴の音がした。

「おう、いらっしゃい！　ん、見ない顔だな。新人か？」

「はい、一〇日前に登録しました。ケンジと言います」

「おう、俺はガモスだ。今日は買いに来たのか？」

「買取りをお願いに来ました」

「おう、いいぜ。出してみな」

俺はアイテムボックスから錆びた鉄剣八本、ゴブリンの棍棒一五本、皮の鎧四つ、ゴブリンの杖二本、皮の盾九枚、鉄の剣五本を出して並べた。

「革の鎧以外は全部ゴブリンのドロップ品か。革の鎧については返り討ちにしたというとこか。ふ～ん、お前なかなかヤルみたいだな。革の鎧以外は二束三文だ。鉄の剣もだいぶガタがきている。そうだな、しめて二万四七〇〇ネラってとこだ」

「その金額でお願いします。あとマジックポーションを一〇、弓矢を四〇、ポーションを一一、それからこの剣をください」

「ちょっと待っていろ。マジックポーションが一〇で弓矢を四〇……黒鉄の剣が五万、合計で八万五五〇〇ネラだ」

「じゃあ、差額をお支払いしますね。六万八〇〇ネラ、確認してください」

「ん、確かに。お前もスタンピードに出んのか？」

「はい。参加するだけで一〇〇万ネラです。それに俺、これでもDランクなんですよ」

「登録一〇日目後でDランクかよ。お前、よほどいいスキル持ってんな。でもよ、まだ一〇日だ。前線に出るんじゃないぞ。まず生き残ることを考えろ」

「はい、ありがとうございます」

おっちゃん、俺も危ないマネはしない。滅多の杖を撃ったら後ろに引っ込むよ。

俺は北の門から森へ向かった。森の縁まで辿り着くと滅多の杖を出す。試し撃ちする前に森にエリアサーチをかける。赤丸多数、青丸無し。

両手に持ち水平に構える。魔力を杖に込める。六角の杖が青白く輝いた。トリガーを押すと反動とともに森に赤白い光線が一直線に伸びていった。

「おい！　ビーム〇ードかよ！　あっ！　トリガー押しっぱなしだ」

ビーム〇ードを左から右に横なぎにする。森が横一文字に切断された。火事になることもなく一瞬で焼き切る。

急激に体から何かがごっそり抜ける。目眩が……立つのがやっと。

「魔力切れか……。ヤベェ！　意識が遠くなってきた。視界が暗くなってきたぞ」

買ったばかりのマジックポーションとポーションをガブ飲みにする。

視界は戻り意識も浮上したが節々の痛みと眠気に襲われ再び意識が飛びそうだ。

「マジでヤベェ」

俺は横なぎにされた森の木々やゴブリンやコボルト、オーク、ハンターウルフ、巨大なカエルや蛇の魔物などの死体を片端からアイテムボックスに収納。

森はビーム〇ードの跡で扇形に伐採されていた。

何か近づいて来る気配がする。俺は上空に一気に上昇し退避。とりあえず戻って横になりたい。

戦闘とか無理だ。ひと眠りしたい。早く門へ行こう。

《Side　Aランク冒険者ハリス》

魔物の氾濫が明後日の朝には到達する。

俺はその発表を聞いたとき一五年前の氾濫を思い出した。

当時はこの街で衛兵をしていた父と母の三人で暮らしていた。父は準男爵家の長男であり婚約者もいたが、メイドをしていた母と恋仲になり次期当主の座を叔父にゆずり辺境の街ラザットに移住、衛兵をして生計を立てていた。

一五年前は今のように町全体を囲う一〇メートルの高い城壁はなかったが、それでも五メートルの石壁が町を囲っていた。五メートルと言えばかなりの高さだ。魔物の氾濫があってもまず大丈夫と誰もがそう思っていた。

しかし石壁はジャイアントトードに飛び越された。一匹が石壁で弓矢を構える冒険者の頭を飛び越えて町に降りると、後を追うようにジャイアントトードは飛び越えて町になだれ込んだ。

俺は親に家いるよう言われていたが、幼馴染のミカの悲鳴を聞いて外に飛び出した。

飲み込まれるミカを目の当たりにした。

家を壊され丸飲みされる人々。逃げ惑う人々、町は内と外で大混乱だ。

ミカを丸飲みにしたジャイアントトードは、俺を丸飲みにしようと舌を伸ばしてきた。

棒立ちの俺は、それが近づいて来るのをただ見ているだけしかできなかった。

そんな俺を助けたのは母だった。普段優しい母は、両手に短剣を持ち舌を切断するとジャイアントトードの頭に飛び乗り脳天を一突きして倒した。

俺は知らなかった。父も母も元Aランク冒険者だった。

氾濫は父と母の活躍もあり沈静化した。

父の活躍は辺境伯の目に留まり王より騎士爵を賜った。そして領地としてここラザットが与えられた。

あの氾濫から強くなければ生き残れないという現実を知った。俺は領主の息子だが強くなるために冒険者になった。

あのときはミカを助けられなかった。でも今は違う。あのときの父や母のように守り抜いてみせる。

北門で衛兵に挨拶をする。この町を常に見守っている有難い存在だ。父も衛兵から身を立てたのだ。

弟のヨハンは、魔物の氾濫後に生まれたせいか経済を重視し人を尊重しない傾向が少しある。大方この氾濫の出費を計算しているのだろう。もう少し人々の顔を見てほしい。人は数字ではないのだ。

北門から出ると森の近くから莫大な魔力を感じた。

「極大魔法！？」

俺は大急ぎで向かった。

魔物の森に着く寸前に人らしき者が空へ飛び上がって町に向かうのを見た。俺はそれを見届けると魔の森へ振り返った。

魔の森は奥に向かって扇状に綺麗に刈り取られていた。よく見ると焼き切ったようだ。火災も起こさず焼き切るのは尋常でない。

魔族？　魔人？　早く町に戻らなければ何事も起きなければいいが。

【　第七話　スタンピード前日　　異世界生活一一日目　】

《Side　ジョージ＝レノル＝ブリュワ辺境伯》

『コン、コン』

ドアをノックする音がする。

「ラッセンで御座います」

執事のラッセンだ。

「ん、入れ」

私は目を通していた書面から顔を上げ、ラッセンを見る。

「アスレ準男爵様から火急に知らせが届いております」

私はラッセンから手紙を受け取ると開いて読む。

魔物の氾濫！？　明後日の朝に町に到着だと！

「ラッセン、ラザットで魔物の氾濫だ。到着は明後日の朝だ。レニルを呼べ」

「ハッ、畏まりました」

クソ！　ここからだと一晩中走らせても到着は昼前だ。

不幸中の幸いは、あそこの領主は元Aランクの冒険者、長男のハリスもAランクだ。

ギリギリだがやれるか？

とりあえずレニルにはすぐさま出立させよう。

《Side　マシュマー＝ソロ＝アスレ準男爵》

明日の朝、魔物の大群がここラザットに到着する。

あれから一五年。魔物の氾濫に備え国の援助を取り付け城壁の構築に力を注いできた。

だが、一〇メートルもの高さとて乗り越えてくる魔物がいないとも限らない。

昨日、ハリスが言っていた森を焼き切り、上空からラザットに進入した人影。魔法使いか？　魔族か？

魔物の氾濫が仕組まれたものなら呼応して城壁の内から火の手が上がるだろう。

何もないこのラザットに仕かける意味がわからない。考えすぎか？

すでに大多数の住民の避難は終わっている。あとは迎え打つのみか。

『コン、コン』

「あなた、私。入っていい？」

「いいよ。どうしたメア。心配そうな顔をして」

「あなた、私、ハリスが心配なの。無謀に突っ込まないか心配で」

「ふふ、そうだな。俺達も大分無茶をした。懐かしいな。四人で冒険者をしていた頃が。金がなくて野宿ばかりしていたよな」

「あなた！　昔のことでなくハリスのことを話しているの！」

「わかっている。仮にもAランクだ。引き際は弁えているさ。まぁ、俺から釘を刺しておく」

「お願いしますよ」

《Side　Aランク冒険者ハリス》

俺は冒険者ギルドでギルドマスターのハイエスと、配置や交代、負傷者の対応について最終確認をおこなった。

俺は冒険者では無く領主代行として今日はココに来ている。

打ち合わせが終わると自然と最近のギルドの話になった。

ハイエスから一一日前に登録した男が早くもDランクになった話を聞く。

早すぎる。何か成長促進系のスキルを持っているんじゃないのか？

ハイエスが言うには、鑑定をかけるたびにスキルの構成が違うらしい。

どうやら隠蔽スキルを持っているようだ。ハイエスいわく人は悪くないらしい。

事情持ちか。貴族の可能性もある。

守秘義務でスキルについては詳しいことは教えてくれなかったが、魔術師ギルドのフィーネと付き合っているらしい。

羨ましい限りだ。

俺は一八歳だが婚約者はいない。普通はいてもおかしくない年齢だ。

俺は一〇歳になると王都の学園に通いながら冒険者登録をしてGランクから仕事を始めた。

Cランクになると『ブラフ』のダンジョンに潜りに行った。

平民とつるみ、危険なことをする俺は自然と学園でボッチになった。

家が準男爵家であること、辺境であること、そして平民とつるみ付き合いが悪いこと、自分の娘を嫁がせようと思う点がない。

幸い、準男爵家程度なら平民から嫁をもらうことも多い。俺もそうなるだろう。

この戦いが終わったら……。

やばい、やばい。死亡フラグが立つところだった。これについては考えるのを止めよう。

《Side　ケンジ＝タカハシ　異世界生活一一日目夜》

滅多の杖のひと振りで五二〇もの魔物を葬った。

その中にはゴブリンジェネラルが一匹、ゴブリンロード二匹も含まれていた。

わざわざ店で買った黒鉄の剣が八本、鋼の剣が一本、他にも三〇〇を超える魔物が装着していた武具をあの一振りで手に入れることができた。

魔石もあるから換金するとかなりの金額になる。弾丸のレシピを払っても余裕だ。

レベルが５６まで急上昇し体力が８４００、魔力が７２８０までになった。

腹が減った。ご飯にしよう。

晩飯は、シチューに黒パン、川エビの素揚げ、トマトとレタスのサラダだった。

黒パンをシチューにつけて食べる。不味くはないがどこか違う。

元の世界では、シチューをご飯にカレーのように上からかけて食べていた。

美味かったなぁ。お替わりしたっけ。はぁ〜〜。

《異世界生活一二日目朝》

朝食後、ギルドに行き明日の配置を聞いた。

俺はボッチ剣士なので、他のソロ冒険者とひと括りにされ最前線より後ろの位置で戦うことになった。

戦いの進め方はまず城壁から弓矢や魔法で攻撃してから打って出るとのことだ。そしてある程度引きつけたら騎士団が横腹に突撃する予定になっている。

そして昼近くまで持ちこたえれば辺境伯軍が到着するらしい。

ステータスを確認すると、いつの間にか『創造神の使徒』になっている。

神の使いだ。

『自由にして良い』って言っていたのに。野放しできるレベルを超えちゃったか。

時空間魔法がレベル５になった。剣と魔法の世界でお馴染みの時空間収納（インベントリ）が可能になった。これで温かい食べ物も温かく保存収納され経過劣化しない。取り出せば、そのまま温かく食べられる。

昨日の滅多の杖による魔物の死体を時空間収納へと移す。とりあえず生ものはこれでＯＫ。

そして、強奪スキルがレベル６になり、半径四メートル圏内なら手で触らなくても強奪可能になった。戦闘が楽になる。

四メートル。市道の幅ぐらいか……殺れるか。

ゴブリンキングのスキルを強奪しよう。

◆
◇

俺は魔物の森の入口に転移した。森は扇形に開けており目視で魔物の姿はない。飛空術で二〇メートル上昇し奥へと移動する。途中、魔物の反応はあるが総てスルーし奥へ奥へと進む。

エリアサーチも機能が向上した。今までは魔物が赤丸、人が青丸だったが以前鑑定した魔物なら種別がわかるようになった。これは鑑定スキルのレベルが上がったことも影響にあるだろう。

また、盗賊など自分に害をもたらす人類をオレンジ、そうでない者は青とわかれた。

さらに、追跡マーカーが付けられるようになった。


赤丸が幾重にも重なる所が見えてきた。

「ゴブリンキングは？」

遠くのモノをよく見えるようになる遠目スキルを用いて鑑定スキルをかける。

「いた！」

取り巻きのゴブリンジェネラル三匹と開けた場所にいた。ゴブリンジェネラル、倒したヤツをいれて四天王だったのか。
鑑定。

『ステータス』
種族：魔物　ゴブリンキング　年齢：１才　性別：♂
ランク：Ａ＋＋
レベル：５０
体力：１０３２０／１０３２０
魔力：６３５０／６３５０
幸運：Ｂ
状態：良好
基本スキル（ＮＳ）：剣術Ｌｖ．６　豪打Ｌｖ．５　気配遮断Ｌｖ．５　回避Ｌｖ．５　回復魔法Ｌｖ．５　剛力Ｌｖ．５　体当りＬｖ．５　気配察知Ｌｖ．５　統率Ｌｖ．６
レアスキル（ＲＳ）：瞬動Ｌｖ．５　夜目Ｌｖ．５　氷魔法Ｌｖ．５　遠目Ｌｖ．５　獲得経験値２倍
性豪Ｌｖ．７　絶倫Ｌｖ．７　雷魔法Ｌｖ．５　神速Ｌｖ．３　身体強化Ｌｖ．５
スペシャルスキル：従属化Ｌｖ．６　魔力回復（大）必要経験値１／２　詠唱破壊　状態異常無効
ユニークスキル：再生Ｌｖ．２
エクストラスキル：
称号：
加護：

装備：ティソーナ（炎の剣）
備考：

レベル50か。

目ぼしいスキルは【氷魔法】、【神速】、【魔力回復（大）】、【必要経験値1／2】。

「キングだけを狙い離脱だ。いくぜ！」

キングの後ろに転移すると右肩甲骨の下にナイフをぶっ刺す。

「チッ硬い。なら俺と空へランデブーだ」

三ブタを残し上空に転移する。高さは二〇メートル。

「残念だな。空中じゃあ、【神速】は使えないだろ、これで終わりだ」

もう一本ナイフを出すとキングの首に突き刺す。その時急に悪寒がした。

「うしろに何かいる！！」

とっさにキングの後ろに回り位置を入れ替える。

「黒いゴブリンだ！！」

金色の兜をかぶった黒いゴブリンが剣を振り下ろしていた！

キングは左肩から袈裟切りに二つに斬り裂かれ、同時に後ろの俺も一緒に斬られてしまう。

「があああぁぁあああーーーー！！！」

痛ってーーーーーーーーー！　傷を……クソォーーーーー！！

死んでたまるか。こんなところで終われるか。終わってたまるか！！　転移したらポーションで…。

「転移！！」

上空へ転移する。すると転移したすぐ後に黒いゴブリンが突如現れた。

「！！！！」

付いてきやがった！

「チクショーーー！！　転移持ちか！！　転移！！」

ヤツが転移して来る前にさらに上空に二段転移をする。

だが……。

「付いてきやがる！！」

俺は傷口に急いでポーションをぶっかけると今度は下に転移した。転移を繰り返すごとにポーションをガブ飲みし、身体にポーションをぶっかける。

「死なない。死ぬものか。死んでたまるか！」

五度も繰り返えすと追ってこなくなった。

「やっと諦めてくれた。いや、見逃してくれたのか。……なんなんだ！　アイツは！　クソ！　クソ！　クソ！」

俺は痛みを堪え遠目でヤツを鑑定する。

『ステータス』
種族：魔物　ゴブリンエンペラー　年齢：1才　性別：♂
ランク：S
レベル：78
体力：21040／21040
魔力：13560／13560
幸運B＋

状態：良好
基本スキル（NS）：剣術Lv．8　豪打Lv．8　気配遮断Lv．7　回避Lv．7　全属性魔法Lv．5　剛力Lv．8　体当りLv．7　気配察知Lv．7　統率Lv．8　浮遊Lv．2
レアスキル（RS）：瞬動Lv．5　夜目Lv．5　氷魔法Lv．5　遠目Lv．5　獲得経験値2倍
性豪Lv．7　絶倫Lv．7　雷魔法Lv．5　神速Lv．4　身体強化Lv．7
スペシャルスキル：従属化Lv．8　体力回復（大）必要経験値1／2　詠唱破壊　状態異常無効　魔力回復（大）転移魔法Lv．2
ユニークスキル：再生Lv．4
エクストラスキル：
称号：
加護：
装備：フルンティング（血をすするごとに堅固になる魔剣）　エーギルの兜（威圧の兜）
備考：

ゴブリンエンペラー……。

「はあぁ？　イヤイヤ、ナイナイ。キングとエンペラーが同時に一緒とかナイナイ、もう一度だ」

ゴブリンエンペラー……、そんなバカな？　ありえない。

「苦ぅ！　意識が……」

血が出すぎちまったか？　北門まで……なんとか……。

「転移！」

「ハア、ハア、ハア、ハアー、ハア」

俺は北門にギリギリの状態でたどり着く。門番が慌てて駆け寄るが朧げに見える。

助かるかな。はは。

その後意識を失った。

◆◇

目が覚めると俺はベッドに寝かされていた。

「知らない、天井だ」

まさか、エ○ァンゲ○オンの鉄板ネタを言うハメになるとは。はは。マジ笑えないわ。

体を起こすが痛みはない。誰か治療してくれたようだ。おそらく再生スキルも仕事をしているだろう。

「クソ！」

転移魔法はスペシャルスキル。スペシャルスキルは一〇〇〇人に一人。

いつから自分だけと勘違いした。自分以外に転移魔法を使うヤツが現れるだろう。調子に乗っていた。勘違いしていた。特別だと思っていた。

「バカだ。俺はバカだ。バカバカだ！！」

ステータスを確認するとレベルが58になっていた。

スキルも、氷魔法、神速、魔力回復（大）、必要経験値1／2とみな獲れていた。

ゴブリンキングのドロップ品としてティソーナ（炎の剣）を手に入れた。ゴブリンキングの死体も時空間収納《インベントリ》にある。

「どうやってゴブリンエンペラーを倒すかだ」

空は飛べないようだ。転移魔法もレベル2、見える範囲の転移しか使えない。

空なら有利か。いや過信できない。まだ何かあるかもしれない。

ヤツには必要経験値1／2と獲得経験値2倍がある。レベルがどんどん上がってしまう。手が届かなくなってしまう。

「急がなければ……ヤツより早くレベルを上げ討たなければならない」

やることは一つ。滅多の杖で一気にレベルアップして葬る。一発でヤツのレベルを越えられなければ二発撃って越えるまでだ。

必ず仕留める。逃げられないようにマーカーを付け地のはてまで追いかけてやる。

「必ず殺す。絶対にだ！」

そのためには最前線だ！　最前線にいなければならない。

ドアの外に人の気配がする。それも複数。

ドアが開きハイエスとその他男三人が入って来る。ハイエス以外は知らない顔だ。

「いやー良かった。気がついたようだね。俺はハリス。ここの領主の息子でAランク冒険者だ。ハイエスはわかるね。右が騎士団長のヴォレス、左が衛兵長のレイモンドだ。ここは衛兵所だ。詳しい話を聞かせてもらってもいいかな」

領主の息子！？

「わかりました。僕は朝ギルドで明日の配置を聞いた後、魔の森にゴブリンキングを倒しに行きました。僕は転移魔法が使えるので魔物の森まで転移し、そこから奥へ飛行術を使いました。飛行術とは僕が自分であみだした空を飛ぶ方法です。奥の奥まで飛びゴブリンキングを見つけ、空へと連れ去り空中でヤツを仕留めました」

「ゴブリンキングを倒したのか！」

「はい、死体を見ますか？」

「すまない。出してくれるか」

ハリスが言う。他の三人も異存は無いようだ。

俺は時空間収納《インベントリ》から左肩から右腰骨にかけて二つに分かれたゴブリンキングの死体を出した。

「おい、まっぷたつにしたのか！？」

ハイエスが驚き聞いてくる。

「違います。僕は右肩甲骨の下に一刺ししてから首にもう一刺しして倒しました。まっぷたつにしたのはゴブリンエンペラーです。ヤツは僕の背後に転移して現れ、斬りかかってきました。とっさにゴブリンキングの死体を盾にしたのですが、一緒に斬られてしまって。その後は必死に逃げ帰って来ました」

「ゴブリンエンペラー……確かなのか？」

「僕のレベル6の鑑定を確かめました。ゴブリンエンペラーのレベルは78、体力は21000、魔力は13500。剣術はレベル8、雷魔法と氷魔法がレベル5、神速がレベル3、転移魔法を使う。回復系には体力回復（大）と魔力回復（大）と再生がレベル3あります。獲得経験値二倍、必要経験値1／2でどんどん成長しレベルアップする化物です」

「バカな、レベル78……」

騎士団長のヴォレスが呻く。

「無理だ。勝てるわけがない」

衛兵長のレイモンドも呟く。

「ヤツには僕があたります」

「君なら倒せるというのか……」

ハリスは言う。

「僕のステータスをお見せします。ステータスオープン」

仕方がない協力してもらうにはこれが一番早い。

「レベル58、勇者！」

ハイエスが大きな声を出して驚く。他の三人もかなり驚いている。

ステータス表示は『創造神の使徒』と強奪スキルの部分を隠蔽した。

「今の僕ではヤツには勝てません。ただ僕も獲得経験値二倍、必要経験値1／2があります。ヤツより早くレベルを上げれば勝てます。前線に立ち極大魔法で一気に殲滅してヤツのレベルを上回れば勝てます！ ただ魔法を撃っている間は無防備なのでその間僕を守ってほしいのです。お願いします」

俺は頭を下げた。

「……わかった。オレがお前を守る！ 守ってみせるぜ！！」

ハイエスは俺の目を見て宣言する。他の三人も頷いている。

殺るしかない。殺す。絶対に殺す。

《Side Aランク冒険者ハリス》

「ゴブリンエンペラー…確かなのか？」

俺は我が耳を疑った。

ゴブリンエンペラー、天災級の化物だ。伝説の中だけの存在じゃなかったのか！？

「僕のレベル6の鑑定を確かめました。ゴブリンエンペラーのレベルは78、体力は21000、魔力は13500。剣術はレベル8、雷魔法と氷魔法がレベル5、神速がレベル3で転移魔法を使います。回復系には体力回復（大）と魔力回復（大）、再生がレベル3あります。獲得経験値二倍と必要経験値1／2でどんどん成長しレベルアップする。化物です」

なんだと！　７８！！　体力が２０００超え魔力も１３０００以上！　獲得経験値二倍、必要経験値１／２！？　どんどん成長する！

今すぐ倒さないと魔王になってしまう！　クソーどうすれば！　どうすればいい！？

「バカな、レベル７８……」

騎士団長のヴォレスが呻く。

「無理だ。勝てるわけがない」

衛兵長のレイモンドも呟く。

騎士団長のヴォレスさえレベルは４０。ゴブリンエンペラーの半分だ。

「ヤツには僕があたります」

ケンジ君は言う。

「君なら倒せるというのか……」

捨駒になるつもりなのか。だが、誰が止めを刺せるというのだ。誰もできん。できるヤツがいない。

「僕のステータスをお見せします。ステータスオープン」

開示されたステータスを見て俺は我が目を疑う。レベル５８。体力が１２０００以上、魔力が約１００００。

「レベル５８、勇者！」

ハイエスが大きな声で驚く。

勇者！！　……勇者！！　俺はケンジ君に見入る。この少年が勇者！？

「今の僕ではヤツには勝てません。ただ僕も獲得経験値二倍、必要経験値１／２があります。ヤツより早くレベルを上げれば勝てます。前線に立ち極大魔法で一気に殲滅してヤツのレベルを上回れば勝てます！　魔法を放つ間は無防備なのでその間、僕を守ってほしいのです。お願いします」

少年に頭を下げてお願いされる。ゴブリンエンペラーのレベルは78。

上回れるのか？

だが、これに賭けるしかない。賭けるしかないのだ。

「……わかった。オレがお前を守る！　守ってみせるぜ！！」

ハイエスが答える。ハイエスはヤル気だ。眼に殺気が宿っている。

やるしかない。ヴォレスもレイモンドも同じ考えに至ったのだろう。

「おし！　いっちょ、お前が勇者だと広めて冒険者共を鼓舞して来るぜ。任せろ！　士気を上げに上げてこの戦いに望むぜ！　先いくぜ！」

ハイエスは出ていった。ギルドマスターとして皆に希望と勇気を持たせ鼓舞するために。

押し寄せる全ての魔物を倒しこの町を守る……。

「各自別れて打ち合わせだ。ヴォレスもレイモンドも士気向上を頼んだぞ！」

「「了解！」」

やってやるぜ！！

【第八話　スタンピード　異世界生活一三日目】

《Side　衛兵長レイモンド》

現れた魔物は軍団と呼ぶにふさわしい圧倒的な数だ。棍棒や剣、槍などを持ったゴブリン、狼の魔物、オーク、ラプドル（小型二足恐竜）が前衛に、トレント、オーガ、地竜、キングストンナーガが後方に見てとれる。

ゴブリンエンペラー…金色の兜をかぶった二メートルの黒いゴブリン。

数が多すぎてどこにいるかわからんな。

数の暴力。これだけの数を良く統制している。

こんな大群とどうやって戦うのだ。一瞬思考が停止する。

伝令に来た若い衛兵もあまりにも多いその数に唖然としている。

「勝てるのか？」

思わず声が漏れてしまった。

「衛兵長、我々は負けません。勇者様がついていています。必ず勝ちます」

こんなヒヨッコに励まされるとはな。ふふ。

「ああ、そうだ！　勝って当たりまえ！　だから前に出すぎるな！　怪我でもしたら勝利の美酒が飲めなくなるぞ！　いいな！」

「はい！」

「レイモンド様、そろそろ勇者が出撃します」

「勇者の護衛はハイエス殿か」

「はい、ギルドマスターです」

ハイエスは元Aランクだ。勇者を守ってくれ。頼んだぞ！

鎧を着た準男爵のマシュマー様が現れた。マシュマー様は最前線で戦う人だ。だから我々は付いて行く。

「すごい数だな！　レイモンド！」

「はい。ゴブリンエンペラーはどこにいるか見分けがつきません」

「この数だからな！　はっははは！！」

縮こまった兵の心を吹き飛ばすがごとく、マシュマー様は大声で笑う。

ついに始まる。命を懸けた戦いが。

《Ｓｉｄｅ　ギルドマスター　ハイエス》

ヤツらを迎え討つべく俺達は城門の前に陣地をはり到着を待つ。ケンジの極大魔法の後、すぐに追撃できるようにするためだ。

回復班は城門内、輸送班も後陣の配置についた。

「ルボルギギュア！　ルフッテググディラーー！！」

「「「ギャギャグギグディア！！」」」

「「「ウォーーン！　ウォーーン！」」」

「「「ギャーーーオーーーン！！！」」」

「「プッシャーーー！！！　プッシャーーー！」」」

けたたましい鳴声と雄叫びが聞こえ、ヤツらが草原に現れた。

「なんて数だ。三千はいる」

地竜がいやがる。あれはキングストンナーガ！　使役できるヤツがいるのか！

「ハイエス。転移で最前線に飛ぶ。僕の背中に手をついて」

俺はケンジが言うように背に手を付いた。

「行きます！」

「うおぉ！？　ちょっと待て！　近い、近い、近すぎる！！」

一瞬でヤツらの目の前に来てしまった。ヤバイ！　ヤバイ！　近い！　近すぎる！！

「ハアァァアァァアァァアァアァアァアァ！！！」

ケンジの気合のこもる声で振り返る。両手に持った六角形の金属の棍棒が青白く輝く。棍棒の尻についた青い宝玉の中で凄まじいスパークを繰り返す。

ひときわ大きいゴブリンが俺達を指差して叫ぶ。

「グギャ、グギャグギガ！！」

「「ウォオオオーーーーー！！！」」

大群が濁流のごとく走り出した。突っ込んで来る！

「ケンジ！　早くしろ！　ヤツらが来る！」

俺は恐怖で叫んでいた。

「ハアァァアァァアアァァア……ァアーーーーーー！！　うおりゃーーーー！！」

熱風とともに赤白い光線が遥か彼方へとすっ飛んで行く。

ケンジは左から右に腰を回し赤白い光線を横薙ぎに振るう！　背の低い物は首から上を失い、背の高い物は胸から上が消えうせ狩られてゆく。

斬り払った！　光の大剣が圧倒的力で大群を斬り払ったのだ！！

この威力はなんだ！！　圧倒的殺傷力！！！　目の前の光景はなんだ！？　あり得ん。こんなことが、こんなことが……あって……。

「ハイエス！　ハイエス！！」

俺はケンジの呼ぶ声で現実に引き戻される。

「ハイエス！　まだ終わってない！　半分残っている。急激なレベルアップで貧血だ。一旦下がる。下がったら追撃してくれ！！」

「うっお、わ、わかった。任せろ！」

あっという間に城門内に転移した。ケンジはうずくまっている。

すぐには動けそうにない。

「俺は皆を率いて追撃に討って出る。ケンジ、アレはもう一度撃てるか？」

「銃身が冷えれば。でも二発目はゴブリンエンペラーが撃たしてはくれないでしょ」

そうだ！　ヤツがいる！　レベル７８のバケモンがいやがる。

「チィ、ヤツか。レベルはどうだ？」

「８２まであがった。落ち着いたらヤツを討ちに出る」

「わかった。早く戻ってくれ。ゴブリンエンペラーは任したぞ！」

ケンジは了承したのかサムズアップで返した。

よし行くぞ！　今ならケンジの一撃で地竜も弱っているはず！　ドラゴンスレイヤーはもらった！

《Ｓｉｄｅ　ケンジ＝タカハシ》

ハイエスは城門の外へ出て行った。

「お前ら！　勇者の一撃で魔物は半死半生だ！　一〇〇〇万狙うヤツは俺について来い！　いくぞーー！！」

「「おおおおぉぉぉぉぉぉぉーーーーー！！」」

仰向けに目を閉じて貧血がおさまるのを待っていると雄叫びが聞こえてきた。

みんな、討って出たか。俺は起き上がるとアイテムボックスからマジックポーションを出し一本、二本、三本、四本とグッと飲む。

「少し楽になったな」

周りを見ると回復担当の者が俺を遠巻きに凝視している。やっちまったか。もうこの街にはいられねぇ。しゃあない、次の町に移るか。

更に三本グッと飲む。おし、だいぶ落ち着いた。

「さて、ゴブリンエンペラーを葬りに行くか」

俺は腰をあげ城門へ向かう。

「待ってケンジ！」

振り向くとフィーネとシャルがいた。

「ケンジ君、勇者だったの」

シャルが聞いてきた。

「ええ」

「ケンジ！　必ず私のところに帰ってきて！」

フィーネは両手を胸元で合わせ祈るような仕草だ。

「ああ、わかった。行って来る」

俺は右手をあげフィーネに軽く挨拶をした。

帰ってからHかー？　イヤイヤ体を休めたいんだよ。宿屋で寝るわ。スマン勘弁な。

俺は城門を出るとエリアサーチをかける。

「ヤツはどこだ？」

いた。どうやら大群の後ろで高みの見物をしているようだ。助かった。ヤツに前に出てこられては誰も生き残れない。

せっかくバンバンとレベルの上がるスキルを持っていながら、自分の強さに胡座をかいたな。その余裕が命取りだ。

俺は魔の森上空へ一瞬で転移すると、ティソーナ（炎の剣）を抜いて飛行術でヤツに突撃をかます。

迎撃魔法や弓矢が俺目がけて飛んでくるが、転移によるショートジャンプで総てかわし接近する。

ヤツまであと少し。加速を限界まであげ突っ込む。捉えたぞ！

「はあぁぁぁーーーー！！」

気合一閃！　おもいっきり袈裟斬りを放つ。

しかし、忠義なゴブリンジェネラルが間に入り真っ二つになった。

「ブギャァァァーーーー！！」

チッ！　転移で距離をとる気だな！

「させん！」

俺はすかさずヤツの転移魔法を強奪する。距離四メートル内、強奪成功。

ヤツは転移できず、え！？　と驚く。

お前もそんな顔ができるんだな。俺は次に【神速】スキルを強奪する。

ヤツは気を取り直したのか剣を構える。間合いを見てドタドタと向かってきた。

俺は【神速】スキルを使いヤツの目の前に立ちはだかる。

ヤツは上段から剣を振りかぶってきた。

俺は振り下ろされる剣よりも早く左に回り込むと、ヤツの首をティソーナで叩き落とした。

ヤツの首が地面に転がった……。

あっけなく終わる。俺はゴブリンエンペラーの首を見詰める。

お前、勘違いをしたんだな。唯一無二の存在、最強だと自惚れたか。わかるぜ。俺もお前に斬られるまでそういうところあったから。

だがよ。唯一無二の存在なんてないんだよ。常に上を目指し剣を振るうしかないんだ。

左手にヤツの髪を掴み頭上にかざし大声を叫ぶ。

「うおおおおおおぉぉぉぉぉぉーーーーーーー！！　ゴブリンエンペラーーーー討ち取ったぞぉぉぉぉーーーーーーー！！！！」

「うおぉぉーーー！　勇者が殺ったぞぉぉーーー！！」

ハイエスも叫ぶ。

「「「勇者！　勇者！　勇者！　勇者！　勇者！」」」

「お前らーーーーーー！　今からボーナスタイムだーーーーーー！　一匹残らずぶっ殺せーーーーーー！！」

と叫ぶとハイエスは地竜に向かって斬りかかる。

「「「うおぉぉぉぉぉーーーーーーーーーー！！」」」

俺はゴブリンエンペラーを異空間収納に仕舞うとキングストンナーガに向かう。

キングストンナーガはSランクの魔物で災害種だ。体長は二〇メートル、胴の太さは直径二メートルはある。鎌首を上げた高さは五メートルを超える。

口から溶解液を吐き飛ばし岩をも溶かす。身体を覆う鱗は鋼の硬さだ。エアーカッターでも切断することができないと聞いた。

俺は【神速】スキルで後ろにまわりヤツの尻尾を抱える。

クソ！　重い！　んぐぐぐ。

「ダァーーーーーーーーーーーー！！！」

力任せに横振りし、そのままジャイアントスイングをする。

「うぉーーーーー！！　こん畜生ーーーーーーーー！！」

二〇メートルの鋼の棍棒はまわりのゴブリン、オークをヤツらの絶叫と共に次々にミンチに変えてゆく。

あらかたミンチになると、俺はキングストンナーガの頭を右に左へと地面に叩きつける。

「ウオリャ！　ウオリャ！　ウオリャララ！！」

地面は陥没、それでもキングストンナーガの頭は潰れることなく原型を留めている。

しかし、眼に生気はなく大きく開けた口から長く赤い舌が垂れる。鑑定すると死んでいた。

俺はソレを放り捨てる。生臭くなってしまった。

「クリーン！」

臭いは無くなり汚れも落ちる。心が落ち着いたので周りを見渡す。どうやらあらかた片付いたようだ。

横合いから襲撃したハリス率いる騎馬隊も掃討作戦に移ったようだ。後はハリスに任せよう。

「ふぅーー。一〇〇〇万貰えるかな。貰えたらいいな」

俺は城門に向かって歩きだした。

「腹減ったな。昼前か。辺境伯はまだこねぇみたいだな」

遠巻きに俺を見るだけで誰も俺に話しかけてこねぇ。やれやれ。

「ん？　どうした？」

魔法使いらしい女性が浮かない顔をしている。よく見ると仲間の戦士の右腕が肘からない。

血止めは、なされている。

ああ、そういうことか。

「ちょっと見せてみ。右手はある？」

「……ありません」

「そっか。名は？」

「……トビーです」

「トビー、いまから右手を治す」

「え？　そんなことが…」

俺は切断された肘に向かって唱える。

「エクストラヒール」

かざした右手から目映い光が放たれる。切断された肘がモリモリと泡立ち肉になっていく。やがて指先まで形成し光がやんだ。

そこにはトビーの細身だが筋肉質の腕が戻っていた。

「えっ……」

「……うそ！？　トビーーー！！　腕が、腕が治っている！」

「あ、あ、ありがとうございます！　勇者様！」

「あ、いいよ。それより指や腕を動かしてごらん」

トビーは言われた通り指を動かし腕を上下させ、自分の得物の黒鉄の剣を振っている。

「どうやら大丈夫のようだね」

初めてエクストラヒールを使ったがリハビリはいらないようだ。

「私はフロリー、ありがとうございます。勇者様」

俺は手で制すると大声で言う。

「皆さん！　欠損した手、足や酷い火傷の方がいらしたら僕が治します。そういう人がいたら声をかけてください。城門を入ってすぐの場所で待っています！　お金は要りません」

固唾を呑んで見ていた周りの冒険者達は、トビーの腕が光と共に形成され元どおりに治るのを見て愕然する。

無料で欠損や火傷を治すと宣言すると大きな歓声があがった。今まで化物を見る目で恐れていた彼らは驚嘆し感謝の言葉を掛ける。

フィーネは御伽噺のような一場面に出会ったかのように興奮が隠せない。シャルもその様子を見て驚き溢れんばかりの笑顔だ。

城門の内側で待っていると欠損した人や火傷をした人々が集まり列をなす。中には大八車で運ばれてくる重傷者もいる。

俺は危険な状態の者から順番に対応する。

皆早く治してほしいと思っているだろう。それでもギルド職員の手もあって行儀よく順番を待ってくれた。

妹の腕が治ると姉は妹を抱きしめ涙を流している。姉は振り返る。

「なんと感謝を述べたらいいかわかりません。ありがとうございます。ありがとうございます」

「治していただき本当にありがとうございます」

俺は笑顔で答えマジックポーションをひと飲みし手を振る。

昼はフィーネの差し入れを食べながら治療を続け夕飯前にはひと通り終わった。

これからホッカホッカ亭とかいう宿屋の一階を貸し切って、冒険者ギルド主催の戦勝会があるらしい。

俺は一休みしてから顔を出すとハイエスに伝え金鎚亭に向かった。

冒険者ギルドは俺が勇者であることを広め冒険者達を鼓舞して回った。それを聞いた金鎚亭の主人オムイや他の宿屋の者も逃げることを止め留まった。必ず氾濫は討伐されると信じ冒険者が帰る場所を開けたのだ。

「疲れた。一眠りしよう」

金鎚亭につくと宿屋の娘アンナが出迎えてくれた。

「ふふ♪　ケンジさんお帰りなさい♪」

「ああ、ただいま。五日ほど宿泊の延長を頼めるかな」

「ありがとうございます。部屋は同じでいいですか？」

「うん、それで」

「おおぅ！！　ケンジ！　もういいのか！」

宿屋の主人オムイが奥から笑顔で出てきた。

「ああ、戦いは終わった。戦勝会はあるけど一眠りしたい。一眠りする前に何か食べさせてくれ。腹すいて、もたない」

「はは！　ステーキだが大丈夫か？」

「ああ、問題ない。あとエールを一杯」

「はいよ。まいど」

俺はテーブルにつくと片肘をついて待つ。

勇者とバレてしまった。貴族と会うことになったら面倒だ。王様に会うとかなったら苦痛すぎる。どうやったら今までと変わらない生活ができるだろうか。

「ふう〜」

「はいお待ち。お代わりはあるからお代わりしてね」

俺はステーキを一口切り分けると口に放り込む。うまい！　もう一口放り込む。うまい！　エールをゴクゴクと半分ほど一気に飲む。

「ぷはぁ〜〜」

かぁ〜〜うまい！

「アンナちゃん、エールもう一杯」

「はい。ありがとうございます」

俺は考えるのを止める。今は美味しい食事とエールで心を癒すことにしよう。

◆◇

金鎚亭でお腹も満たし眠くもあったが、ハイエスに顔を出すと言った手前行かないわけにはいかない。

ホッカホッカ亭をエリアサーチで探す。青丸がたくさん集まっている一箇所がある。ここだろう。

俺はタラタラと歩く。通りには篝火が等間隔で立てられ兵士が巡回している。どうやら酒を飲んだ後の喧嘩や物取り、誘拐を警戒してのものらしい。

一緒に戦った衛兵や領主の騎馬兵とも鎧衣装が違う。辺境伯の兵だろうか。

ホッカホッカ亭に着くと宿の前にもテーブルが並べられ皆思い思いに飲んで食べている。

宿屋の手伝いか串焼き屋の屋台も出ている。

口々に自分の武勇伝を語り相手の武勇伝に大げさに驚き盛り上がっている。

俺はそんな中を宿に向かって歩く。

「おい！　勇者だぞ！　あらためて見ると若えよな」

「ああ、でもよ。キングストンナーガをぶん回してんのを俺は見たぜ」

「おいおい。マジかよ。化物かよ」

「おい！　気をつけろ。聞こえるぞ」

「おっとイケねぇ」

「バカ！　その後腕を無くしたヤツの腕を生やしたの見たろ」

「おお！　見た見た。スゲェよな！」

「腕や足をなくしたヤツ全員治したんだぜ。化物じゃなくて神様だぜ！」

「はは！　違えねー！」

どうやら戦いよりその後の治療に感謝されているようだ。

中に入りハイエスを探す。すぐに見つかった。ハリスも一緒のテーブルにいる。もうひとりは見ない顔だ。

「おお！　来たかケンジ！　こっちに座れ！」

「おお！　ケンジ、この方は救援に来られた辺境伯軍のトレース隊長だ」

「Dランク冒険者のケンジと申します」

俺は頭を下げる。

「君が勇者か！　若いな！　私はトレース＝インシュバル。よろしく！！」

右手を出してきたので握手を交わす。分厚い手の平を感じる。

俺は空いている席に座るとエールと串焼きを頼んだ。

「ケンジ！　あの極大魔法！　すごかったなー。光の剣が左から右への横薙ぎで半分は片付けたもんな！

アレはどこで手にいれたんだ！」

「出所は言えない。ただ、一回撃つのに魔力が１０００必要です。次に撃つには銃身を冷えなければならないのですが、材質がヒヒイロカネのためすぐに冷えない。あと、重すぎて剛力スキルがないと持ち上げることができない」

「と言うことは、剛力スキルのある魔力が１０００以上の魔法使いか、魔法剣士でなければ扱えないわけか！？」

「そうなります」

ハリスは残念そうだがトレースは安堵したような顔だ。

「ハイエス、配当金はいつになる？　セシリーに借金していて返さなければならない」

「おっ、なんだ。あそこの店にそんな高額の物あったのか？」

とハリスが聞いてくる。

「コレです」

俺はパイ〇ンをテーブルに出す。

「魔法銃……ずいぶん変わった作りだな」

トレースさんは言う。

「鉄の弾を飛ばすのですよ。この弾がいわゆる魔法の矢と同じで一発三〇〇〇ネラもするんです。このスタンピードに備え、後払いで購入したんだ」

「三〇〇って、おい！　高すぎだろ！」

ハイエスが驚く。

「高いよね。でも僕は鍛冶スキルを持っているせいか、この銃を作った人の構想が見て取ることができる。魔力を使わなくても充分な威力のある銃が作れるんじゃないかってね」

「なるほど、勇者殿は鍛冶に興味があるのか」

「借金の心配はいらないだろ。ゴブリンエンペラーを含めお前が一番狩っている。賞金の一〇〇〇万もお前のもんだ。ゴブリンエンペラーの死体は持っているのだろう。あとで出してくれ」

「了解。そろそろ帰るよ」

「おい来たばかりだろ」

「眠くて、ちょっと無理。疲れた」

「しゃあねぇな！　そんじゃしょうがない。おやすみ」

ハイエスは言う。

「ケンジ君、しっかり休んでくれ」

ハリスは労ってくれた。

「勇者殿、ありがとう！」

トレースさんには感謝された。

さて、帰って寝ますか。フィーネもわかってくれるだろう。

俺は来た道をトボトボと歩いて帰る。

途中、冒険者から声をかけられると手を振り、礼を言うヤツには互いの勇気を称え、『急いで飲みに行け』と送り出す。

篝火の辺境伯の兵が俺を見詰めていれば労をねぎらい無事に終わったことを互いに喜んだ。

金鎚亭の前に着いた。夜空を見上げる。どこまでも広く澄んだ夜空。星々の輝きに眼を奪われた。

【第九話　スタンピード後日　魔術師ギルドで】

朝はギルドにお金を貰いに行っても冒険者でごった返しているだろう。俺は混雑を避けるため昼まで自分の部屋で時間を潰すことにした。

四日ぐらいでセシリーは戻って来るのだろうか？　ギルドでお金貰ったらさっさと返したい。

おばあちゃんが言っていた。借金と借りは早く返すのが吉だと、受けた借りも遅くなれば大きくなると。

俺はおばあちゃんに言われたというのもあるが、相手に対して負い目があるのが嫌なのだ。

レベル84になった。二週間たらずで84。それをもたらしたのは滅多の杖だ。あの杖はヤバい。悪用されたら国さえ滅ぶ。フィーネに言って俺が管理しなければ。

いつのまにかドラゴンスレイヤーの称号も付いた。

いつ倒したっけ？　キングストンナーガをぶん回している時か？

俺が勇者であることを黙っていてほしいとお願いすると断られた。ハリスが言うには、領主は勇者を発見したおりには速やかに国に報告する義務があるそうだ。

「ブリュワ伯にも知れている時点で隠すのは無理、あきらめろ」

と言う。

「トンズラするか？」

しかしハイエスやハリス、アスレ準男爵、ブリュワ伯と、トンズラで迷惑もかけられない。

「はぁ〜、国王に上級貴族。ヤダヤダ、会いたくもない」

もう昼か。そろそろギルドもすいてきた頃だろう。

「行くか」

俺は金鎚亭を出て途中、串焼きを五本買う。

串焼き屋のにーちゃんは、『昨日はどうよ。討伐に参加したんだろ？　いいよなぁ、一〇〇万ネラ！まぁ、俺達もその恩恵に預かっているけどな』と笑顔で言う。

このにーちゃんは、俺が誰かわかんないようだ。

一〇〇万ネラを貰った冒険者が散財しているようだ。売り買いが活発になっている。

町を歩いていると冒険者からたびたび声をかけられる。ケガを治した連中か。

俺の格好は初心者に毛が生えたような貧相な装備だ。冒険者でもなければ勇者とは誰も思わないのかもしれない。

人々に囲まれることもなくギルドに到着する。思ってたのと違い少し寂しい。

受付にミレットさんがいるのを見てその列に並ぶ。

「おい！　ケンジ！　こっち、こっち！」

と階段の手前でハイエスが手招きする。どうやら自分の部屋で話がしたいようだ。しかたなく後をついて上へいく。

ソファに座ると金髪でおかっぱ頭のメガネをかけたインテリ美人がお茶を出しくれた。

「早速だが、ギルドガードを出してくれ。討伐数を確認したい」

俺はギルドカードをハイエスに渡す。

ハイエスは俺のギルドカードをインテリ美人に渡すと彼女は一階に降りて行った。

「一〇〇万ネラは現金でいいのか？　本来はギルドカードに入れるんだが、借金の話を昨日聞いたからな」

「そうしてほしい。借金を返した残りで装備を改めたい」

「そうだよな。勇者が初心者装備じゃ格好がつかないしな。あと領主からも報酬があるから明日、俺と領主館にいくぞ」

うーーん、めんどくさいことにならなければいいが。

俺の顔色を見て取ったのかハイエスが言う。

「そう嫌な顔をするな。『金を貰いに行く』と割り切れ」

出されたお茶に口をつけていると下から慌しい足音が上がってくる。

ノックとともにインテリ美人が入って来た。

「ハイエス様、コレを」

インテリ美人は俺のギルドカードを見てパニックになっているようだ。まあ、討伐数だろうな。俺自身ひく数だし。

「……1610。レベル84……」

ハイエスは覗き込むように俺を見る。

「わかった。エリー、こいつのランクをAに直してくれ。あとSランク認定の申込みの手続きを頼む」

インテリ美人はエリーと言うのか。

Aランクになると貴族からの依頼がある。それは困る。

「ハイエス。ランクはCランクでいい。貴族の依頼とか困る。俺を罠にはめる依頼とかありそうだ」

「ケンジ。冒険者ギルドは国から独立した機関だ。Aランクならどこの国でも男爵扱いだ。損より恩恵が多い。Sランクなら伯爵待遇だ。取っておけ。そのほうがお前の身を助けることになる」

なるほど、ランクが低いと貴族の権威に振り回されてしまうということか。

「わかった。Aランクにしてくれ」

エリーはギルドカードを持って降りていった。

「ケンジ。お前、なんで擬装していたんだ」

「勇者ってバレたらめんどうだろ。好きな時に食べ、好きな時に糞をする。気楽に生きたいからな」

「……そうか、わかった。ただの冒険者として接するよ」

「ありがとう」

エリーが戻ってきた。

「賞金一〇〇〇万ネラはカードに入れておきました。一〇〇万ネラはこちらに」

トレイには金色のカードと大銀貨九枚、銀貨一〇枚が置かれていた。

大銀貨一枚は一〇万ネラ、銀貨一枚は一万ネラだ。ちなみに金貨一枚が一〇〇万ネラだが金貨を使うことは庶民はマレだ。大抵は大銀貨で収まる。エリーは気を利かしてくれたようだ。

お金をしまうとハイエスが腰を上げた。

「裏の解体所に行こう。ゴブリンエンペラーを出してもらう」

俺は頷き、ハイエスのあとに従い下に降りる。

「ケンジ。Sランクは王都の統括ギルドでないと取れない。俺の推薦状と領主の推薦状、統括ギルドでのSランク冒険者との模擬戦で決まる。模擬戦は勝つ必要はない。力を見るだけだ」

裏の解体所についた。

「ハンス！　ゴブリンエンペラーを出す。どこに出せば良い？」

奥からいつぞやの細マッチョ、ハンスさんが現れた。

「いや～ケンジ君、大活躍だったね。驚きだよ」

笑顔で言う。

「ここに出してくれるかい。あと装備品も」

今回のスタンピードは、魔物の死体もその装備品も一旦ギルドに集められる。活躍によって報酬として渡されたりする。ただし俺は一〇〇〇万ネラを貰っているので他に貰うことができない。

ゴブリンエンペラーが持っていたフルンティング（血をすするごとに堅固になる魔剣）とエーギルの兜（威圧の兜）、ゴブリンエンペラーの魔石は王都のオークションにかけられるらしい。

ちなみにゴブリンキングの持っていたティソーナ（炎の剣）と魔石は、俺がフライングで狩っているので対象外としてくれた。

「ケンジ。明日の一〇時にギルドに来てくれ。それから領主館に行く」

「了解」

明日、領主に会うことになった。今の装備は革の鎧に革のズボン、革のマント。お金も貰ったし装備を新調するか。フルプレートアーマーは動きにくいし一々脱ぐのが面倒くさい。身綺麗な格好にしよう。

ハイエスに防具専門店と革専門店、服飾店を教えてもらった。

セシリーの店や魔術師ギルドでも売っているらしい。

先にセシリーの店に行くがまだ帰ってきていないようだ。引き返し魔術師ギルドに入る。

「シャルさん、こんにちは」

「あら、いらっしゃい。今日は私に会いに来てくれたの」

「明日、領主と会うことになって少しはましな格好をしようかと」

「なんだ、つまんない。魔法の装備なら四番窓口よ。四番に行く前にフィーネの所に行きなさいよ。秘蔵のお宝くれるかもよ。フィーネったらケンジのこと大好きだから」

「んじゃ、先にフィーネに会うよ」

俺は三番窓口に向かう。

大好きか……。俺もフィーネのことが好きだ。なんだかんだ言って甘えさせてくれるし、Hの相性バッチリだし。フィーネとなら結婚もいいかもしれない。

……いや、俺一六だし、まだ結婚は早い。それに出会って一四日だ。

三番窓口に立ち呼鈴を押す。奥からフィーネが出てきた。

「遅い！　今何時だと思っているの？　早く中に入って！」

Hですか！？　Hするんですか！？

ふっと振り返り、受付のシャルさんを見ると頬杖をついてニンマリ笑っている。気まずい。黙認Hとかマジ気まずい。俺は生温かい視線を感じつつ中に入った。入ると俺はすぐにフィーネを抱きしめる。花のような匂いがする。いい匂いだ。胸板に押し潰されるおっぱいの弾力とお尻のプニュプニュ感。

たまらん、たまらんぞーーー！

「フィーネ！　好きだ愛してるーー！」

「ちょっ、ちょっ……んぐうぅぅ〜〜」

俺は左手で頭を押さえフィーネの口に舌をいれるとフィーネの口内を貪る。歯茎をなぞり舌を絡める。充分堪能すると口を離す。次はおっぱいだ。

「ちょっと待って！　ね！　待って！　はぁあん、んん〜〜〜」

目に涙をためた顔も可愛いよフィーネ。辛抱たまらん！

俺はフィーネを机の上に押すと、上着をまくり上げオッパイにしゃぶりついた。

二時間後。


満たされた俺は全裸で腹這のフィーネの背から身体を起こす。

あれ？　髪の毛の色が違う。フィーネは明るい茶髪。いま寝ているフィーネは金髪？

顔を覗き込むと涎を垂らして気絶している。酷い顔は確かにフィーネだが若干幼い。いや幼い。

どうゆうこと！？

ん～～、胸は大きいままだ。お尻も大丈夫。

フィーネは気が付きノロノロと体を起こした。

鳶色だった瞳はサファイアのように青い。

「鑑定。鑑定して！」

俺は言われるままフィーネを鑑定する。

『ステータス』
名前：フィーネ＝リサラ＝ティアリア
種族：人間　年齢：１８才　性別：女
職業：魔術師ギルド・ラザット支店三番窓口スクロール担当職員
Cランク冒険者　魔術師
レベル：４６
体力：３０８０／３０８０

魔力：3880／3880
幸運：A＋＋
状態：良好
基本スキル（NS）：火魔法Lv．5　風魔法Lv．5　回復魔法Lv．5　加速Lv．2　気配遮断Lv．3　土魔法Lv．5　水魔法Lv．5　麻痺耐性Lv．4　回避Lv．2　採取Lv．4　生活魔法　毒耐性Lv．4　気配察知Lv．3　棍術Lv．3　調合Lv．6
レアスキル（RS）：鑑定Lv．8　氷魔法Lv．4　錬金Lv．6　隠蔽Lv．5　魔術式Lv．6　偽装Lv．5
スペシャルスキル：
アイテムボックスLv．4　転移魔法Lv．4　付与魔法Lv．5　詠唱破壊
ユニークスキル：
エクストラスキル：
称号敬称：ティアリア王家第一王女　ケンジ＝タカハシの恋人
加護：創造神の加護（大）
装備：
詳細：豚のように太ったキギリス第一王子との婚約が嫌で家出。フィーネ＝ランスターと偽り潜伏中。

へぇ！？　王女……。

どうやら身を隠すために、姿を変える偽装スキルを自身にかけていたようだ。

貴族を避けて通るつもりが初日から王族に遭遇しているとは。しかもヤっちゃった。避妊すらしていない。

金髪青目のフィーネも可愛い。逃亡王女だし平民扱いだよな。いいか。

「フィーネ。君が誰であろうと愛している」

事務室で、全裸で人生初告白である。格好わるい。

「私も愛しているわ。ケンジ」

涙を指でこすり笑顔で応えてくれた。ただし全裸だ。

フィーネは机の上で上体を起こした状態だ。腰にくびれとお尻の丸味。

いやらしい。ムラムラする。あそこがムクムクする。

「フィーネ……」

俺はやさしく言うとフィーネに覆いかぶさっていた。

よし。もう一回戦だ。


一時間後。


身支度を整えた俺とフィーネは、今は椅子に座っている。

「フィーネ。滅多の杖はしばらく貸してもらっていいか。アレは危険だよ。僕が管理したい」

「えーー！？　あれお金かかっているのよ。ただじゃー貸せないわ」

「ゴブリンキングの魔石でどう？」

「う〜ん、それだけじゃあねぇ」

うぬぬ。

「キングストンナーガの魔石を付ける。どうかな？」

「ん〜〜もう一声！」

「エルダートレント一体を付けよう。どう？」

「ゴブリンキングの魔石、キングストンナーガの魔石、エルダートレント一体ね。ＯＫ貸してあげる」

魔石と解体されたエルダートレントは、フィーネのアイテムボックスに仕舞われた。

トホホ、大損だよフィーネ。

◆
◇

四番窓口にいく。窓口にはピンクの髪で青い瞳の女の子が座っていた。

「お兄さん待っていたよ。ずっとＨしているんだもん。来ないじゃないかと思ったよ」

へぇ！？

「ここさぁ、壁薄いんだよ。ちょっとは自重しようね」

と笑われる。

うは～～、筒抜けだったのか。

「すみません」

「よしよし。で、聞いているよ。装備だね。ジャケット、コート、魔法の鎧？」

「ジャケットとコート。ズボンと靴も欲しいです」

「う～ん、一式か。そうだ！　お薦めが一つあるのだけど見てみない？　材質は地竜だから丈夫よ」

俺が頷くと奥へ入るよう手招きする。

「あー私はメルモ、よろしく。はいこれ！　ケンジ君♪」

手渡されたのは真っ赤なジャケットと赤いズボンである。

「作ったはいいけど誰も買わなくてさ。上下で一〇万でどう？」

確かに安い。しかし悪目立ちだ。これでは見付けてくれと言っているようなものだ。

「他にないの？」

「え～～ダメ？　……そうだ！　もう一つお薦めがあるよ」

と笑顔で取りにいく。

「これはどう？」

今度は黒いコートと黒いズボンだ。また原色だ。染色のテスト品か？

「普通のをください。草色か茶色のジャケットとのズボン、あと茶色のブーツに白のインナー」

「ブゥーーーー！　今持ってくるよ」

唇を尖らせながら取りにいった。

「どっちにする？」

草色のジャケットと茶色のジャケットを掲げ聞いてくる。う～～ん、草色かな。茶色は赤茶って感じで鮮やかすぎる。

「草色にします。いくらになります？」

「ジャケットが二五万、ズボンが一〇万、靴が一〇万、インナー一枚一万」

「じゃあ、それ一式とそれとは別に赤の上下と黒の上下をセットで一〇万でどう？」

「えーーー！　二〇万ならいいけど一〇万はないよ」

「指開きのグローブ一組と黒いインナー一枚買うから一五万でどう？」

「う～～ん、それならいいか。グローブも地竜でいい？」

「ＯＫ。グローブの色は黒で」

「全部で六三万ネラね。……ふ、ねぇ～私の目の前で着替えてくれたら～一万ネラまけちゃうよ～どうする～？」

右手の人差し指を唇にあてて尋ねるように聞いてくる。

なんだと！？

う～～ん、お金には困ってないけど、みすみすチャンスを見逃すのも勿体ない。

パンツ見られるだけだし、着替えるだけだし…。

「な、何にもしないでくださいね」

「しないしない。何にもしないって～」

ホントかな？ん～～～、よし。

「着替えます。触んないでくださいね」

「ＯＫＯＫ。は・や・く！」

俺はマント、革の鎧、靴、革の服と脱いでいく。

「へぇ～細いけど見た目以上に筋肉ついているね～。お腹も割れてるし。ふふ、ね～乳首たってるよ～もしかして見られて興奮しちゃったーー？」

「違う。急に脱いだから、寒いだけだから！？」

「ふ～～ん、ズボンも脱いでよ。そのままだとまけてあげられないなーー」

俺は一気に降ろし片足立ちで足を抜いていく。事務室の中でパンツ一丁だ。前にもこんなことがあった気がする。さっさと着てしまおう。赤いズボンに手をかける。

メルモさんを見ると心なしか顔が紅い。右手で頬杖をつくような仕草でねっとりと見ている。

「パンツを降ろして見せてくれたら……タダにして、あ・げ・る」

え！？　タダ？　タダだと！？
ダ、ダ、ダ、ダメだ！　パンツを降ろしたらチ○ポを見られてしまう。
でも一瞬見せるだけなら……六三万。

俺はツバを飲み込む。どうする、どうする。でも、いや、その、んん～～～。

「大丈夫。誰にも言わないから」

うむむむむ〜〜〜。

「ダメよ！　ケンジ！　脱いじゃダメ！」

振り返るとフィーネが腕組みして立っていた。

「どうしてココに！？」

「いつまで経っても出てこないから来てみれば！　どういうことケンジ！」

「え、えっとココで着替えたら値引きしてくれるって、その？」

「もうーーバカ！！　メルモ！　ケンジは私と付き合っているの！　手をださないで！」

「えーー！？　ケンジは勇者なんでしょ？　女の二人や三人。ねぇ？」

ちょっ、バカ！　俺に振るな！　フィーネが睨んでるじゃねぇか！

「いません！　フィーネだけ！」

「早く着て！」

「はい！」

俺はズボンに足を通しガチャガチャとベルトをはめる。インナーを着て赤のジャケットを羽織る。脱いだ服はアイテムボックスに入れた。

会計を済ませるとフィーネに引きずられるように事務室を出る。

「ケンジ〜〜また来てね〜〜」

メルモが無邪気に手を振る。

「はぁ、はは」

「デレデレしない」

「はは」

「まったく、油断しすぎ」

「そうかな？」

「はあ〜もう！　ケンジ、あなた勇者なのよ。ホイホイ脱がない！　それとも何？　その後のHでも期待した？」

「違う！　そんなことは考えていない！」

「ほんと！？　わかったわ。あなたが女に引っかかりやすいってことが」

え、アナタがソレを言う？

「何か失礼なこと考えたでしょ！」

俺は首を左右に振る。

「少しは身の危険を感じなさいよ。もう〜〜」

「今度から気を付けるよ」

「ほんと！　そうしてよね」

俺はフィーネと別かれると金鎚亭に帰ることにした。

道行く人達の視線を感じる。赤いジャケットに赤いズボン。

失敗した。やっぱ買わなきゃよかった。

【　第一〇話　旅立ち　】

《異世界生活一五日目》

一〇時少しに前に冒険者ギルドについた。ギルド内はガラガラだ。ミレットさんに自分が来たことをハイエスに伝えてもらう。

ハイエスが二階から降りてきた。俺を見て開口一番『真っ赤じゃねぇか』と言う。

「地味すぎてもダメかなと思って」

「派手すぎだ。その格好じゃあ狩りには向かねぇだろう。お前には関係ないか？」

「いやいや、普段は草色のジャケットにズボンだよ」

「騙されて買った口か？」

「イヤ違う。かなり安くしてもらったんだ」

「それを騙されたと言うんじゃないのか？」

「はは」

「まぁいい。馬車が来るからそれに乗って行くぞ」

ほどなくして馬車がギルド前に着いた。

「へ～ギルドに馬車なんてあったんだ」

「あるわけないだろ。頼んだんだ。てくてく歩いたんじゃ格好つかないだろ」

「別に歩いても良かったんだけど」

「ギルドは国とは別組織だ。体面があるんだよ」

街中のため馬車の速度と歩く速度はたいして変わらない。ほんとに見栄だけだな。

馬車に揺られること二〇分、領主の館に着いた。

門番が馬車に近づき職務質問をする。どっかで見た顔だ。どこだっけ？

「冒険者ギルドのハイエスだ。一一時にお会いする約束をしている」

門番は馬車の中を覗き込むと俺を認める。

「弟トビーの腕を治して頂きありがとうございます」

とお礼を言われた。

「ああ、トビーのお兄さんですか！」

俺は手をあげて軽く挨拶した。

「治って良かった。狩りには行っている？」

「元気に狩りに行っています」

「良かった」

治したはいいけど、その後恐怖で狩りに出られないじゃないかと心配した。

「はい！　ありがとうございます。領主様より聞いております。お通りください」

門扉が開き馬車は中に入っていく。

玄関前に着くとハリスが出迎えてくれた。

「はは。真っ赤じゃねーか。それ地竜だろ」

「ええ、わかるんですか？」

「ああ、似合っているぜ。さあ行こう」

玄関ホールは飾り気がない。ハリスの後について左に曲がると応接間に通された。

「座ってくれ。親父もすぐ来る」

ハリスは席をすすめると向かい側に座った。

ほどなくして一四歳ぐらいの銀髪のメイドがお茶をだしてくれた。

エプロンドレスでスカートは脛半分の高さで穿いている靴下が見える。やはりメイド喫茶のように膝上ということはないらしい。

ハリスは嫌な顔をされながらもメイドにパンツを見せてもらっているのだろうか。

領主がドアを開けて入ってきたのでハイエスが腰を上げ軽くお辞儀をする。俺も慌てて立ち上がり頭を下げた。

「座ってくれ」

そういうと先に腰を降ろした。ハイエスはそれを見て座る。

「よく来てくれた勇者殿。私はマシュマー＝ソロ＝アスレ。準男爵だ」

「Aランク冒険者のケンジ＝タカハシです」

「はは。君は勇者と名乗らないんだな」

「称号ですし、冒険者をして日々生活していますから」

「なるほど理解した。さて先の魔物の氾濫は貴殿の活躍により被害はほとんどなかった。まぁ、重傷者は君が総て治したらしいからな。ギルドから賞金は出ていると思うが、私からも感謝の気持ちとして受け取ってほしい」

出されたトレイには金貨一〇枚がのせられていた。

「受けさせていただきます」

俺は遠慮せずに受け取ることにした。

何しろこの世界に来て一五日。親もなければ頼る家もない。宿屋暮らしの風来坊である。

「ケンジ君、王国の決まりで勇者を発見した場合、国に報告する義務がある。王都には報告する。かわりに君のSランク冒険者への推薦状を渡そう」

メイドさんが違うトレイをテーブルに置く。丸められた紙が蝋蜜で留められ、紋章が押されている。準男爵印か。

「わかりました。推薦状ありがとうございます」

俺は頭を下げアイテムボックスに仕舞った。

その後、準男爵家でハイエス共々昼食をご馳走になる。

内陸の都市なので肉料理だ。パンは黒パンではなく白パン（？）だ。現代日本で食べたパンと比べると硬いが黒パンに比べると充分柔らかい。

準男爵といえ貴族、良い物を食べているのだと思わずにはいられなかった。

馬車に乗り領主館を離れると思わずため息をついてしまった。

「どうした。疲れたか？」

「ええ、無礼討ちがあると聞いていたからな」

「はは。マシュマー殿は冒険者上がりだ。そういうことはない。しかし王都は高級貴族もいる。気をつけるに越したことはない。まして勇者だ、王様の前に立つこともあるかもしれないぞ」

「はは。礼儀作法は勉強しておくか？」

「しておいた方がいいと思うぜ。あとこれギルドからの推薦状だ」

俺は受け取るとアイテムボックスに仕舞う。

セシリーも明日、明後日には帰っているだろう。お金を返したら王都へ出発だ。

Sランク冒険者は伯爵待遇だ。下級貴族に絡まれないためにも取っておく。

俺のスローライフのために。

《異世界生活一七日目》

ダメもとでセシリーの店に行くと店が開いている。

ドアを開け中に入ると薄い緑色の髪の女性が商品を並べている。

セシリーだ。しゃがんで丸く突き出たお尻をマジマジと見る。エッチなお尻だ。食べちゃいたい。

セシリーは気配を察知したのか立ち上がりこちらを振り向く。上目遣いに睨まれた。

「ケンジさんのエッチ！　どこ見てんですか？　お尻に視線めっちゃ感じましたよ！　もう」

「ごめん。ごめん。あまりにもイイお尻だったんで」

「もう！　ばかぁ」

「前借りていた弾丸一二〇発の代金と弾丸のレシピの合計が一三六万ネラ。身代わりの護符はいくらです？」

「身代わりの護符は一〇〇万ネラよ」

「じゃあ、二三六万か。金貨二枚と大銀貨三枚、あと銀貨六枚ね」

「はい確かに。しかしね～。ケンジ君が勇者とはね～～。ただのスケベじゃなかったのね～」

「もう許してくださいよ」

俺は笑いながら言う。

「フィーネとはうまくいっているの？」

「相性バッチリですよ」

「なんの相性やら」

「ひどいですね～。でもそっちもバッチリです」

とサムズアップする。

「はいはい。ご馳走様。弾丸のレシピはコレ。今日はダメだけど一度弾丸を作っているところ見せるわ。質問はその時にしてね。そうね～明日の午後とかどう？」

「問題ないです。じゃあ、明日の午後ココに来ればいいですか？」

「ええ、ココでいいわ。待っているから」

俺はセシリーの店をでた。

明日、弾丸の作り方を見たら王都のギルドに向けて出発しよう。

俺は魔術師ギルドへ向かう。フィーネに会うためだ。

魔術師ギルドに入ると受付のシャルさんが話しかけてきた。

「あら～いらっしゃい。フィーネに会いに来たの」

「はは。それもあるんですが、実は明後日に王都の冒険者ギルドにSランクの認定を受けに行きます。その挨拶に来たのです」

「ふへぇ～Sランクか～。ずいぶん急ねーー」

「そうですね。スタンピード後、ギルドから推薦の話が出たんですよ」

「じゃあ、セシリー帰ってきたんだ」

「ええ、お店の準備をしていました。明日、弾丸の作り方を見せてもらったら次の日の朝出発するつもりです」

「片道一〇日、往復で二〇日。寂しくなるね～」

「必ず帰ってくるよ」

「王都のお土産期待しているわ」

「了解」

俺は三番窓口に向かう。相変わらず窓口にはいない。

「フィーネ！　フィーネいる？　スケベでエッチなフィーネいる！？」

「ちょっ、何大声で言ってるの！？　止めてよ！」

奥のドアが開き物凄いスピードで窓口に現れた。

「え～でも奥の部屋で何してたの？」

「開発よ。開発！」

「身体の開発？　僕という者がありながら……あんまりだ」

ワザとしょげてみせる。

「ち、違う！　そうじゃないの。満足しているから。いいからこっちに入りなさい！」

俺はすごすごと中に入った。

「で、何にしに来たの！？」

「ナニしに」

フィーネは額に手をあて目まいでもしたのかよろける。

「朝ごはん食べてないの？　食べたほうがいいよ」

真顔で言う。

「食べているわよ！　ちゃんと食べているから！」

俺はきれるフィーネを置いて話をする。

「明後日、Sランクの認証試験を受けに王都の冒険者ギルドに行く。それを言いに来たんだ」

「え！？　王都にいくの！？」

「うん。これからも冒険者を続けるうえで貴族とかなるべく関わりたくないしね。だからSランクは取っておきたいんだ」

「そう、わかったわ。なるべく早く帰ってきてね」

フィーネは寂しそうに言う。

「大丈夫！　Hしたくなったら転移魔法ですぐ戻ってくるから！　フィーネを孕ませるためにすぐ戻ってくるから！　ポンポコお腹にするため戻ってくるから！」

「ちょっ、バカ！　何言っているの！？　声が大きいわよ。外に聞こえるでしょ！」

怒っているがどこか嬉しそうだ。

「で、何を作っていたの？」

と話を切り替える。

「ふふ、滅多の杖マークII！　今回は威力を抑え連射できるように改良するつもりよ。ケンジから貰ったゴブリンキングの魔石を魔力補充石に使用、カートリッジにキングストンナーガとワイバーンの魔石を使用。キングストンナーガの魔石にはトルネードを付与、ワイバーンの魔石にはフレアを付与。これで山をも焼き飛ばすバーストフレアの威力が出せる計算よ。もちろん軽量ミスリル製で私でも片手で持てるようにするわ」

それてメラ○ータ！？　威力厨なのか。

フィーネの頭の中には生活に役立つ魔道具はないのか。せっかくの魔道具製作能力が破壊、殺戮にしか向かないのは勿体ない。

この世界では帝王学、治政学ともにクソ学門なんだろうな。力こそ正義とか教えていそうだ。

王都から戻ったらフィーネに、炊事、洗濯、掃除にかかる時間を短縮することができれば、社会変化を齎すことができることを話そう。

魔道具は家事仕事に追われていた女性や子供達にゆとりある時間を創り働きに出ることを可能にする。働きに出ることにより今よりも収入が増え消費の拡大へと繋がる。人と物の流れが大きくなれば商業活動が活発になり町の税収が増え国の経済力があがる。国が豊かになるのだ。

それと農機具の開発は、時間的に土地に縛られた農民を解放する。新たな耕地の拡大や野心的作物の栽培を可能とし、生きるために強いられるのではなく、豊かになるための手段として農業は見直されることになるだろう。

世界は変わる。

己が力で世界を変えられるとわかればフーネはどんな顔をするだろうか。

◆◇

魔術士ギルドを後にした俺は、ギルドマスターのハイエスに町を離れることを伝えるため冒険者ギルドに寄ることにした。

お昼ということもあり午前中で依頼を終えた者などがいてソコソコ混んでいる。

受付のミレットは相変わらずの人気で他の受付がまばらだ。

一番右側の受付には誰も並んでいない。まさか……。

「よう！　どうだった？　帰ってきていたか？」

ギルドマスターのハイエスだ。また受付に座っているのか。

「ああ、帰ってきていた。またですか」

「いいだろ。こうやってお前のような有望な新人を見出しているだからよ」

いや、俺、お前に師事した覚えねぇけど。

「明後日に王都に向かう。ココがホームタウンなんで、Sランク貰ったら帰って来るよ」

「そいつはありがてぇけど、ココから王都行きの馬車はねぇぞ。歩いて行く気か？」

「ああ、歩いて行く。途中お小遣いな出会いがあるかもしれんし」

「盗賊をお小遣いとか言うなよ。勇者発見の一報は王都に届いているだろ。帰ってこれんのか？」

「国に仕える気はないよ。迷宮攻略とかやりたいし。各地のおいしい料理とか食べて回りたい」

「それなら勇者の称号は隠蔽しとけ。ランク試験はしょうがねぇけど。トラブルのもとだ」

「違いない」

俺とハイエスは笑うのだった。

《つづく》

あとがき

二年ほど前、仕事のストレスから現実逃避するようにネット投稿小説サイト『小説家になろう』の冒険ファンタジーを読み漁るようになりました。

読んでいて、楽しく痛快だったことを今も憶えています。それでも残念だったのは途中で更新が途絶えてしまうことでした。

再開を願う気持ちと『こういう展開にならないかな』といく願望が徐々に膨らんでいきました。

いつまで待っても更新されないことに業を煮やした私は自分が読みたい小説を書き貯めるようになり、貯まると今度は世間の評価が欲しく小説を投稿するようにしました。

幸い手厳しい感想も少なく、順調に更新を続けていると、幸運にも書籍関係者からのお声を頂きました。

小説初心者の私なので、書籍発行のプロセスなど、もちろん知りません。出版関係者におんぶに抱っこでようやく発行に至りました。

この場をお借りしてお礼を言わせてください。

ありがとうございました。

38℃

ハイスクールハックアンドスラッシュ 2
[HIGH!] SCHO
KENJI RYUTEI
竜庭ケンジ
ILLUST アジシオ
叶馬、倶楽部設立を名目に
ハーレム要員を増やす！
コミカライズ企画進行中！
ダンジョン攻略を目的とした全寮制の学校『豊葦原学園』に通う船坂叶馬は、軽薄イケメンな小野寺誠一、内気でインドア派な芦屋静香、享楽主義者の薄野麻衣とパーティーを組んで、ダンジョンに潜むモンスターを倒し経験値を稼いで順調にレベルを上げていた。そんなある日、南郷沙姫という生徒から「私を仲間にして下さい」と、土下座でお願いされる。ちょうど追加要員が欲しいと考えていた誠一は賛成、静香と麻衣も「自分たちの女にする」ことを条件に沙姫をメンバーに。さらに、メンバーを増やし倶楽部を作ろうと、沙姫のルームメイトの雪ちゃん、神塚海春、神塚夏海姉妹を勧誘し、叶馬は順調にハーレムメンバーを増やしていく…。新感覚学園ダンジョンバトルストーリー第二弾登場！！
｜サイズ：四六判｜価格：本体1,300円＋税｜

神の手違いで死んだらチートガン積みで異世界に放り込まれました
KAKURO
かくろう
illust.
能都くるみ
〔3〕
アイシス、ついに降臨！

異世界に転生した元サラリーマン佐渡島凍耶、37 歳、独身。ドラムルー王国への侵略を試みた魔王軍を、ギリギリのところで退けた凍耶だったが、魔王と魔王軍はいまだ健在だった。凍耶は魔王を倒すことを決意し、魔王城のあるガストラの大地に単身乗り込むが、凍耶のスキを突いて、さらなる強大な魔王軍が王都に襲いかかる。焦る凍耶。しかし、凍耶の前に魔王ザハークが立ちはだかる！　一方、王都を守るマリア達にも危機が迫っていた。魔闘神アリシアの力の前に、絶体絶命のピンチに陥るマリア達。そのピンチに、ついにアイシスが降臨する！

｜サイズ：四六判｜価格：本体1,300円＋税｜

ハズレ赤魔道士は
賢者タイムに
無双する
2
ほーち
illustration
宮社惣恭
"賢者"は姫騎士とパーティーを結成する
コミカライズ企画進行中!!
1時間限定とはいえ、最強職の「賢者」にクラスチェンジできるようになったレオン。クラスチェンジしたことで覚えたスキルにより「赤魔道士」としてもかなり強くなっていた。レオンは自分の能力を知るため、ソロで塔の探索を開始する。ある日、リディアからパーティーを組まないかと誘われる。しかも、リディアとレオンのデュオ。レオンはリディアの協力?のもと、さらに塔を攻略することでレベルをあげ、強力な魔法やスキルを次々と獲得していく。そして、ついに塔の最上階へ挑戦することに…。
人気シリーズ第二弾登場!!
|サイズ:四六判|価格:本体1,300円+税|

鬼畜な蛮族王と
KICHIKU BANZOKUOU
性奴隷に堕とされた
SEIDOREI
媛巫女
HIMEMIKO
著 桜木桜
絵 みれい
追放した国に復讐せよ！
オリジナル戦記、開幕！
力を貸してください。
何でもしますから
ん？今何でもするって言ったよな？

現人神として大陸を統べる宗教上の最高権威【媛巫女】であるミーミィアは、魔族の血を引いていることから国を追放されてしまう。そんな彼女を保護したのは、若くして大陸北方を統一した遊牧民【鬼狄】の王、バータルだった。自らを追いやった者たちに復讐するために協力を仰ぐミィーミアに対し、鬼狄の王バータルが言い渡した協力の条件とはミィーミアを性奴隷とすることだった……。

｜サイズ：四六判｜価格：本体1,300円＋税｜

オルギスノベル
ORGISNOVEL

異世界転移に巻き込まれたので、抜け駆けして最強スキルを貰ったった。❶

2020年8月25日　初版第一刷発行

著　者　　38℃

発行人　　長谷川　洋

編集・制作　　一二三書房　編集部

発行・発売　　株式会社一二三書房
〒101-0003 東京都千代田区一ツ橋2-4-3 光文恒産ビル
03-3265-1881

印刷所　　中央精版印刷株式会社

作品の感想、ファンレターをお待ちしております。

〒101-0003 東京都千代田区一ツ橋2-4-3 光文恒産ビル
株式会社一二三書房
38℃ 先生／あやかわりく 先生

※本書の不良・交換については、電話またはメールにてご連絡ください。
一二三書房　カスタマー担当
Tel.03-3265-1881（営業時間：土日祝日・年末年始を除く、10：00～17：00）
メールアドレス：store@hifumi.co.jp

古書店で本書を購入されている場合はお取替えできません。
※本書の無断複製（コピー）は、著作権上の例外を除き、禁じられています。
※価格はカバーに表示されています。
※本書は小説投稿サイト「ノクターンノベルズ - 小説家になろう」（http://noc.syosetu.com/top/top/）に掲載された作品を加筆修正し書籍化したものです。

©38℃
Printed in japan
ISBN 978-4-89199-635-2